A. C. LOCLAIR

RIONNAG

KRIEGER MEINER SEELE

INHALT

PROLOG

R ow menn, pull, pull, pull«, zerschneidet eine eiskalte dumpfe Stimme die Dunkelheit der Nacht. Der Inhaber der tiefen Stimme sitzt am Heck des Langschiffes und brüllt immer wieder den Befehl: »Pull – row menn – rudert ihr Kerle – zieht!« Die eisige Luft gibt den Männern das Gefühl unmittelbar gefrierender Lungen. Gischt schäumt am Drachenkopf des Bootes hoch, durchnässt die umgehängten mantelähnlichen Decken, die Plaids, der Mannschaft. Ein wabernder Nebel steigt über dem Meer auf, als die Boote gen Südosten gleiten, die schützende Bucht von *Inverbreakie* verlassend. Sie ziehen vorbei an den steilen Klippen, hin zu den sanften Stränden der nördlichen Ostküste. Die Flussmündung des Nairn ist ihr Ziel.

Alle Männer ziehen die Ruder, jeweils mit zwei Händen gepackt, durch die dunklen Gewässer, als gäbe es keinen Widerstand. Langschwerter, Streitäxte und Morgensterne klirren leise in der Mitte der Schiffe vor sich hin, Malte hatte an diesem Morgen volle Bewaffnung aller Kämpfer angeordnet. An diesem Tage gilt es.

Das Schiff mit dem Namen *Nott*, gewidmet der Göttin der Nacht, ist dreißig Meter lang, fünf Meter breit und durchschneidet fast lautlos die See. Hinter ihm folgen zwei weitere voll besetzte Schiffe gleicher Bauart, die *Skadi* und die *Nanna*. Das ist ein Anblick, der einem das Blut in den Adern stocken lässt. Jedes dieser Schiffe ist mit fünfzig großen, breitschultrigen Männern, mit Zottelbärten und langen blonden Haaren, besetzt.

Immer wieder und wieder klingt das »pull« durch die Nacht.

Malte, *Seffen* der Nordmänner, Anführer und Befehlshaber, gibt den Takt vor. Die Schiffe gleiten durch die dunkle aufgewühlte See, die Nebelwand verschluckt jedes Plätschern der Ruder. Kein Geräusch wird ihr Eintreffen ankündigen. Schon so lange unterdrückt er das Verlangen seiner Männer nach den hübschen Weibern der Küste Schottlands. Frauen sind rar in den Nordküstengebieten. An diesem Wintertag soll es soweit sein. In Gedanken hat er bereits diese hübsche *Kvinne* vor Augen, blond und üppig. Ihm läuft das Wasser im Mund zusammen. Sie wird sein Haus in den Nordlanden zieren. Er wird sie heute als seine Bettgefährtin erobern, dessen ist er sich sicher. Zu oft musste er sich zurückziehen, zu oft verschwand sie in der Vergangenheit aus seinem Blickfeld.

Er wird die Kelten endgültig besiegen und die Chance haben, viele Gefährtinnen für die zahlreichen Nordmänner seiner Heimat mitzubringen. Zu oft schon verloren sie Männer und Waffen. Viel zu lange sind sie bereits unterwegs. Unzählige Sommer sind seit ihrer Abreise aus Haugesund vergangen. Die offene See hatten sie überquert, ihre Lager in der Bucht bei *Inverbreakie* aufgeschlagen, ein Dorf erobert und besetzt. Ihr Ziel jedoch, die Frauen der Küste zu besitzen, war bisher gescheitert.

An diesem besonderen Tag werden sie gewinnen. Es ist der einundzwanzigste Dezember, der Tag der Wintersonnenwende, der höchste keltische Feiertag. Sie tanzen, trinken, und vor allem werden sie unaufmerksam sein. Malte ist sich sicher, er reibt sich die Hände. Eine tödliche Überraschung … Die keltischen Krieger werden allesamt sterben, dafür würde seine Mannschaft sorgen. Die Kinder und Mütter jedoch, ganz sicher die Mädchen, werden ihre Beute sein … Unwillkürlich leckt er sich die Lippen … Durch die Nebelschwaden schimmern die Feuer der Küste schwach mit orangem Schein, es klingen Trommeln und beherztes Lachen an sein Ohr, der Duft von gebratenem Fleisch lässt Malte verheißungsvoll aufatmen. Nicht mehr lange und seine gefährlich klingende Stimme wird unter Aufbietung aller Kräfte *Angrep* – Angriff befehlen.

TRÄUME
KOMMEN UND GEHEN

N·ein, geh nicht!«, hallte es angstvoll kreischend durch das dunkle Schlafzimmer. Ein Zucken ging durch Kendras Muskeln, Furcht zeichnete ihr Gesicht, verkrampfte Hände hielten die Bettdecke. Die geschlossenen Augenlider flatterten fieberhaft – Träume ...

Ich laufe über den eisigen, feuchten Strand, zwischen den Feuern hindurch. Feinde! Viele! Zu viele! Fast rieche ich den faulig fischigen Atem der grobschlächtigen Riesen. Berserker. Ein Wort wie ein Paukenschlag. Männer im Kampfesrausch, ohne Gefühl, ohne Schmerz.

Schweiß rinnt über meine Stirn, ein Schaudern erfasst mich. Schmerz, glühender, tiefer Schmerz fährt von hinten in meine linke Schulter, ich sehe Sterne, keuche auf, doch gehe nicht zu Boden. Bloße Reaktion. Mit einem groben Schwung meines Schwertes drehe ich mich um und steche, blind vor Angst und Verzweiflung, zu, drehe das Schwert und drücke nochmals nach.

Ein Röcheln und der zottelige Riese haucht vor meinen Augen sein Leben aus. Kurz streiche ich über meine Wunde, eine Stichverletzung, tief, nicht bedrohlich. Weiter, ich muss weiter, muss helfen, muss kämpfen.

Vor mir sehe ich Menschen, höre mich selbst brüllen.

»Nein, pass auf, oh Gott, stirb nicht, hinter dir.« Ich spüre, wie meine Stimme bricht. »Pass auf! Hinter dir! Oh Gott, stirb nicht, hinter dir. Lass mich nicht allein!«

»Pass auf! Hinter dir! Oh Gott, stirb nicht, hinter Dir. Lass mich nicht allein!« Erschrocken riss Kendra die Augen auf, als jemand sie sanft an der Schulter berührte. Wer brüllte hier so fürchterlich? Der Klang des Schreis hallte in der Stille der Nacht unendlich laut nach.

Es war passiert! Schon wieder! Wie jede Nacht.

Was war das wieder für ein Traum? Angst ließ den kompletten Körper erstarren. Kendra rieb sich über die Augen. Tränen liefen über ihre Wangen. Den kompletten Inhalt des Albtraums konnte sie nicht erinnern. Blaue Augen, Kampf, Blut, Angst, Leid ließen sie erbeben. Wer war das mit dem Schwert? Warum träumte sie so was Grausames?

Anton, seit einundzwanzig Jahren ihr Ehemann und die Liebe ihres Lebens, erhob sich langsam, um sie nicht noch weiter zu erschrecken, und versuchte, sie beschützend an seine Brust zu ziehen.

Leise, flüsternd, wie zu einem Kind, wandte er sich an seine Frau: »Hattest du erneut diesen Traum, Liebes? Hast du die Augen gesehen? War es wieder dieser Kampf?«

Kendra schluckte. Ein klägliches Wimmern verließ ihre Kehle. Er nickte, hatte verstanden.

In Gedanken blickte er zurück. Seit langer Zeit, viele Jahre schon, träumte seine Frau intensiver als viele andere Menschen, manchmal schmerzhaft und traurig, manchmal fröhlich. Sie weinte oder sang im Schlaf.

Erst in diesem Winter, Anfang Dezember, wurden die Träume realer, schmerzhafter und leidvoller als in den Jahren zuvor. Ja, sie träumte im Sommer für einige Wochen und im Winter noch heftiger, realer als in den Herbst- oder Frühlingsmonaten.

Wenn sich die Träume verstärkten, weinte Kendra auch am Tage viel mehr, wirkte verstört oder abwesend, schlug manchmal um sich, knurrte.

Sie berichtete in wachen Stunden von Augen, Tod, Leid, Verderben, schreckte aus dem Schlaf auf, starrte vor sich hin, war in Tränen aufgelöst oder zitterte.

»Komm her Schatz, ich halte dich.«

Sein tiefer Bass drang zu ihr durch, berührte sie, diesmal schien es schwieriger, die Stimme hatte nicht die übliche beruhigende Wirkung. Kendra schloss kurz die Augen, machte sich steif, drehte den Kopf von ihm weg und schüttelte ihn leicht. Ein zaghaftes Flüstern schloss sich an.

»Nein, nicht anfassen, du bist nicht richtig.«

Er ächzte, starrte sie an, ließ aber seine Hand auf die Bettdecke sinken. Nicht richtig? Was bedeutete das?

Warum wollte oder konnte sie Antons Nähe nicht zulassen? Immer die gleichen Fragen. Immer wieder gab sie die gleichen Antworten: »Ich brauche Zeit, Anton. Ich liebe dich, wirklich. Aber versteh doch, die Bilder … Feuer, Blut, die blauen Augen.« Sie sah ihn an, Unsicherheit in ihrem Blick.

Die wenigen Bilder, die sie bis in die Realität verfolgten, waren zu verstörend, konnten nicht in Worte gefasst werden.

Lange wurde sie in dieser Nacht von kleinen Schluchzern geschüttelt, Anton konnte nur stumm daneben sitzen. Irgendwann fand sie in den Schlaf zurück.

Gleichmütig überspielte sie nach dem Aufstehen ihre Unsicherheit, ihre Ängste. Wie konnte sie Anton von ihrem Traum erzählen, ohne ihn zu ängstigen oder noch mehr zu beunruhigen?

Wie konnte sie ihm begreiflich machen, welcher Aufruhr in ihrem Herzen herrschte? Warum ertrug sie seine Berührungen nicht?

Die Augen, die sie in den Träumen sah, waren von so reinem, klarem Blau, von solcher Güte und Kraft, so voll Gefühl. Wie kann man einem geliebten Menschen Angst machen, in dem man ihm davon erzählt? Anton würde befürchten, sie zu verlieren. Das konnte sie nicht zulassen. Schauer jagten über ihren Rücken, ließen sie beinahe erstarren. Die Gedanken zogen, einem Wirbelsturm gleich, durch ihren Kopf. Gefühle brachen hervor, trieben ihr Tränen in die Augen. Alles durcheinander …

Sehnsucht! Liebe! Verlangen! Sie wollte den Mann, dem diese Augen im Traum gehörten, in die Arme schließen, aber wie sollte sie das ihrem eigenen Schatz verständlich machen? Sie hatte Angst! Nicht Angst vor der Traumgestalt selbst, sondern die Angst vor seinem Tod.

Wann immer Anton fragte, seufzte sie, erzählte von den Augen, aber ließ bewusst ihre Gefühle im Dunkeln.

Wie sollte sie es fertigbringen, ihrem geliebten Anton zu zeigen, welche Gefühle sie in den Träumen verspürte?

Ihr Ehemann war eine Seele von Mensch, liebte sie und die Kinder aufrichtig. Sofern sie ihm sagen würde, dass sie Verlangen nach einer Traumfigur hatte, würde es ihn zutiefst verletzen.

Anton könnte niemals verstehen, dass die Träume nichts mit ihm zu tun hatten, dass ihre Gefühle sich ihm gegenüber niemals ändern würden. Ihr Mann war, neben den Kindern, der wichtigste Mensch in ihrem Leben.

Warum war er dann nicht richtig? Was bedeutete all das?

Kendra spürte eine tiefe Traurigkeit in sich. Sie wusste nicht, wer dieser Mann mit den blauen Augen war, ihr war nicht klar, ob sie ihn kannte, wusste genauso wenig, warum sie solche Sehnsucht nach ihm hatte.

Selbstvergessen kaute sie an ihrem Brötchen. Die Kinder waren ihre Herzensaufgabe, sie zu umsorgen, ihre größte Freude. So funktionierte sie tagein, tagaus, tadellos. Die Kinder bemerkten nichts von ihrem inneren Kampf. Genau so wollte es Kendra, einzig zum Schutz ihrer Lieben. Aber täglich wog ihre seelische Last schwerer.

Anton beobachtete seine Frau mit Argusaugen.

»Wie geht es dir? Mich wundert, dass du diesen Traum heute Nacht einfach so abtun kannst. Erzähle mir davon. Was geht in dir vor?«

Statt zu antworten, seufzte Kendra kellertief und schüttelte den Kopf. Eine einsame Träne bahnte sich den Weg aus ihrem Augenwinkel.

So wankte sie durch den Morgen, unruhig, mit zittrigen Händen und verschleiertem Blick. Kaffee, sie brauchte Kaffee. Ohne Zweifel, die Träume veränderten sie mehr und mehr, nahmen ihr Gesundheit und Lebensmut. Sie spürte es tief in sich. »Kaffee hilft«, flüsterte sie, was ein kleines Lächeln an Antons Mundwinkeln zupfen ließ, während er einen großen Pott des Heißgetränks in ihre Richtung schob.

Ihr Herz und ihr Verstand waren seit Wochen so wirr, in solch einem Chaos gefangen, dass sie mehrfach am Tag Pausen einlegen musste.

Die Augen, blau wie ein Sommerhimmel über den Highlands bei *Aberlour*, schoben sich inzwischen nicht nur in der Nacht in ihr Bewusstsein. Nein, sie verfolgten sie jetzt auch bei Tag, nahmen ihr die Ausgeglichenheit und manchmal mit einer Macht den Atem, dass es einer Panikattacke glich!

Kaffee! Sie trank ein paar Schlückchen und ein erleichtertes Seufzen entkam ihr. Kaffee hilft immer, sendet Wärme in den Magen.

Pausen, Ruhe, Atemübungen, und ihr liebstes Lebenselixier. Sie versuchte alles, um die blauen Augen bewusst in den Hintergrund zu drängen. Lediglich mit Ablenkung ihrer Schüler gelang ihr eine kurze seelische Verschnaufpause. Sie liebte ihren Job unendlich.

Ein Scheppern, Blech auf Blech, hallte durch den Raum. Es begann fürchterlich nach faulen Eiern zu stinken. Ein schelmisches Grinsen zeigte sich auf Kendras Gesicht.

»Gelungen«, jubelte sie ihren Schülern zu und lachte herzhaft. Grüngelbe Nebelschwaden ließen die Gesichter der Schüler die gleiche Farbe annehmen.

»Ekelhaft, riecht wie ein übler Pups – merkt euch bitte H_2S oder auch Schwefelwasserstoff«, rief sie kichernd durch den Klassenraum. Die Schüler husteten und würgten kurz, wischten sich Tränen aus den Augen. Kendra öffnete feixend und schwungvoll wedelnd das Fenster. Sie liebte ihren Job als Chemielehrerin und die Schüler »genossen« ihre chemischen Explosionen, ihre Stinkbomben oder Feuerbälle. Es verging kein Unterrichtstag ohne Schaden, ohne Spannung, lauten Bums, Gestank oder Löcher im Kittel.

Blaue Augen hatten hier nichts verloren. Job war Job und Traum blieb Traum. Kendra war eine Meisterin in ihrem Fach.

Die nächsten Unterrichtsstunden vergingen wie im Fluge. Wenn sie nichts explodieren ließ, erläutere sie die Grundlagen anhand chemischer Formeln. Das Stöhnen der Schüler wusste sie schnell zu bannen, denn die einfache Aussage »Was vorne reinkommt, muss hinten wieder raus« erleichterte alles und führte zu beherztem Kichern seitens der Schüler.

Diese verbanden das freilich mit anderen Dingen. Das Kichern kommentierte sie sehr gern mit:»Richtig, genauso ist das in der Chemie, Hamburger oben rein, chemisch umgewandelt kommen die gleichen Elemente unten wieder raus.«

Hinter vorgehaltener Hand musste Kendra selbst darüber grinsen. Ihr Zweitfach war nicht weniger beliebt oder sollte man sagen unbeliebt?

Gerade heute wieder. Mit gespielt todernstem Blick betrat sie den Klassenraum. Den Schlüssel warf sie aus einiger Entfernung auf den Lehrertisch. Das weckte auch den letzten Schläfer in den hinteren Reihen.

»Die Erde meine Lieben, die Erde – unendliche Weiten.«

Sie wedelte mit den Armen, machte eine allumfassende Geste Richtung der Weltkarte, die an der Wand leicht hin und her schwankte. »Wir befinden uns in einem wichtigen Unterricht. Dies sind die Abenteuer junger Schüler, die viele Kilometer von zu Hause entfernt unterwegs sind, um fremde Biotope zu entdecken, unbekannte Tiere und neue Völker. Sie dringen dabei in Länder vor, die sie nie zuvor gesehen haben.«

Die Klasse war auf ihrer Seite, alle Lacher waren ihr gewiss.

Nach der Arbeit verlor Kendra in den Zeiten der Träume jedoch schlagartig jegliche Kraft, hing auffällig oft ihren Gedanken nach, redete weniger.

Manchmal, tief in Gedanken versunken, war ihr Flüstern zu hören, das Anton Gänsehaut bescherte.

»*Càit a bheil thu dìreach mo chridhe*. Wo bist du bloß mein Herz?«

Tränen schimmerten auf ihren Wangen, ein Schluchzen entkam ihr. Offensichtlich erschrocken, schlug sie sich die Hand vor den Mund, erstarrte förmlich mit Blick auf ihren Mann und entschuldigte sich leise bei ihm.

»Ich möchte dich nicht verletzen, Schatz, ich liebe dich, das kann ich nicht oft genug sagen, aber …«, abermals erklang ihr Schluchzen, »… ich möchte nach Hause!«

Aus großen grünen Augen sah sie ihren Mann an, das rote Haar stand zerzaust in alle Richtungen ab.

WO IST
MEIN ZUHAUSE?

I ch möchte nach Hause!«

Anton war erschrocken.

»Was soll das, mein Herz? Du bist zu Hause, hier bei mir.«
Sachte schüttelte sie ihren Kopf.

»Es fühlt sich nicht so an, ist nicht richtig. Das ist nicht zu Hause, das ist fremd hier, bitte Anton, ich möchte heimfahren.«

Sprachlosigkeit breitete sich im Raum aus. Wie dunkler Nebel zogen Schatten über Antons Gesicht.

»Anton bring mich hier weg, bring mich nach Hause, ich habe Heimweh, es schmerzt in Kopf und Brust. Bitte! *Mo chridhe, thoir dhachaigh mi.* Mein Herz, bring mich heim.«

In ihren Augen schimmerten Tränen.

Anton schnappte nach Luft. Was sollte das? Was redete sie da? Er sah das Leid, erkannte das Heimweh und doch verstand er ihre Worte nicht. Kälte breitete sich in ihm aus, die Erkenntnis, Kendra schien nicht bei Trost, brauchte Hilfe.

Sie war doch zu Hause. Er hing seinen Gedanken nach, sah das gemeinsame wunderschöne neue Haus im Fachwerkstil vor sich, die Hügel der Westlausitz.

Ein hübscher gewundener Bach auf der einen und ein großes Feld auf der anderen Seite begrenzten das Areal.

Warum nur schrie ihr Herz nach einer offensichtlich anderen Heimat?

»Mein Herz, sieh doch nur!«

Er zeigte auf ein Bild auf der Kommode.

»Wir haben drei wunderschöne Töchter. Julia, Sarah und Anna. Schatz, sieh, du bist zu Hause.«

Wie aus einer anderen Welt zurückkehrend, begann Kendra zu nicken und lächelte. Wärme umgab sie nun, ein Strahlen lag in ihren Augen. Sie flüsterte zart, ihren Anton anlächelnd und ergriff dabei seine Hand.

»Sie sind so lieb, intelligent, bezaubernd und einfach genau richtig, unsere Mädchen.«

Ihr Mann bestätigte diese Worte leise.

»Ja, unsere Sonnenscheinchen.«

Sie schien wieder in Gedanken versunken, lächelte aber dabei und Anton erkannte an ihren Gesichtszügen, dass sie an ihre Töchter dachte.

Anna, das Nesthäkchen, acht Jahre jung, raubte ihnen manchmal jeden Nerv, besonders, wenn der Wirbelwind Chaos verbreitete. Dunkelblondes Haar und tiefblaue Augen, sie sah wie ein unschuldiger Engel aus. Aber Anna war ein kleiner Kämpfer, ein Strolch, wie er im Buche stand. Und dennoch, um nichts in der Welt wollten sie das Kind missen.

Die beiden älteren Mädchen waren ebenso ihr ganzer Stolz. Julia, achtzehn Jahre alt, hatte sehr zu ihrer Freude schottisch rote Haare und dazu strahlend hellblaue Augen. Sie würde durchaus als Highlander erkannt werden. Sie fühlte eine große Liebe zur englischen Sprache, konnte einige Floskeln altes Schottisch. Immer wieder redete sie von einem Studium in Schottland.

Die goldene Mitte bildete Sarah, ein fünfzehnjähriger Teenager mit goldenen Haaren und wundervoll himmelblauen Augen. Kendra sah Anton an und wisperte leise: »Sarah sieht aus wie die personifizierten schottischen Highlands, die Haare hell, blond, wie das Gras im Hochsommer, die Augen wie der Himmel über den Hügeln von Nairn.« Sie sah in Antons erstaunte Augen.

»Wenn du meinst«, grummelte er verwirrt in tiefem Bass. Aber auch seine Augen, ebenfalls blau wie die der Mädchen, nahmen dann einen verträumten Ausdruck an.

»Ich liebe unsere Mädchen ebenso sehr wie du, Schatz.«

Ihr Blick kam aus der Ferne zurück, wurde warm und liebevoll, als sie die Augen auf ihren Mann richtete.

Anton, der Mann, den sie von ganzem Herzen liebte, ihr Mann, war groß und von kräftiger Statur.

»Mein Kuschelbär«, gab sie ihm lächelnd zu verstehen und schmuste sich an seine breite Brust. Seine Arme umfingen sie und hielten sie fest.

Sie sah auf und sagte mit mehr Kraft als vorher in ihrer Stimme: »Heimweh ist unlogisch Schatz, ich bin bei euch zu Hause.«

Der Ablauf der Träume war seit vielen Jahren der Gleiche. Die Träume kamen, blieben mehrere Wochen und gingen, als sei nie etwas gewesen. Doch dieses Jahr fühlte sich alles intensiver an, kraftvoller, bedrohlicher. Gefühle kamen dazu, Heimweh, Angst, Unwohlsein, Schmerzen und Liebe.

Wenn sie darüber nachdachte, schüttelte sie den Kopf, brummelte vor sich hin, zog die Stirn kraus.

»Kampf und Tod«, flüsterte sie eines Abends. Sie saß neben ihrem Mann auf der Bettkante und sah ihm tief in die Augen. »Blut und Leid!«

Sie würgte kurz, ein Schaudern durchfuhr sie.

»Anton, was geht hier vor? Waren es über Jahre nur Augen und ein komisches Gefühl hier in meiner Brust«, sie klopfte sich energisch auf die linke Seite ihres Dekolletés, »so schlägt es diesmal um in Hass, Krieg und Blut. Dieses Jahr ist es schlimmer als je zuvor. Ich brauche Hilfe. Sag mir, dass ich nicht verrückt werde.«

Sie richtete einen flehentlichen Blick auf ihren Mann, doch dieser sah sie nur an und seufzte.

»Schatz, dein Verlangen nach zu Hause wird immer unerträglicher, für dich und für mich. Es drückt dein Herz zusammen, lässt dich nach Luft schnappend im Bett sitzend zurück. Denkst du wirklich, ich bekomme das nicht mit? Ich komme nicht an dich heran, du stößt mich weg. Ja, es wird schlimmer und ich weiß mir keinen Rat mehr, kann nicht helfen. Geh zu Doktor Wiedmann, bitte geh zu ihm.«

Er drückte sie an seine Brust, mehr murmelnd als redend.

»Dieses Jahr häufen sich auch äußere Anzeichen, meine Sonne. Du hast rapide an Gewicht verloren. Du warst sonst immer etwas moppelig.«

Er hielt inne, musterte sie, küsste sie auf die Nasenspitze und wackelte schelmisch mit den Augenbrauen.

»Und du weißt, ich steh drauf. Aber schau dich an, Schatz, nun bist du fast hager. Außerdem kratzt du dich ständig trotz Unmengen von Creme.« Ein Seufzen bedeutete ihm, dass sie zustimmte.

Mitte Januar – Kendra hatte sich grade entschlossen, Doktor Wiedmann aufzusuchen – da herrschte plötzlich Stille in ihr.

Die Träume waren weg. Schluss, wie das abrupte Ende eines Kinofilms. Unbefriedigt, suchend und erst einmal sehr traurig, blieb Kendra zurück.

Sie schlief durch, der Glanz ihrer Augen kehrte wieder.

Die blauen Augen geisterten zwar weiterhin schemenhaft durch ihre Tagträume und oft murmelte sie ein paar Worte, für Außenstehende ohne tieferen Sinn: »Mo chridhe, thig air ais – komm zurück mein Herz.« Und doch schien alles wieder weitestgehend normal im Rahmen des für Kendra Üblichen.

Und dennoch – war alles anders …

Die Luft flirrte auch nach dem Ende der Träume im Januar, als läge ein eiskalter Hauch, ein Schleier über ihrem Leben. Keine Träume mehr, die sie quälten, aber tief in ihr schwelte das Gefühl des Vermissens. So zogen Monate ins Land. Das Gras, die Blumen, der Himmel, all die Frühlingsboten zeigten sich dieses Jahr nicht in gewohnter Farbintensität, blieben hinter einem Nebel aus Sehnsucht ein wenig farblos.

Kendra merkte in dieser Zeit, dass ihre Familie sie genau beobachtete. Sie bemühte sich, dem Schleier der Farblosigkeit zu entkommen. Die Kinder waren ihr dabei eine unschätzbar wertvolle Stütze, ohne dass diese es bewusst wahrnahmen. Immer, wenn Kendra spürte, dass ihre Anna besorgt dreinschaute oder ein Kind sie mit Argusaugen bewachte, nahm sie die Mädchen in den Arm.

Immer häufiger erzählte sie Geschichten von den schottischen Highlands, den saftig grünen Hügeln rund um ein wunderschönes Dorf namens Nairn am Strand im Nordosten Schottlands, erzählte von den Tieren, den Schafen, den großen Wolfshunden mit den braunen, treuen Augen und sie schwärmte von der sanften Sonne über grauen Bergen.

Schottland, warum grade dort?

Aber es war egal. Die Kinder liebten diese Geschichten, folgten den Märchen mit einem Lächeln in den Augen, sahen sie doch, dass Kendra mit ganzem Herzen erzählte, ja nahezu in der Geschichte schwelgte.

Oft zogen sich alle fünf gegen Abend ins Ehebett zurück, nahmen Kekse und Kakao mit, und Kendra versuchte, ihren Schätzen die Ängste zu nehmen, kuschelte und erzählte hingebungsvoll. Selbst die sonst eher störrischen Teenager genossen diese gemeinsame Zeit mit Kendra und Anton.

Alle liebten diese meist Samstag- oder Sonntagabende, an denen der Fernseher ausblieb und Herzenswärme, Heimeligkeit und Liebe ins Schlafzimmer einzogen. Lichter brannten, es wurde gekrümelt, genascht und mit allen Sinnen genossen. Die schönste Zeit der Woche.

Die Mama träumte immer mal wieder komisch, das trat für die Kinder in diesen Momenten in den Hintergrund, erfand sie doch die schönsten Geschichten von Liebe und einem sagenumwobenen Land, von Meer und Sonne, konnte von Späßen und von erlebten und überstandenen Gefahren berichten.

Herzhaftes Lachen erreichte sie mit den Geschichten um die Schafe, die alle komische Namen hatten, regelmäßig ihren Weidezaun durchbrachen und auf Nimmerwiedersehen verschwanden. Sie berichtete den Kindern, wie sie barfuß und im Kleidchen als Kind hinterherrennen musste, um Teth cù, Würstchen, Fry, Braten und auch klein Lorg-shuaicheantais, kurz Lorg gerufen, wieder einzufangen.

»Mama, Lorg, was heißt das? Wenn die anderen Schafe Würstchen und Braten hießen, was ist dann klein Lorg?« Kendra grinste, und antwortete kichernd: »Keule, mein Schatz, das kleinste Schaf hieß Keule.«

Alle prusteten gleichzeitig los, die Stimmung war wundervoll, gelöst und frei. Kendra fühlte sich zu Hause.

»Mama, die Hügel in den Bergen, die waren wirklich so grün, richtig? Und die Augen des Kriegers waren ganz blau, wie der Himmel, stimmt's? Und kannst du dich an den Sonnenuntergang am Meer auch erinnern?«, fragte ihre kleine Anna.

Kendra lächelte, so sehr zogen also die Geschichten von ihren Helden die kleine Maus in ihren Bann.

»Ja, Schatz, blaue Augen, wie ein Sommerhimmel, und Haare, so glitzernd wie Gold.«

Die blauen Augen wurden in ihren Geschichten von ihren Töchtern also einem Krieger zugeordnet.

»Und Mama, der Mann mit dem goldenen Haar trug immer einen karierten Rock, oder? Hatten die Männer da keine Hosen?« Kendra runzelte die Stirn. Woher wusste Anna das? Schulterzuckend tat sie es ab. Sie musste es wohl mal erwähnt haben.

Noch während sie erzählte und Anna sich fest an sie schmiegte, verwunderte es sie mehr und mehr, welch unglaubliche Verbindung sie zu ihren Geschichten spürte, welch tiefe Sehnsucht sich in ihren Worten spiegelte.

Sie konnte immer gut Geschichten erzählen, aber in diesem Umfang und dazu mit dem tiefen Gefühl, als wären alle Erzählungen wahr?

Sie empfand nichts als unendliche Wärme und Nähe, ihre Kinder im Arm, ihren Mann am Bettende sitzend, der ebenfalls zufrieden lächelnd zuhörte, wenn sie diese längst vergangenen Zeiten heraufbeschwor. Er strahlte in diesen Momenten große Zuversicht aus und sie schenkte ihm hin und wieder einen verliebten Blick. Eifersucht suchte sie vergeblich in seinen Augen, sie fand nichts als Liebe.

Anton genoss die Zeit ebenso, erkannte er doch, Kendra war glücklich.

Wie ein unfassbar lauter Donnerschlag kamen die Träume wieder, ließen sie fast erstarren. Früher als die Jahre zuvor, schmerzhafter, blutiger. Kendra schreckte hoch, schrie, weinte und brüllte sonderbar anmutende Sätze.

»Mu dheireadh a thoirt seachad, gib endlich auf, du Schwein.«

Dabei schwang sie im Bett sitzend beide Arme, traf Anton am Kopf, der sich ob dieses Ausbruchs auf die Bettkante zurückzog. Was zu viel war, war zu viel.

Die Ängste, ernsthaft geistigen und körperlichen Schaden zu nehmen, trieben Kendra nun doch endgültig dazu, ihren Hausarzt, Doktor Matthias Wiedmann, aufzusuchen.

Sie bat ihn um Schlaf- oder Beruhigungsmittel.

Doktor Wiedmann war durchaus versiert, ein wunderbarer Mann und ein guter Arzt. Die volle Praxis sprach Bände. Immer ein freundliches Wort auf den Lippen, nahm er alle Menschen als das hin, was sie waren, wertvolle Geschöpfe, und ein jedes verdiente seine Aufmerksamkeit, seinen Respekt.

Er erkannte aufgrund seiner Feinfühligkeit hinter zur Schau gestellter Fröhlichkeit auch Depressionspatienten und Burnout, wenn Menschen mit diesen Schwierigkeiten in seine Praxis kamen. Er half, ohne zu urteilen.

Doch Depressionen und Burnout passten nicht wirklich zu Kendras Träumen.

Er überlegte hin und her, stellte sogar einen sehr verstörenden Verdacht in den Raum, den es zu prüfen galt. PTBS – Posttraumatische Belastungsstörung.

»Die Seele schützt den Menschen vor Verletzungen, vor bösen Erinnerungen. Die PTBS tritt meist binnen eines halben Jahres nach dem Ereignis, dem Auslöser auf. Und hier komme ich bereits ins Trudeln, Kendra. Ja, Sie haben Albträume, Sie haben vielleicht sogar sogenannte Flashbacks.«

Er stockte kurz, runzelte die Stirn.

»Sie haben die Schlafstörungen und die Ängste, die zur Symptomatik dazugehören.«

Er schnaufte kurz tief durch und sah sie aus dunkelblauen Augen an, als würde er ihr direkt in die Seele blicken.

»Aber ...«, begann er einen weiteren Satz und räusperte sich zwischendrin, »... aber Sie haben die Träume schon jahrelang, sie sind nicht neu, nur intensiver geworden.«

Er atmete selbst tief ein.

»Es ergibt keinen Sinn, Kendra, Sie müssten sich an den Auslöser erinnern, aber Sie sagten, da ist nichts. Das passt nicht. Ich gestehe ehrlich, ich weiß nicht weiter. Kendra, bitte suchen Sie Doktor Paul Maynardt auf.«

Er reichte ihr eine Visitenkarte über den Tisch und sprach weiter.

»Ich kenne ihn nicht persönlich, habe aber nur Gutes gehört. Er ist ein Experte auf dem Gebiet der Psychotherapie. Nutzen Sie die Chance, ich werde einen Termin für Sie vereinbaren. Wenn jemand herausfinden kann, was hier mit Ihnen geschieht, dann sicher er, oder er kennt wieder jemanden. Bitte stellen Sie sich bei ihm vor.«

Kendra schauderte, blickte voll Entsetzen auf die Karte.

»Psychiater? Denken Sie, ich bin verrückt? Ich brauche psycho-therapeutische Hilfe?«

Geknickt, mit hängendem Kopf murmelte sie: »Na gut, ich brauche definitiv Hilfe.«

DER ANDERE ARZT

Paul Maynardt, Dr. med., Facharzt für Psychiatrie und Psychotherapie, so sein voller Titel, war ein Herr Mitte vierzig mit braunen Haaren, leicht grauen Schläfen und wachen, braunen Augen. Er strahlte eine große innere Wärme aus, die Kendra ein angenehmes Krabbeln durch die Eingeweide schickte. Unwillkürlich schlich sich ein leichtes Lächeln auf ihr sonst blasses Gesicht. Ungewöhnlich.

Mit stoischem Gesichtsausdruck hörte er sich Kendras Geschichte an, schrieb hin und wieder etwas in sein Notizbuch, wiegte den Kopf hin und her, murmelte kurz etwas, um schnell den Kopf wieder verneinend zu schütteln. Durch die Gläser seiner Harry-Potter-Brille hindurch sah er Kendra fragend an. Bei einigen Details ihrer Erzählung hakte er tiefer nach, zog eine Augenbraue hoch und versuchte, einen skeptischen Blick auszusetzen.

»Frau Meyer-Snelinski, bitte berichten Sie über die Geschehnisse an den Tagen der Träume. Was gab es Neues oder Aufregendes, womit könnten die Träume zusammenhängen?«

Er schmunzelte sie über den Brillenrand linsend an, was Kendra ein kurzes Auflachen entlockte.

»Wie gucken Sie denn?«, brach es plötzlich aus ihr heraus. Schnell schlug sie sich die Hand vor den Mund. Was war nun los, sie war doch sonst nicht so vorlaut?

Aber sie mochte ihn auf Anhieb, er fühlte sich richtig an, warm, ungewohnt warm, wohl sogar. Verwunderlich – sie runzelte die Stirn.

»Dieser Mann fühlt sich nach zu Hause an«, murmelte sie derart leise, dass der Mediziner ihre Worte nicht verstehen konnte und sie mit zusammengezogenen Augenbrauen musterte.

Komisch, so schnell fasste sie nie Vertrauen, aber dieser Mann – sie kniff die Augen zusammen, grinste innerlich: *Der hat was an sich.* So berichtete sie Stück für Stück, warum sie seine Praxis besucht hatte. Er sah sie an, die Augen warm und tief, braun mit goldenen Sprenkeln. Seit Kendra von den blauen Augen träumte, achtete sie verstärkt darauf, Wärme und Seele in ihrem Gegenüber zu erkennen. Nichts verunsicherte sie mehr als kalte, scheinbar tote Augen ohne Liebe und Mitgefühl.

Kurz faselte der Arzt etwas von Feng-Shui und Wasseradern, was Kendra nicht ganz verstand. Bevor sie jedoch nachfragen konnte, schüttelte Doktor Maynardt überzeugt den Kopf und grummelte:»Das verschreckt Sie bloß, wie komm ich auf so einen esoterischen Quatsch?« An sie gewandt, bat er:»Kendra, bitte berichten Sie, wie sind Ihre Abendrituale, wo und wie schlafen Sie, was essen Sie abends? All das könnte mit Ihren Träumen zusammenhängen. Viele Beschwerden sind einfach umweltbedingt und eins kommt zum anderen.«

Stirnrunzelnd blickte er sie an. Dieser Blick löste etwas in ihr aus, eine Gänsehaut, aber irrwitziger Weise dazu eine ausgesprochen angenehme Gänsehaut. Kendra fühlte sich wohl in der Praxis des Arztes, jedoch beschlich sie mit der zunehmenden Zahl seiner Fragen gründlich das Gefühl, dass auch der Psychotherapeut im Trüben fischte.

»Kendra, ich möchte gerne noch verschiedene Untersuchungen einleiten, einfach um körperliche Probleme als Auslöser Ihres Unwohlseins gänzlich auszuschließen, einverstanden?« Wie selbstverständlich war er zu ihrem Vornamen gewechselt, was Kendra schmunzelnd zur Kenntnis nahm. Meyer-Snelinski war auch weder sehr einprägsam noch irgendwie schön, geschweige denn einfach. Es klang nach einem sturen Finanzbeamten und als dermaßen steif und bürokratisch wollte sie keinesfalls gelten.

»Rutschen Sie mal näher ran Kendra, Kinn hier drauf.«
Er zeigte auf eine Ablage an dem Gerät, das auch Optiker
nutzen, um die Sehschärfe zu prüfen.
»Ich schaue mir jetzt mal beidseitig Ihre Iris an.«
Komisch schnaufend, zog er die Stirn kraus. Kendra hob die
Augenbrauen und sah fragend zu ihm.
»Kendra, ich sehe auffällige Flecken im linken Auge bei drei Uhr,
dieses könnte ein Hinweis auf eine Herzproblematik sein. Gibt es
in Ihrer Familie Herzinfarkte oder andere Herzkrankheiten?«
Kendra überlegte. Hatte sie ein Herzproblem und führte vielleicht eine Schlafapnoe zu diesen Träumen? Das musste abgeklärt
werden.
»Kendra«, sagte in diesem Moment Doktor Maynardt, »ich über-
weise Sie zum Herzecho und in ein Schlaflabor, bitte lassen Sie das
checken. Das Ergebnis besprechen wir in zwei Wochen. Allerdings
frage ich mich …«, er sah auf und Kendra skeptisch direkt in ihre
grünen Augen, seine Hände begannen dabei den imaginären Bart
zu flauschen, »… eine Herzproblematik, drei Uhr, Herzchakra,
Seelensitz.«
Seine Ausführungen wurden leiser und leiser. Schließlich winkte
er ab und machte einen erneuten Termin mit Kendra aus, um die
Ergebnisse der schulmedizinischen Untersuchungen zu besprechen.
Kendra verließ die Praxis unruhiger, als sie sie betreten hatte.
Mehrfach drehte sie sich zum Haus der Praxis um, studierte den
weißen Giebel der Gründerzeitvilla, runzelte die Stirn und murmelte: »Chakra, was ist das, was meinte er und … warum fühlt
sich dieser fremde Mensch nur einfach richtig an? Komisch.«
Wenige Tage später – Kendra hatte alle Fachärzte besucht, die
der Arzt vorgeschlagen hatte, und ihrer inneren Unruhe geschul-
det noch einige mehr – traf sie sich erneut mit Doktor Maynardt.
Dieser konnte es kaum glauben. Alles ohne Befund. Vor ihm saß
eine ausgesprochen gesunde, junge Frau Anfang vierzig ohne jegliche medizinische Problematik mit dem Herzen. Lediglich extrem
erhöhte Hirnströme und Hirntätigkeiten wurden im Schlaflabor

gemessen. Ein Anstieg von Herzschlag und Blutdruck wurden gegen zwei Uhr morgens verzeichnet, senkten sich jedoch mit der nächsten Tiefschlafphase gegen vier Uhr früh auf ein gesundes Niveau ab, also eine normale Traumphase. Eigentlich normal, und doch war die Länge von durchgängig fast zwei Stunden sehr verwunderlich.

Medizinisch erklärbar wären vier bis sechs Traumphasen in acht Stunden Schlaf, mit einer Einzellänge zwischen fünf und ungefähr dreißig Minuten, so teilte der Psychotherapeut mit.

»Oh das klang sehr medizinisch.«, murmelte Kendra vor sich hin. Verwunderung machte sich auf beiden Seiten breit!

Doktor Maynardt schien ratlos und auch Kendra wusste nichts weiter zu sagen, was Licht in Ihre Träume bringen würde.

»Kendra, ich bitte Sie, schreiben Sie ihre Träume auf, Ihre Empfindungen, Ihre Gedanken – auch am Tage, ich verstehe die Problematik, sehe aber bisher keine Ursache für Ihre Träume. Es musste doch herauszufinden sein ...«, grummelte er leise und Kendra meinte sogar, einen unflätigen Spruch gehört zu haben, »... es muss doch zu erkennen sein, welche Besonderheit die Träume haben – bitte führen Sie ein Traumtagebuch.«

Mehr zu sich selbst murmelte er: »Ich werde recherchieren, die Iris lügt nie, drei Uhr Herzprobleme, vielleicht doch Herzchakra, ich habe da so eine Vermutung, die ich aber zuerst selbst nachlesen möchte.«

Der Doktor sah skeptisch in Kendras Augen, als versuche er, dahinter zu kommen, ob man ihn hier foppte. Dann nickte er ihr bestätigend zu, sein langer Atemzug ließ sie aufhorchen. »Kendra, bitten Sie auch Ihren Mann, so unangenehm das für Sie auch sein mag, Veränderungen an Ihnen und Ihrem Verhalten zu notieren, die er merkwürdig findet, die Ihnen jedoch vielleicht gar nicht auffallen. Wir sehen uns dann in drei Wochen wieder und besprechen das. Sollte zwischendrin etwas ganz Merkwürdiges passieren, bitte scheuen Sie sich nicht davor zurück, mich anzurufen.«

»Okay«, bestätigte Kendra nickend und war sogar ein wenig dankbar, endlich diese Lethargie loszuwerden, mithelfen zu können,

Licht in das Dunkel zu bringen. Endlich, endlich konnte sie – ja, was eigentlich? Entschlossen verließ sie die Praxis des Therapeuten. Vor der Tür drehte sie sich nochmals um, sah wieder an der weißen Fassade der Innenstadtvilla empor und grinste.

»Herzchakra, das habe ich gehört Herr Doktor, das habe ich gehört.« Sie gluckste zufrieden. »Ich werde der Sache nun endlich auf den Grund gehen, es reicht Blauauge, es reicht, ich kriege raus, wer du bist.«

So beschwingt hatte sie sich schon lange nicht mehr gefühlt und gönnte sich sogar auf dem Heimweg ein Eis.

Sie notierte die nächsten Tage akribisch, was sie erlebte. Zudem legte sie besonderes Augenmerk auf Kälte oder Wärme, Luftzüge auf Ihrer Haut, die sie empfand, auf ihre Gefühle beim Aufwachen, Worte, denen sie Wichtigkeit beimaß. Von Neugier und einer unterschwelligen Angst, doch nicht geistig vollkommen gesund zu sein, machte sie sich fleißig Notizen und schrieb jeden Traum auf. *Merkwürdig. Was bezweckte der Doktor damit?* Sie tat es dennoch.

Da sie beim Aufwachen meist durcheinander war, die Gedanken oft weite Kreise zogen oder sie gar weinte, bat sie ihren Mann um Hilfe. Sie wollte nicht, dass sich Anton zurückzog oder die Schuld bei sich suchte. Sie konnte es nicht allein schaffen, dessen war sie sich sehr bewusst. Bei einem Glas Rotwein saßen sie beide zusammen.

»Schatz, du weißt ich träume, oft und schwer. Die Träume verändern sich, sind nicht mehr liebevoll, sondern leidvoll, Blut und Krieg spielen eine immer größere Rolle. Es verstört mich, du merkst es. Bitte hilf mir.«

Er brummte lediglich ein tiefes »Na endlich« und zog seine Frau an seine Brust, dankbar, helfen zu dürfen.

Anton übernahm seine Aufgabe sehr ernsthaft und notierte neben dem, was seine Frau zu berichten bereit war, noch allerlei beiläufige Informationen, die ihm wichtig erschienen. Eigenarten, die seine Frau in dieser Zeit an den Tag legte, beunruhigten ihn. Er beschrieb das Berühren ihrer linken Schulter mit schmerzverzerrtem

Gesicht beim Aufwachen. Seine Gedanken schweiften ab. Sie benahm sich in diesen Momenten ständig, als hätte sie eine Verletzung an der Schulter. Kurz schüttelte er sich bei dem Gedanken und schnaubte laut. Komische Gedanken.

»Ich sollte weniger fernsehen«, grummelte er leise.

Manchmal gingen die Ereignisse, die Murmeleien Kendras so schnell und so laut vonstatten, dass eine Diktierapp sinnvoll erschien und heruntergeladen wurde.

»Ein Hoch auf die neueste Technik, ich kann ja kein Steno, so geschossen, wie die Infos hier kommen«, moserte Anton.

Auch die Tatsache, dass sie jetzt, wo der Sommerbeginn unmittelbar bevorstand, oft in den Garten ging und dass ein oder andere Kräutlein herauszupfte, es glattstrich und einen Namen vor sich hinmurmelte: »plantago, roris marini«

»Ob das Latein ist?«

Diese Frage flüsterte Anton sofort, als er den Namen eines Kräutleins vernahm.

Manches Gestrüpp warf sie einfach wieder weg, das war ebenfalls neu. Er verstand einzelne Worte, wie: »Giftig, unbrauchbar, widerlich, bitter, zu hart, matschig«. Er notierte es, diktierte und speicherte. Manche Gesprächsdateien leitete er gleich per WhatsApp ungefiltert an den Arzt weiter. Kendra hatte ihm die Nummer gegeben.

Zeitgleich recherchierte Kendra im Internet, schlug einzelne Kräuter nach, lernte ihre Bedeutung auswendig, nachdem sie ein, ihr eigentlich unbekanntes, Pflänzchen herausgezupft hatte. Es musste von Bedeutung sein.

Auch googelte sie das Wort Herzchakra und ihre Augen weiteten sich, wurden kugelrund. Sie las Anton laut vor. »Experten vermuten den Sitz der Seele im Knotenpunkt des Nervensystems im Gehirn, doch eigentlich ist das Herz das Organ, welches am stärksten auf Emotionen reagiert.«

Sie murmelte laut weiter vor sich hin, während sie las. »Drei Uhr, Herzprobleme, Herzchakra, Sitz der Seele im Herzchakra, nicht im Kronenchakra, im Gehirn und auch nicht in Höhe der Augen, dem sogenannten Dritten Auge, dem Gesichtschakra. Himmel, jetzt bin ich verwirrt«, sie kniff sich mit den Fingern in die Nasenwurzel. Ein Wort brannte sich mit Macht in ihr Denken.

»Seele!«

Sie drehte das Wort mehrfach in ihrem Mund, als würde sie den Geschmack erkunden, würde die Essenz des Wortes, vielleicht die Seele selbst schmecken.

Nach und nach füllte sich Tag um Tag im Kalender. Oftmals stand als Kommentar in der Spalte nur »müde, viel gearbeitet, ruhige Nacht«, manchmal tat sich gar nichts. Das Wort »Seele« jedoch kreiselte in Kendras Gedanken, sie fand keine Ruhe.

Die Maiglöckchen blühten und bald flogen die Mai-, kurz darauf die Junikäfer und brummten wie alte Hubschrauber. Die Kinder kreischten und liefen weg.

Die Erinnerungen – plötzlich und heftig. Kendra keuchte auf, setzte sich ins Gras und drückte eine Hand gegen ihr Herz. Die Käfer. Einer landete auf ihrem Arm und krabbelte hinauf.

»Beetle beag«, flüsterte sie und besah sich die dunkelbraunen Flügel, bevor sie ihn mit einem Fingerstups zum Wegfliegen animierte.

»Beetle beag«, wiederholte sie grinsend und etwas lauter, bestimmter.

Kendra huschte durch den Garten und zupfte gerade auf dem Boden herum, murmelte was von Spitzwegerich, Husten, Erkältung und schnaubte laut. Sie richtete sich kurz auf, streckte den Rücken durch, der knackte, wie ein altes Holzgerüst. »Ich brauch Arnika, Mensch die alten Knochen«, kicherte sie leise. Alle Knochen zurechtgerückt, bückte sie sich erneut, grummelte genervt auf, strich sich gestenreich wirres Haar aus dem Gesicht und schüttelte den Kopf, so, als würde sie eine Strähne der langen Mähne stören.

Anton merkte auf, runzelte die Stirn. Ein erschrecktes »Pfff« entkam ihm.

Das war neu, das war sogar verstörend, Kendra hatte kurzes, feuerrotes Haar, das sie penibel alle vier Wochen schneiden und alle acht Wochen nachfärben ließ. Anton nahm es wortlos hin, beschloss aber, es genau zu notieren, gerade weil Kendra es nicht bemerkte. Sie summte mittlerweile schon wieder vor sich hin und steckte ein wenig Petersilie in den Mund.

WENN DER TAG
AM LÄNGSTEN IST

Ein Fest, ein großartiges Fest. Alles verfiel in Aufregung. Essen mit Freunden, grillen und feiern, trinken und tanzen. Das war es, was diesen Tag so besonders machte.

Dieses Jahr wurde ein rauschendes Fest mit einem abendlichen Feuer, viel Wein und Gesang geplant.

»Schatz, haben wir genug Bier und Wein? Was ist mit den Steaks und den Würstchen? Und«, Kendra räusperte sich und grinste: »was ist mit den Pflanzenessern? Haben wir die veganen Grillpatties, Champies und die Sojaknobicreme, die ich aufgeschrieben hatte auch? Hier muss keiner hungern.«

Seit einigen Tagen fragte Kendra ihren Mann immer wieder nach Besorgungen und Kleinigkeiten. Alles sollte perfekt sein. Niemand sollte sich unerwünscht oder unwohl fühlen. Sie probierte Rezepte aus, dachte an jede Ernährungsform ihrer Freunde, denn es war ihr unendlich wichtig, dass alle Spaß haben würden. Sie plapperte mehr als sonst und Anton genoss es, seine sonst so still gewordene Frau derart aufgeregt und glücklich zu sehen.

Kendra liebte dieses Fest, immer. Ihm war die Sommersonnenwende kein Begriff, bis er sie traf. Sie freute sich wochenlang darauf.

An diesem Abend tanzte sie wie ein Derwisch um das Feuer. Ihre Augen leuchteten, schienen fast Funken zu sprühen. Ihre Aura schien zu glühen, so voller Lebensfreude. Ihre Freunde sahen ihr staunend zu, so gelöst und frei hatten sie Kendra lange nicht erlebt. Es wurde viel getrunken und auch Kendra sprach dem

Wein kräftig zu. Sonst eher zurückhaltend, fiel es Anton bewusster auf denn je. Er ließ Kendra feiern und hoffte, dass sie sehr wohl ihre Grenzen kannte und sich nicht gänzlicher Volltrunkenheit hingeben würde. Er schmunzelte und genoss den Abend. So liebte er seine Frau, so hatte er sie kennengelernt. Ein hinreißender Springinsfeld, ein Floh.

Mit dem Fortschreiten der Zeit hin zur Mitternacht, ging Kendras Blick zuerst in größeren, dann immer kürzeren Abständen gen Himmel. Ihr Tanz wurde ruhiger, ihr Lachen sanfter. Der Blick wurde flackernd, wanderte hin zu Mond und Sternen, dann wieder zum Feuer, als erwarte sie etwas. Anspannung trat in Ihre Muskeln. Anton, der seine Frau die ganze Zeit mehr oder minder auffällig beobachtet hatte, bemerkte die nach oben gezogenen Mundwinkel, eine Leichtigkeit in ihren Gesichtszügen, das sanfte Streichen über nicht vorhandenes langes Haar. Sie lächelte tief empfunden, glücklich.

Ihre gerade, selbstbewusste Haltung wunderte ihn und er notierte es kurz mit Datum und Uhrzeit in sein Traumtagebuch. Hin und wieder entkam ihr ein Seufzen und sie sah zu ihrem Mann. Das Lächeln vertiefte sich, ihre grünen Augen strahlten voller Liebe.

Ein leises Flüstern: »Schatz, wir haben Irn-Bru vergessen.« Stirnrunzelnd widmete er sich wieder seiner Aufgabe, dem Grill. Das sonderbare Wort drehte seine Runden in seinem Kopf und über seine Zunge: »Irn-Bru, was soll das denn sein, irgendeine dubiose Kräuterbrause oder was?«

Er grinste: »Neee, das wäre zu einfach.«

In Kendras Gedanken flackerten kurz die Worte »nach Hause« auf. Doch so schnell, wie sie daran dachte, so schnell waren ihre Gedanken wieder auf das Feuer gerichtet. Sie war zu Hause, mit ihrer Familie und ihren Freunden, sie war glücklich. Sie tanzte und tief in ihrem Inneren schien sie die stetig dumpfen Schläge von großen Basstrommeln zu hören.

Boom, boom, boom!

Tief in der Nacht, die letzten Gäste hatten sich schon lange zur Ruhe begeben, gellte ein fürchterlicher Schrei durchs Haus. Leid, unendliches Herzeleid.

Kendra schrie, als gäbe es kein Morgen.

Ich kämpfe mich auf die Füße, ein Kribbeln rast mir durch die Adern, eiskalt. Ich laufe weiter, sehe ihn mit dem Nordmann fechten. Plötzlich ein weiterer Feind, der von hinten mit einem Speer in der Hand auf ihn zu rennt.

Atemlos, bewegungslos, nahezu erstarrt, stehe ich einfach da und höre mich selbst wie in weiter Ferne schreien – Verzweiflung, Hass, Wut, Trauer, ein Kreischen, dass nicht menschlicher Natur scheint. Sein Blick geht in meine Richtung, pures Entsetzen.

Er dreht sich um und …

Der Speer donnert in seine linke Körperseite. Splittern von Holz, lauter als die Brandung, ein Keuchen, er fällt nach vorn.

Die Lippen zu einem weiteren, diesmal stummen Schrei geöffnet, spüre ich kalten nassen Sand unter meinen Knien, die Hände greifen ins Leere. Ich will nicht sehen, was ich schon so oft mit anschauen musste, atemlos, leblos. Der Speer in seiner Brust, die Augen leer, verdreht, seelenlos. Seine blutigen Haare kleben am Hals, die Zöpfe gelöst, überall Wunden am zerschundenen Körper.

Sie verfiel in unverständliches Murmeln: »*Na bàsaich* – bitte, bitte nicht, stirb nicht. Du musst leben. *An sleagh* – der Speer, bitte nicht. Bring doch jemand Silberweide …«

Anton, der noch die Glut des Lagerfeuers bewacht hatte, ließ alles fallen und rannte ins Schlafzimmer. Seine Frau stand vor dem Bett, das Gesicht wachsbleich, die Hände zitternd, die Augen schreckgeweitet und voller Tränen, und doch schien ihr Geist unendlich weit weg.

»Schatz, was ist bloß in dich gefahren? Was ist mit Silberweide und wer zum Henker ist *Na bàsaich*? Schatz, wach auf!« Er rüttelte kräftig an ihren Oberarmen, doch sie reagierte weder auf Berührungen noch auf Ansprache.

»Verdammt Liebes, was ist los? Kann ich helfen?« Er spürte selbst, wie sich seine Stimme immer mehr hob, immer lauter wurde.

Kälte kroch in seinen Nacken. Ein Blick in ihre Augen genügte. Leblos. Er wusste sofort, sie war nicht wirklich mit ihm hier im Raum, ihre Seele und die Wärme seiner Frau schienen unendlich weit weg, wie nicht in dieser Zeit. Was vor ihm stand, war nur ein Abbild, eine seelenlose Hülle.

Es vergingen vermutlich nur Sekunden oder doch Stunden?

Ohne jedwede Vorwarnung ließ die Körperspannung nach und Kendra fiel bewusstlos auf den Boden vor dem Bett.

Anton brach kalter Schweiß aus. Er war schon im Begriff, den Notarzt zu rufen, da schlug Kendra die Augen wieder auf. Sie sah ihren Mann mit leeren Augen an, zitterte und schien doch tatsächlich in diese Welt zurück zu driften. Anton nahm sie in den Arm, drückte sie zuerst fest an sich, anschließend aufs Bett und sah ihr in die immer noch schreckgeöffneten Augen, die jedoch deutlich mehr Leben zeigten, als noch vor wenigen Sekunden. Grausen packte ihn.

Kendra würgte, rollte sich seitwärts und übergab sich auf den Läufer vor dem Bett, schien davon jedoch keine Notiz zu nehmen. Anton beobachtete sie genau und bedachte sie mit ständiger leiser Zusprache. Er reinigte schnell das Zimmer, lüftete.

Kendra schüttelte mehrfach den Kopf und knetete ihre Finger.

Sanft, leise wie ein Windhauch in den Weiden, wisperte sie plötzlich völlig unverständliche Worte, die sich nach und nach zu wiederholen schienen. Dann schwollen die Worte an, nahmen an

Macht zu. Kamen, einem Orkan gleich, hervorgeschossen. Anton hörte zu, ohne zu verstehen und entschied sich dann für die Diktierapp statt Zettelblock, um die phonetisch fremd klingenden Worte aufzunehmen. Schreiben konnte er das nicht.

mo chridhe, gràdh, ionnsaigh, dachaigh, fuar, sùilean gorma, cogadh, fala, ghaisgeach.

Das letzte Wort wiederholte sie vielfach, sagte immer wieder die Worte *ghaisgeach mo chridhe, gràdh mo bheatha, gràdh mo bheatha, ghaisgeach m'anam.*

Die Reihenfolge und die Lautstärke variierten stark und dennoch blieben der Grundtenor und die Phonetik der Worte immer gleich. Anton verstand sie nicht, jedoch der Schmerz, die Trauer, das Leid in den Worten blieben ihm nicht verborgen. Er hielt Kendra ganz fest im Arm.

»Liebling, beruhige dich, ich halte dich, bin da, es ist nur ein Traum, komm zurück!«

Es tauchten zusätzliche Worte auf, die völlig aus dem Zusammenhang in Deutsch gesagt wurden und nicht weniger bedeutsam schienen: »Weidenrinde, Schachtelhalm.«

Kendra begann fordernder zu sprechen: »So bring doch Wundklee und Hirtentäschel!«

Pflanzennamen, die Anton noch nie gehört hatte und er fragte sich in diesem Moment, woher Kendra diese kannte. Was war hier los? Anton unterbrach seine Frau nicht.

Fast begann sie wieder zu schreien, verlangte nochmals nach Silberweidenrinde, nur um gleich darauf wimmernd an Antons Schulter zusammenzusacken. Die ganze Kraft verschwand aus ihrem Körper, ein tiefes Schluchzen entrang sich ihrer Kehle. Leise murmelte sie, ihn anblickend mit verschleiertem Blick: »TOT, er ist tot.«

Anton wich alle Farbe aus dem Gesicht.

»Wer ist tot, Liebes? Rede mit mir.« Er zog sich und seiner Frau eine Bettdecke über die Schulter und notierte weiter.

»Feuer, Tod, Schiffe, Pfeile, Krieger, Kämpfer, so viel Blut.«

Kendra sank zur Seite, sie weinte. Tränen – sturzbachgleich. Sie sah ihren Mann mit großen Augen an. Ihre Lippen formten immer weiter dieselben Worte.

»Aric ist tot, sie haben Aric getötet, die Nordmänner!«

Anton strich ihr übers Haar, um sie zu beruhigen und murmelte immer wieder: »Wir kennen doch keinen Aric Schatz, wir kennen keinen Aric.«

Kendra sah ihn an. *Wie konnte er es nur nicht verstehen?* Aric war tot, das war furchtbar. Warum war er so herzlos. Er sagte nur: »Wir kennen keinen Aric.« Resignation. Sie verstand nicht. Er verstand nicht. Müde, Dunkelheit, Ruhe. Gnädiger Schlaf umfing sie.

Angst überkam Anton, ein Prickeln stellte die kleinen Härchen auf seinen Armen auf, die große Kälte wollte nicht weichen, eine unterschwellige Trauer um Aric erfasste sein Herz, so unlogisch und doch so präsent. Ein Aric war ihm völlig unbekannt und doch spürte sein Herz eine Verbindung, die er nicht benennen konnte. Er sog tief den Atem ein, seufzte. Er hatte die Resignation in Kendras Blick gesehen.

Es war Zeit, zu Doktor Maynardt zurückzukehren. Das, was hier geschah, war eine Nummer zu groß für beide.

Als der Morgen anbrach, Kendra sah ihren Mann bereits mit großen Augen an, wirkte sie mitgenommen und müde, schien sich aber nicht wirklich an die Ereignisse der Nacht zu erinnern oder erinnern zu wollen?

Als er mit »Schatz, wenn du …«, begann, antwortete sie lediglich: »Bitte nicht, lass mich, bitte nicht.«

Tränen rannen ihr erneut über das Gesicht.

Hoffentlich maß keiner der Gäste dem Schrei so viel Bedeutung zu, wie er wirklich hatte.

Gott sei Dank fragten auch nur wenige. Er erklärte, dass Kendra sich den Zeh auf dem Weg zum Bad böse an der Kommode gestoßen hätte. Kendras leise gemurmeltes »Danke« erfüllte ihn mit tieferem Unwohlsein, denn es zeigte sich auf diese Weise, wie tief sie die Ereignisse der Nacht getroffen hatten.

Kendra, die natürlich die Geschehnisse, den Albtraum dieser Stunden nicht vergessen hatte, sondern nur zu überspielen suchte, weil ihr das Geschehen, die Ohnmacht und das Übergeben furchtbar peinlich waren, schrieb ihre Empfindungen in ihr Tagebuch. Sie sprach jedoch mit Anton nicht darüber. Dazu war sie einfach nicht in der Lage. Zu tief saß die Trauer um Aric. Zu tief traf sie in der Nacht die Reaktion ihres Mannes, keinen Aric zu kennen. Ihr Mann verstand nicht, dennoch ließ sie sich in eine wärmende Umarmung ziehen. Sie wollte niemanden beunruhigen, erst recht nicht Anton, keine Eifersüchteleien aufkommen lassen, nur weil sie von Aric träumte. Endlich hatten die blauen Augen einen Namen. Aric.

Nach dieser schrecklichen Nacht wurden die Träume wieder sanfter. Sie sah goldene Wiesen, auf denen sich das kniehohe Gras im Wind bewegte. Ging am Strand entlang, die Füße im Meer oder saß am Abend zum Sonnenuntergang in den Dünen.

Angst existierte in dieser Intensität nicht mehr. Anfang Juli schlief Kendra die erste Nacht seit Wochen wieder durch. Nein, vergessen konnte sie nicht, aber sie beruhigte sich, ihr Blick wurde klarer.

Die Besonderheit dieses Jahres schien zu sein, dass die Träume zwar sanfter, nicht mehr panikgleich kamen und nicht mehr jede Nacht, aber nicht wie sonst vollständig verschwanden. Auch waren sie viel genauer, detaillierter, waren nicht mehr so nebulös. Die Traumgestalten nahmen immer mehr Gesicht an, Namen wurden genannt, die Bilder verknüpften sich zusehends zu ganzen Traumsequenzen.

So war es früher nie gewesen. Erst dieses Jahr.

Die Geschehnisse der Sommersonnenwende ließen sie auch zum ersten Mal in der Geschichte ihrer Träume nicht mehr los.

Wer waren Radha, Kensi und Ragnar? Die Namen waren neu. Welche Rolle spielte ein Ronan? Alles Personen, die sie in ihren Träumen traf, deren Bedeutung im Nebel lag.

Aric war tot. Er kam niemals wieder. Er war einfach tot. Doch wer war Aric? Warum nahm sie das so mit?

Kendra war bestürzt und verwirrt, kannten sie in dieser Zeit doch tatsächlich keinen Aric. Es nahm groteske Züge an und doch schien ihr Herz tief zu trauern.

In den kommenden Tagen, bis zum nächsten Termin bei Doktor Maynardt, blätterte sie hin und wieder in ihrem Kalender, wunderte sich ein ums andere Mal, warum sie Spitzwegerich und Honig an einem Tag erwähnte und an einem anderen Tag aufschrieb, drei Löffel voll getrockneter Rinde der Silberweide, kochend aufgießen, abkühlen, trinken. Wofür und warum?

Und wieso, ein Fluch entrang sich ihrer Brust, weshalb in Gottes Namen hatte Anton in der Nacht der Sommersonnenwende Weidenrinde, Schafgarbe, Gänseblümchen und Schachtelhalm auf sein Blatt gekritzelt? Das ergab in dieser Kombination überhaupt keinen Sinn! Sie runzelte die Stirn.

Die Kräuter passen eigentlich gar nicht zusammen, wer war verletzt, da musste es jemanden schwer getroffen haben. Blutstiller und Schmerzmittel.

Kendra interessierte sich seit jeher für Naturwissenschaften, Chemie, Biologie, Medizin – hatte sie darüber gelesen und das in ihren Träumen verarbeitet? Sie rollte die Namen der Kräuter über ihre Zunge, ein komisches Gefühl bildete sich in ihrem Magen, wie tausend Fliegen in einem Karton. Wofür braucht man Weidenrinde und dann noch Silberweide? Das musste sie herausfinden. Und warum diese Zusammenstellung?

Sie begann, im Internet zu recherchieren und fand sehr schnell passende Erklärungen.

Silberweide wirkte gegen Fieber, war einfach die natürliche Form von Aspirin, Schachtelhalmsud half gegen eine kranke Blase oder bei Gelenkbeschwerden. Schafgarbe wurde eingesetzt bei

Verdauungsproblemen und auch Frauenleiden. Warum kam ihr das bekannt vor? Weshalb interessierte sie das? Fragen über Fragen! Die anderen aufgezeichneten Worte verwirrten sie noch mehr. Warum Tod und Lauf? Je mehr Kendra grübelte, desto skurriler wurde es.

Sie las in ihren Aufzeichnungen, dachte nach, blätterte immer wieder herum und konnte dennoch kein Muster erkennen. Es zeigte sich kein System, keine beständigen Wiederholungen der Worte, außer den blauen Augen, Meer, Traum, kalt!

Einzig auffällig schien Kendra, dass die Träume einer zeitlichen Periode unterlagen.

Vier bis sechs Wochen im Juni/Juli und im Dezember für etwa drei Wochen.

Das war in jedem Jahr gleich – seit ihrer Kindheit. Die Träume waren im Sommer stets intensiver, die verzeichneten Worte und Wortgruppen waren erstaunlich klar, wiederholten sich kontinuierlich.

Doch derart deutlich wie um die Wintersonnenwende im letzten Jahr und um die Sommersonnenwende in diesem Jahr waren die Träume vorher nie. Realistische, detailgenaue Bilder hatte sie nie gesehen, Namen konnte sie nie benennen.

Erst dieses Jahr! Alles war so klar, nicht mehr schemenhaft. Ihr Blick ging in die Ferne, Erinnerungen stiegen auf.

Was immer blieb, waren die Worte: »Blaue Augen, Meer, zu Hause!«

ZU VIEL
DUNKEL IM LICHT

An einem Julimorgen, sie war wieder ganz verweint aufgeschreckt, nahm Kendra in Absprache mit Anton, der sich wirklich Sorgen machte, den erneuten Psychotherapeutentermin wahr. Sie hatte nichts Schlimmes geträumt und doch brachte sie die Sehnsucht nach der Küste Nairns fast um den Verstand.

Herr Doktor Maynardt schaute sich die Aufzeichnungen an, schüttelte ein ums andere Mal den Kopf, räusperte sich, raufte sich die Haare. Eine nervöse Unruhe – vielleicht doch eine ernsthafte Erkrankung? Nein, das konnte nicht sein! Oder doch? Ein Hirntumor womöglich? Angst.

Der Arzt räusperte sich erneut, schüttelte abermals den Kopf, kratzte sich am Ohr, schob die lustig kleine Brille hoch und sah Kendra an. Schon darauf gefasst, gefragt zu werden, ob sie weiteren medizinischen Untersuchungen zustimmen würde, wie MRT und Gehirnscan, wartete Kendra, den Kopf leicht schief gelegt, auf die Worte des Mediziners.

»Nun denn«, brummte er, »Ich muss Sie das jetzt ganz direkt fragen, auch wenn es meinem medizinischen Glauben und Wissen absolut konträr ist. Glauben Sie an Übernatürliches, an Schicksal, Gott, Wiedergeburt, irgendwas Esoterisches oder dergleichen?«

Kendra zog die Augenbrauen fast unter den Haaransatz: »Schicksal, Gott, wie ... wie ... wie meinen Sie das?«

Er sammelte sich, sah ihr in die Augen und sprach mit beruhigender, sehr tiefer Stimme.

»Ich bin ein Mann der Wissenschaft. Wissenschaftlich und medizinisch lassen sich ihre Träume jedoch nicht erklären. Wären es Albträume, würden Sie sich an genauere Szenen erinnern. Wären es gute Träume, hätten sie nicht so oft Angst. Mir fällt die Periodizität Ihrer Träume auf.«

»Das ist mir seit Jahren bewusst, immer im Sommer und Winter.« Sie schluckte trocken und hörte Doktor Maynardt tief einatmen.

»Kendra!«, fuhr er fort. »Ich darf Sie doch beim Vornamen nennen? Ja?«

Kendra nickte. Wieso fragte er das erst jetzt? Das tat er länger? Unwohlsein kroch in ihrem Innerem hoch.

»Also Kendra, Sie sagen, die Periodizität ist Ihnen ebenfalls aufgefallen. Ist Ihnen dahingehend auch bewusst, rund um welche Daten es sich bewegt?«

Sie schüttelte den Kopf mit einer Vehemenz, die doch erkennen ließ, dass zumindest eine Vorahnung vorhanden sein könnte.

»Nun«, sprach der Arzt weiter, »nehmen wir uns einen Kalender ohne Ihre Aufzeichnungen zur Hand. Sie schreiben hier immer, sie träumen etwa vom ersten Juni an für vier bis sechs Wochen, also bis etwa zum zehnten Juli jeden Jahres. Welches besondere Datum liegt darin verborgen? Und nehmen wir den Dezember. Sie sprechen da von etwa drei bis vier Wochen. Es beginnt gemäß der Aufzeichnungen immer rund um den zehnten Dezember und endet etwa um den achten Januar.«

Ohne seine Erkenntnis mit ihr zu teilen, fragte er sofort weiter: »Gibt es andere Auffälligkeiten, seit Sie so träumen Kendra?«

Stirnrunzeln, Kendra kratzte sich am Hinterkopf und schnaufte. Na, da gab es einiges Verwirrendes in ihrem Leben, doch war sie ein Naturwissenschaftler, Götter, Geister und Dämonen waren nicht existent, nur Atome, Moleküle, Tatsachen und Nachweise. Daher schüttelte Kendra den Kopf sehr vehement. So was kann man nicht preisgeben. Undamenhaft die Nase hochziehend, sah sie auf ihre Hände.

»Kendra, sagen Sie mir, was ist Ihnen passiert? Was können Sie nicht deuten? Was wundert Sie? Vielleicht kann ich mir einen Reim darauf machen und Ihnen helfen. Falls ich nicht weiterkomme, würde ich Sie gern an einen Kollegen verweisen, der in diesem Teilgebiet der Psychoanalyse und Psychotherapie mit esoterischen Ansichten tiefer bewandert ist. Nur bitte, seien Sie ehrlich! Es gibt mehr zwischen Himmel und Erde als wir sehen können.«

Er sah sie mit diesen unglaublich warmen, dunkelbraunen Augen an, Augen mit goldenen Sprenkeln, die tief in ihre Seele zu schauen schienen.

Ihr war nicht ganz klar, ob ihr das angenehm war oder nicht. Sie hatte das Gefühl, diese Augen zu kennen, ohne Bezug zu Doktor Maynardt und dieser Situation. *Ein Déjà vù?*

»Also«, begann Kendra ihre Ausführungen, »es ist schon ein bisschen, wie meine Töchter gern zu sagen pflegen – fancy – was in meinem Leben abgeht. Ich bin Naturwissenschaftlerin und stehe mit beiden Beinen fest auf dem Boden. Dennoch gibt es Dinge, die ich nicht erklären kann.«

Kendra knetete nervös ihre Hände, kratzte mit den Nägeln an ihrem linken Handrücken. Sollte sie wirklich erzählen, was sie in den vielen letzten Jahren gesehen, gefühlt, erlebt hatte? Alles Dinge, die ihr unerklärlich waren? Und an welcher Stelle fing man am besten an und wo hörte man auf? Zog man seine Familie mit hinein? Das wollte sie gar nicht.

Die Familie sollte geschützt im Hintergrund verbleiben. Sie war die mit dem Problem. Sie war die »Gestörte«. Ihre Familie verdiente ihren vollständigen Schutz. Die Gedanken kreiselten nur so.

»Mir ist bewusst, dass man nicht alles erklären kann, Kendra«, meinte Doktor Maynardt, neugierig auf ihre Ausführungen. »Ich werde zuhören, ohne Sie zu unterbrechen.«

KLEINE WUNDERLICHKEITEN, GROSSE BEDEUTUNG

Kendra begann zu erzählen. Sie sprach zuerst von ihrer Fähigkeit, Menschen anzusehen und sofort instinktiv zu wissen, was in ihnen vorgeht.

»Ich weiß einfach immer ...«, ein Zaudern, ein scheuer Blick zum Arzt, »... wann es besser ist, den Menschen nicht anzusprechen, wann es hilfreich ist, dem Menschen eine Kopfschmerztablette anzubieten, ohne dass dieser etwas gesagt hat. Ich wusste bei einer Freundin sofort, dass sie schwanger war, nur durch einen Blick in ihre Augen. Dieser Freundin gratulierte ich damals lediglich und erntete dafür verständnislose Blicke.«

Kendra schüttelte ihren Kopf, blickte verwirrt auf.

»Halten Sie mich jetzt für verrückt?«

Sie sah den Doktor an. Der jedoch blickte, nein, starrte sie fasziniert an.

»Wissen Sie, was passiert ist?«, fuhr sie wenig später fort, »drei Wochen später kam die Freundin zu mir und fragte, woher ich das gewusst hatte. Wie sollte ich so was erklären?«

Es war unerklärlich. Schnipp war es in ihrem Kopf – unheimlich und direkt oder schleichend sanft! Beide Varianten traten auf, beide Varianten machten ihr gleichermaßen Sorgen.

»Am schlimmsten ist es,« so berichtete sie weiter, »in Räumen mit vielen Menschen. Entweder ist es von Anfang an super in diesem Raum, warm, gemütlich, ein sanftes Kribbeln auf der Haut oder im Herzen. Ich liebe dieses Gefühl, fühle mich wohl und warm und nichts juckt.«

Ein Grinsen zupfte an ihren Mundwinkeln.»Oder«, Kendra sah auf,»oder ich muss weg! Sie können sich nicht vorstellen, wie das ist, ich muss weg, muss raus, mir ist schlecht, mir dreht sich der Magen um. Ich leide nicht nachweislich an Klaustrophobie, aber ich bekomme in solchen Räumen, mit bestimmten Menschen Beklemmungen. Wie soll ich das korrekt ausdrücken?«

Kendra legte einen Finger an ihren Mund, seufzte kellertief. Doktor Maynardt brummelte in seinen nicht vorhandenen Bart:»Nackte Angst, sie fliehen.«

Kendra sah zu Boden, eine einzelne Träne rann unaufhaltsam über ihre Wange. Unwirsch wischte sie diese weg. Räusperte sich und schnaufte.

»Vorahnungen, ich nenne es jetzt einfach mal so, also die Vorahnungen überfallen mich plötzlich, unkontrollierbar, heftig«, erklärte sie,»ich weiß manchmal, dass jemand verletzt werden wird, kann es jedoch nicht verhindern. Ich weiß immer, es wird passieren, aber ...«, ein leises Seufzen war zu hören,»... ich weiß eben nicht, wem es passiert und weiß auch nicht zu jeder Zeit, was ›ES‹ ist, nur dass ›ES‹ immer furchtbar sein wird.«

Die Hände kneteten sich gegenseitig unaufhörlich in ihrem Schoss, ihre Anspannung war bis in die Haarwurzeln zu spüren.

»Atmen Sie tief ein Kendra, ich glaube Ihnen jedes Wort«, versuchte der Doktor, sie zu beruhigen.

Ihm waren der flatterige Blick und das beginnende Abdriften in ihre Gedanken nicht entgangen.

»Aber ich brauche mehr Kendra, mehr Informationen über diese Visionen.«

Ein Husten, ein Schlucken, dann sah Kendra wieder in die warmen braunen Augen: *Verdammt, ich komme nicht drauf, woher kenne ich diese Augen?* Gedanken, die sie nicht weiterbrachten.

»Über die Jahre habe ich mir angewöhnt, meinem unruhigen Gefühl zu vertrauen, Situationen zu meiden oder mitsamt meiner Familie die Örtlichkeiten, die mir suspekt sind, umgehend zu verlassen. Ich kann meinem Kopf grundsätzlich vertrauen!«

46

Sie stieß die Worte fast panisch aus.

»Sie werden jetzt lachen, so wie immer alle gelacht haben, wenn ich das sage, aber ich vertraue meinen Haarwurzeln. Wenn sie jucken, dann kämpfen oder fliehen, es gibt keine andere Option, verstehen Sie?«

Fast automatisch griff sie sich an den Hinterkopf und kratze ausgiebig. »Meist …«, ihre Schultern strafften sich, »… meist hört mir mein Anton zu, lächelt oder streicht mir übers Haar, aber manchmal …«

Betreten richtete sie ihren Blick auf den Boden.

»Manchmal versteht er es nicht, er erkennt keine Gefahr, so habe ich ihn schon mehrere Male, immer wenn er knurrte, allein dort gelassen.«

Ob der Doktor sie nun verurteilte? Einerseits, weil sie so dumme Gedanken hatte, und andererseits, weil sie ihren Mann, der nicht hören wollte, einfach dort ließ? Gedanken, die ihr Angst machten.

»Ich fliehe dann auch ohne ihn, aber stets mit den Kindern. Da verstehe ich keinen Spaß.«

Ihre Stimme wurde laut, dominant und sie funkelte den Arzt an.

»Die Kinder müssen da weg – ich verstehe ja auch oft nicht, was in diesen Momenten in mir oder meiner Umgebung vorgeht.«

»Wie geht das aus, Kendra? Ist in diesen, ich nenne es mal ›juckenden Situationen‹ schon jemals was Schlimmes passiert, das die Flucht rechtfertigte? Also hatten sie Gründe, dem Jucken zu vertrauen?«

Doktor Maynardt schien plötzlich deutlich größer, aufrechter in seinem Sessel präsent zu sein.

»In diesen Situationen, wenn ich abhaue?« Ein Grinsen schlich über ihr Gesicht.

»Wenn mein Mann vor Ort blieb, gab es immer ungewöhnliche Vorkommnisse, von Schlägereien in Kneipen oder Streits mit Kumpeln bis hin zu schweren Verkehrsunfällen auf dem Heimweg.«

Sie wurde ganz blass und flüsterte, als solle es niemand hören, um sie und ihr Selbst nicht infrage zu stellen. »Einmal gab es bei einem Feuerwehreinsatz in einer Kneipe, aus der ich herausmusste, einen Toten.«

Sie blickte in das erschrockene Antlitz des Arztes.

»Gott sei Dank«, ihr Ton nahm schmerzvolle Züge an, »Gott sei Dank war es nicht Anton.«

Dennoch, so berichtete sie weiter, war es hart, sie beide kannten den jungen Mann.

Kendra rappelte sich aus der zusammengesunkenen Position hoch, straffte die Schultern und hob den Blick.

»Es gab hunderte Situationen. Sogar eine Urlaubsreise habe ich schon, sehr zu Antons Ärgernis, verschoben, weil mich ein übles Gefühl, wie Anton es nannte, heimsuchte.«

Ihre Stimme überschlug sich fast.

»Aber das ist mir egal, ich muss da weg oder gar nicht erst hin, sollen doch alle denken, ich wäre verrückt. Mir schnurz«

Sie schnaufte fast trotzig, beruhigte sich schnell wieder und schien erschrocken über ihren Ausbruch.

Der Arzt sah aus, als müsste etwas aus ihm herausbrechen. Kendra lächelte ihm auffordernd an und signalisierte mit der Hand ein »Nur zu!«.

»Sie sagen, Sie sehen, wie es den Menschen geht, aber wie genau? Sehen sie Auren oder Flimmern, Glitzern, wie muss ich mir das vorstellen?«

Kendra zögerte. Genau konnte sie das gar nicht sagen, es war mehr ein Fühlen. Nein – Farben sah sie nicht, auch kein Flimmern. Sie wusste, die Person war entweder so oder so, sie nannte es für sich »richtig« oder »nicht richtig«.

Sie spürte es, fühlte zudem die Region, wo das »nicht richtig« saß, ohne es in Worte fassen zu können. Genau so berichtete sie dem Psychotherapeuten, nicht müde, sich langes Haar aus dem Gesicht zu streichen.

Er wiegte den Kopf hin und her, murmelte »Hellfühligkeit«, sie kniff perplex die Augen zusammen.

»Bitte, was war noch so fancy?«, fragte der Psychotherapeut

weiter mit dem Terminus, den Kendra vorher schmunzelnd verwendet hatte.

Kendra überlegte. Vieles schien ihr in diesen Momenten, wo es geschah, normal, aber nach näherer Betrachtung sehr komisch. So zum Beispiel Begegnungen mit bestimmten Personen. Menschen, die eine Gänsehaut und einen so massiven Fluchtreflex auslösten, dass Kendra dem nachgeben musste, den Raum verlassen musste.

Kendra grinste bei der Erinnerung an ihre Flucht aus einem Vorstellungsgespräch in einer Bäckerei während ihres Studiums. Sie sah damals den Bäckermeister an, fühlte, wie ihr Herz mit eiskalter Faust zusammengedrückt wurde und ihr die Farbe aus dem Gesicht wich.

»Kälte kroch meine Beine hoch, ich bekam unangenehme Gänsehaut«, berichtet Kendra. »Der Bäckermeister war ein Schwein, aber bitte fragen sie nicht, woher ich das wusste, ich kann das nicht erklären. Das Gefühl, das mir damals fast wie ein Pfeil in die Brust schoss, war Angst. Nackte Angst. Ich sprang auf und nahm meine Beine in die Hand. Ohne zurückzublicken oder eine Entschuldigung anzubringen.

Warum? Das weiß ich bis heute nicht, nur dass dieser Mann rot war. Das heißt, wenn ich ihm eine Farbe zuordnen müsste, dann wäre es blutrot. Irgendwann habe ich gelernt, wenn jemand rot oder blau scheint, dann lauf. Ist jemand weiß, orange, gelb, dann bleib, wenn jemand lila scheint, hilf!«

Kopfschüttelnd blickte sie den Doc an.

»Ergibt das irgendwie einen Sinn für Sie?«

Der Doktor sah sie dermaßen verstört an, dass sie ein weiteres Nachfragen nicht für sinnvoll erachtete. Anscheinend dachte er, dass sie, wie sie es gern in ihren geheimsten Gedanken formulierte, nicht alle Nadeln an der Tanne hatte.

Eine kalte Faust schien Kendras Herz zu umklammern. Glaubte auch er ihr nicht? Sie hatte Angst. War es ein Fehler, das zu berichten?

Sie wusste genau, warum sie ihre Familie außen vorließ, außen vorlassen musste. So lange es sie nicht betraf, sollte sie nichts davon wissen. Schutz der Familie war Kendras oberste Prämisse. Solche Situationen mit den Farben oder auch dem Unverständnis des Arztes, mehr oder weniger heftig, gab es oft. Doch auch das genaue Gegenteil passierte, zumindest an zwei Mal konnte sie sich ganz genau erinnern. Sie atmete tief durch und berichtete dem Doktor, der sich von den Erklärungen erholt zu haben schien, weiter.

»In einem Babyforum lernte ich damals mit der Geburt meiner dritten Tochter eine Mutti kennen, freundete mich mit ihr an und wir unternahmen viel. Wir planten oft Zoobesuche und Spaziergänge in großen Parks. Marie, meine Freundin, ist eine Seele von Mensch müssen Sie wissen.«

Ein zartes Schmunzeln strich über Kendras Gesicht.

»Sie strahlt eine innere Kraft aus, die mir sehr angenehm ist, die ich, wenn ich sie aber beschreiben, in Worte fassen müsste, nur mit dem Wort Orange betiteln könnte. Klingt das jetzt komisch für Sie?«

Kendra blickte unsicher auf den Arzt, der ihr gegenübersaß. Dieser runzelte kurz die Stirn und atmete tief ein.

»Aber Marie leuchtet doch wohl nicht wirklich orange, wie meinen Sie das?«, er schien verstört.

Kendra schüttelte den Kopf.

»Nein, ich sagte doch, ich sehe weder Farben noch irgendwas anderes, mein Gefühl zu Marie ist einfach orange, vielleicht eine Assoziation zu Sonnenschein, Wärme, Licht?«

Der Arzt nickte, Kendra bekam jedoch das Gefühl, er schauderte, verstünde es nicht so ganz. Nun dann sollte es so sein. Sie schüttelte leicht den Kopf. Hielt er Kendra also doch für verrückt?

Sie berichtete weiter über eine Begebenheit im Mai vor sieben Jahren, die sie tagelang völlig aus der Bahn warf, jedoch nur Grübeleien auslöste und wider Erwarten keine Angst.

»Marie und ich beschlossen, dass vielleicht ein gemütliches Zusammentreffen der Familien sehr angenehm wäre, man kommt ja selten raus mit Kindern, und so planten wir einen gemeinsamen Familiengrillabend. Soweit erschien mir auch nichts ungewöhnlich, wir kauften ein, sprachen ab, welche Salate ich und welche Dips Marie machen sollte. Kurz, ich freute mich sehr auf unseren Abend. Wir hofften beide, dass sich unsere Männer und Kinder vertragen würden, vielleicht sogar Freunde werden könnten.«

Kendra stockte, schluckte und schüttelte den Kopf bei der Erinnerung an diese Situation an jenem Abend.

Sie begann zu zittern und kniff kurz die Augen zusammen. Der Arzt bemerkte es, nahm ihre Hand: »Was ist dann passiert Kendra?«

»Als meine Freundin Marie mit ihren Kindern unser Haus betrat und ihr Mann Maik hinter ihr ebenfalls, ergriff mich augenblicklich innerlich ein warmes Gefühl, Gänsehaut, als ich in die Augen des Mannes sah. Wärme, Vertrauen, innere Ruhe.

Sogar Liebe für mich konnte ich erkennen. Ich habe diesen Mann, Maik, noch nie gesehen. Und dennoch – diese graublauen Augen!« Kendra wurde augenblicklich rot und überlegte in Erinnerung an diese Szene immer wieder, ob es Liebe auf den ersten Blick gab, denn das war genau das, was sie für Maik empfand.

Liebe ja, aber keinerlei körperliche Anziehungskraft. Einfach Wärme und Liebe, familiäre Liebe. Kendra schüttelte sich noch bei dieser Erinnerung und blickte den Psychiater an.

Sie stutzte. Sollte die Sitzung nicht zu Ende sein? Der Doc machte jedoch keine Anstalten, für heute das Gespräch zu beenden. Im Gegenteil, er bat Kendra weiterzusprechen.

»Maik ist ziemlich groß, fast zwei Meter, und stark, mit breiten Schultern und blondem Haar, kein Adonis im herkömmlichen Sinne, nicht überirdisch schön, dennoch attraktiv mit blitzendem Tattoo und doch irgendwie – ich erinnere mich, da war das Wort zum ersten Mal in meinem Kopf aufgeblitzt – ein Krieger. Ein Krieger, ein guter enger Freund, aber nicht MEIN Krieger.«

Kendra sprang auf, fasste sich an den Kopf und wiederholte ihre Worte fast wie ein Mantra.

»EIN KRIEGER, ABER NICHT MEIN KRIEGER.«

Sie atmete laut und heftig, schnaufte und setzte sich wieder – mit klopfendem Herzen.

»Ich erinnere mich noch ganz genau, wie verwirrt ich aufgrund dieser Gedanken dem Mann meiner Freundin gegenüberstand und nicht wusste, was ich tun oder was ich sagen sollte.«

Kendra holte tief Luft, schaute in die Augen des Psychotherapeuten, sah dort etwas Irritierendes aufblitzen. Dennoch fühlte sie sich sicher und sprach weiter.

»Maik kam auf mich zu, gab mir die Hand und begrüßte mich in tiefem Bass mit den Worten ›Schön, dich wiederzusehen Arathea‹. Sie können mir glauben, meine Beine wurden augenblicklich zu Pudding, obwohl ich den Namen noch nie gehört hatte.«

Ein winziger Hauch Rot legte sich auf ihre Wangen.

»Ich starrte Maik wohl völlig verwirrt an und mir lagen drei Fragen auf der Zunge, wobei es mir unendlich schwerfiel, sie zu stellen. Ich hatte offenbar durch meine Reaktion schon Marie verunsichert, schließlich starrte ich ihren Mann an. Im Nachhinein jedoch war es keine Eifersucht, die in Maries Augen aufleuchtete, sondern ebenfalls Wärme. Noch heute weiß ich nicht, was in Marie vorgeht, wenn sie mich mit ihren sehr dunkelbraunen Augen ansieht. Es scheinen Verständnis und Dankbarkeit zu sein, warum weiß ich nicht. Warum sollte mir Marie dankbar sein?«

Kendra wirkte ratlos.

»Maik sah mich weiter lächelnd an und meinte, ich sollte einfach die Fragen stellen, doch ich hatte Angst und blieb stumm.«

»Jetzt bin ich gespannt«, sagte der Doc, »Was waren die Fragen, die Ihnen unter den Nägeln brannten?«

Kendra beantwortete diese Fragen gern mit einem Lächeln im Gesicht.

»Doktor, diese Fragen waren – wieso in drei Gottes Namen hieß der Mann, der offensichtlich Ragnar war, plötzlich Maik?

Und woher wusste ich, dass er Ragnar hieß, da er offenbar Maik war?

Und warum nannte er mich Arathea?«

Kendra schüttelte sich bei der Erinnerung, die selbst bis zu diesem Tag noch komisch war, denn oft lag ihr Ragnar auf der Zunge, wenn man sich traf, und erklärlich war das Geschehene gleich gar nicht. Aber als total bescheuert wollte sie nicht rüberkommen, also erzählte sie nichts.

Mein Gott, Kendra war Naturwissenschaftlerin, das gab es gar nicht.

Doktor Maynardt runzelte die Stirn.

»Kendra, für heute würde ich die Sitzung gern schließen. Kommen Sie morgen gegen siebzehn Uhr wieder? Da haben wir unbegrenzt Zeit. Bitte, wären Sie so lieb und machen sich kurze Stichpunkte über die weiteren ›komischen‹ Begegnungen in ihrem Leben, damit wir das Thema nochmals aufnehmen können?«

Kendra bedankte sich artig beim Psychotherapeuten, leicht erstaunt über den nun doch recht plötzlich erscheinenden Abbruch der Sitzung, und versprach, mit ihren Hausaufgaben zum nächsten Termin wieder pünktlich zu erscheinen.

VERWIRRUNG

A ls Kendra die Praxis verlassen hatte, atmete der Mediziner tief durch. Mit jeder Sitzung, die er mit Kendra hatte, fiel es ihm schwerer, ihren Ausführungen zu folgen, ruhig mit anzusehen, wie Kendra mit der Ungewissheit leben musste.

»Ich bin ein Mann der Medizin, der Wissenschaft und doch habe ich im Laufe meiner Karriere akzeptieren müssen, dass es mehr zwischen Himmel und Erde gibt, als das, was das menschliche Auge wahrnehmen kann und in Medizinbüchern geschrieben steht«, brummelte er halblaut vor sich hin. Selbstgespräche hielt er nicht für verwerflich, man braucht schließlich hin und wieder kompetenten Rat. Er feixte.

»Gott, im herkömmlichen Sinne, eine Macht auf einer Wolke im Himmel, nein, das glaub ich nicht, aber Energien, Seele und Gefühle, jeden Tag zeigt sich mir dieses.«

Er zischte. Sein inneres Argument, das er selbst für sich brauchte, um seine Einstellung zur Energetik/Kinesiologie im Gegenzug zur reinen medizinischen Wissenschaft der Psychiatrie mit all ihren Facetten zu rechtfertigen, war, dass man elektrischen Strom auch nicht sehen oder farblich beschreiben kann. Niemand, wirklich niemand, hat bisher elektrischen Strom gesehen. Kein Physiker kann genau sagen, wie Strom aussieht. Man kann ihn beschreiben, den Ladungsaustausch, man ist in der Lage, die Bewegung von Elektronen und Protonen unter einem extremen Mikroskop zu erkennen. Doch zu allererst kann man die Auswirkungen des Stroms sehen, nämlich Licht, Wärme oder Bewegung. Aber der Strom selbst? Nein, der ist nicht sichtbar. Ebenso sind Energien zwischen Himmel und Erde in ihren Auswirkungen wahrnehmbar, ohne optisch erfasst werden zu können.

Der Doktor rieb sich die Augen. Ihm war bereits beim erstmaligen Ansehen des Kalenders von Kendra deutlich bewusst, dass es hier nicht um Probleme ging, die eines Psychiaters im medizinischen Sinne bedurften und es nicht um geistige Schädigungen oder medizinische Fehlschaltungen im Gehirn ging. Tabletten? Sinn- und wirkungslos. Gegen solche Annahme sprach bereits die sehr auffällige Periodizität der Traumsequenzen.

»Die alten heidnischen Feste«, flüsterte er vor sich hin, als seine Finger wie selbstverständlich über den Kalender strichen.

»Sommersonnenwende und Wintersonnenwende liegen in diesen Zeiten. Warum bloß?«

Er fand keine Antwort auf seine eigenen Fragen. Doch was genau steckte hinter Kendras Problemen, denn Beschwerden im medizinischen Sinne hatte sie nie geäußert?

»Tiefer fragen, ich muss sie tiefer fragen. Das ist nur die Spitze des Eisbergs. Wie die Geschichte wohl ausgehen mag?« Er flüsterte schon fast, schien Angst vor seiner eigenen Stimme zu haben.

Eine Hand wanderte zum Kinn und zupfte an den ersten nachwachsenden Bartstoppeln.

»Ob Steffen eine Idee hat? Ich muss ihn dazu holen. Er scheint auf diesem Gebiet bewanderter zu sein, das hier ist nicht logisch, nicht medizinisch erklärbar.«

Er grinste in seinen imaginären Bart.

»Steffen ist ja auch ein bisschen verrückt, vielleicht hat er eine Idee.«

Professor Dr. med. Steffen Waller war ebenfalls Psychiater und Psychotherapeut, aber auch Hypnotherapeut und Schlafmediziner. Traumdeutungen hatte er im Hinblick auf die psychologische Komponente in sein Repertoire aufgenommen, obwohl es im medizinischen Bereich oft als Esoterik belächelt wurde. Doktor Waller grinste darüber, neckte seinen Kollegen häufig als »weißen Hexer.« Allerdings verzeichnete Dr. Steffen Waller herausragende

Therapieerfolge. Offenbar waren also Esoterik und Medizin verknüpfbar.

Die Erfolge, die Steffen beruflich zu verzeichnen hatte, waren enorm, er veröffentlichte Thesen und Studien. Mittlerweile eilte seinem damaligen Mitstudenten Steffen der Ruf eines über die Grenzen Deutschlands anerkannten Wissenschaftlers voraus, der häufig erst eingriff, wenn die normale Schulmedizin versagte.

Er war kein Wunderheiler. Das keinesfalls, aber er war ehrlich und sagte, wenn er nicht helfen konnte. Vielfach war es ihm aber langfristig möglich, die Lage der Patienten zu verbessern.

Nun, er würde Steffen anrufen. Ein Prickeln überlief seine Kopfhaut, er schnaufte kurz durch.

»Eigentlich ...«, so seufzte er, »... eigentlich freue ich mich sehr darauf, ihn wiederzusehen.«

Er beschloss, abzuwarten. Je öfter er Kendras Berichten folgte, desto mehr beschlich ihn das Gefühl, dass er tiefer involviert war, als es möglich oder gar gut für ihn war.

Er wollte helfen und trotzdem hatte er immer mehr das Empfinden, dass etwas sehr Ungewöhnliches sein eigenes Leben nachhaltig verändern würde. Doch warum?

Der nächste Tag brach an, Kendra hatte einen weiteren Termin um siebzehn Uhr festgelegt und würde bis dahin die Zeit nutzen, weiterhin ihre, wie sie es nannte, Ungewöhnlichkeiten, ihre Schrullen, zu notieren, um dem Doktor später nicht nur unwürdiges Gestammel entgegenzubringen. Sie überlegte hin und her, der Zwiespalt wurde tiefer und tiefer. Sollte sie es erzählen oder würde es eine Geisteskrankheit immer mehr forcieren?

Ihre Hände zitterten, waren feucht. Sie räusperte sich auffällig oft, selbst der Kragen des T-Shirts schien viel zu eng.

Bei allen ihren Gedanken, bei all ihrer Verwirrtheit, niemals vernachlässigte sie ihre mütterlichen Pflichten. Auffällig war für Anton lediglich das häufigere Knuddeln ihrer Kinder, die Suche nach Nähe und Berührung, die sonst nicht so sehr Kendras Art war.

Schule war Gott sei Dank gerade nicht, die großen Ferien hatten begonnen. So blieb viel Zeit für Gedanken und Spaziergänge, für Abende am Grill oder Feuer im Garten. Anton und Kendra genossen diese Zeiten. Nachmittags wurde der Pool ausgiebig genutzt, abends der Grill.

Schon am vorherigen Abend nach dem letzten Gespräch mit dem Arzt hatte sich Kendra mit einem Zettelblock in der Hand auf die Couch gesetzt und aufgeschrieben, was ihr durch den Kopf ging. Der Abend ließ ein Sitzen auf der Terrasse nicht zu, ein Sommergewitter zog über das Land.

So hatte sie bis Mitternacht Notizen gemacht, überarbeitet, gestrichen, bis ihr die Augen von allein zufielen.

Gegen zwei Uhr schreckte sie hoch. Alles dunkel, nur die kleine Stehlampe hinter der Couch sandte ein schummriges Licht.

»Arathea«, flüsterte es in ihrem Kopf. »Arathea, komm heim, wir brauchen Dich.«

Wer hatte da gerufen? Wer rief nach Arathea und warum? Ein Schnaufen entfloh ihr, sie schüttelte ungläubig den Kopf, das sonst begleitende Zittern blieb jedoch aus. Sie wankte ins Schlafzimmer und weckte Anton. Auf dem Sofa einzuschlafen, war nicht weiter ungewöhnlich, es passierte beiden regelmäßig. Der jeweils andere ließ den Eingeschlafenen immer in Ruhe dort liegen. Nachdem Anton die Augen aufgeschlagen hatte, fragte er sogleich, ob die blauen Augen wieder aufgetaucht waren? Kendra verneinte und schien dennoch verstört.

»Dieses Mal waren die Augen braun. Dunkelbraun mit Sprenkeln. Diese Augen sahen mich groß an, groß und voller Liebe. Anton, ich habe keine Angst, sondern Wärme und Kraft gefühlt, Liebe und innere Ruhe«, murmelte sie.

Ein, wie sie es ausdrückte, unbestimmtes Gefühl der Ruhe und dennoch war sie erwacht und verwirrt, denn wer hatte so dunkelbraune Augen? Augen, immer wieder Augen, blaue, wie das Meer, graublaue von Maik, so bekannt und doch fremd, dunkelblaue ihres Mannes, seit Jahren bekannt, jeweils blaue Augen ihrer Töchter, wobei jede eine andere Nuance blau in ihren Augen schimmern hatte und jetzt auch noch dunkelbraune, das war verstörend.

Augen sind der Spiegel der Seele.

Kendra sinnierte über diese Tatsache, die sie irgendeinem Klatschblatt entnommen haben mochte.

Anton war erst einmal beruhigt, dass es nicht wieder um Blut, Krieg und Angst ging. Kendra war bedeutend weicher, nicht so verkrampft, wenn auch ebenso aufgeregt. Auch dieser Traum wurde notiert.

Am folgenden Vormittag schrieb Kendra ihre Ausführungen weiter, notierte Begebenheiten mit verschiedenen Bekannten, Begebenheiten, die ihr bei den Notizen bei Weitem nicht erwähnenswert erschienen. Nun, der Doc wollte alles wissen, sollte er sich einen Reim darauf machen. Das war schließlich sein Job. Ein kleines Kichern überfiel Kendra. Sie wusste, dass der Doc mindestens genauso verwirrt war wie sie.

Kurz vor siebzehn Uhr schlenderte sie nach einem kleinen Einkaufsbummel, den sie noch vorher unternommen hatte, gut gelaunt in die große, weiße Gründerzeitvilla. Das helle Gebäude schimmerte in der Sommerhitze. Sie ging hinein, öffnete die Tür des Wartezimmers und erstarrte! Ein komisches Gefühl beschlich sie, ihre Laune sank auf den Gefrierpunkt. Eisig! Nein – es war keine Angst, eher so was wie absoluter Respekt, so was wie Unterwürfigkeit, nein das war das falsche Wort, in etwa so wie – wie ein Schüler gegenüber seinem Lehrmeister, seinem Professor, wenn er zu spät zum Unterricht kam. Sie schüttelte den Kopf, sie war schon oft hier gewesen, aber das war neu!

Sie würde es dem Doc berichten. Zudem, so fiel Kendra auf, war es tatsächlich kalt in der Praxis, es war Mitte Juli, draußen herrschten etwa dreißig Grad und in der Praxis, sie starrte ungläubig auf das Thermometer, ganze siebzehn. Warum machte es der Doc so kalt?

Kendra verstand nicht, begann aber innerlich einen Widerstand aufzubauen. Und doch war es keine Angst, die einen Fluchtreflex hervorrief, sondern nur Unverständnis, aber auch Respekt.

Doktor Maynardt bat sie herein.

»Kendra, wir sprachen gestern über Ihre Fähigkeit, Menschen einzuschätzen. Mir widerstrebt das Wort beurteilen, denn das tun Sie nicht, Sie schätzen ein. Das und die Aussagen über Maik haben mich zum Nachdenken angeregt. Sie haben weitere Begebenheiten aufgeschrieben? Berichten Sie.«

Kendra holte tief Luft, ein Zögern und plötzlich platzte es schockwellenartig aus ihr heraus, schneller, als sie denken konnte.

»Was geht denn hier ab? Wieso gucken Sie so, ich bin nicht verrückt, was haben Sie für ein Problem mit mir? Habe ich Ihnen was getan? Warum behandeln Sie mich so? Und warum zum Henker ist es hier so eiskalt?«

Kendra schnaufte.

»Oh, mein Gott!«

Sie schlug sich die Hand vor den Mund und machte sich im Sessel ganz klein. Was war das eben? Der Doktor sah sie einfach nur an. Kendra zitterte, die Härchen auf ihren Armen richteten sich auf. Sie hatte den Mann angebrüllt, der ihr nur helfen wollte, sie verstand nicht, sie verstand gar nichts mehr. Aus dem Sessel heraus starrte sie den Arzt mit großen Augen an, Tränen begannen zu laufen, so verstörte sie selbst ihr Ausbruch. Der Doc rührte sich nicht, zeigte keine Reaktion, sah sie nur an.

Wie zwei Kampfhähne lieferten sich Kendra und der Therapeut ein Blickduell, dabei verkrampften sich Kendras im Schoß liegenden Hände immer mehr, sodass sie sich von Sekunde zu Sekunde unwohler fühlte.

»Entschuldigung«, murmelte sie leise.

Der Arzt erwachte aus seiner Erstarrung und strich sich kurz durchs Haar.

»Kendra, schon gut, aber was ist passiert? Ich merke, Sie sind heute aggressiver als sonst, unruhiger, was ist anders als gestern?«

Sie hob den Kopf, sah dem Arzt genau in die Augen: »Es ist eiskalt hier, die Luft ist – nicht richtig – Sie sind nicht richtig – nicht so wie gestern. Warum muss ich hier sein, was habe ich falsch gemacht?«

Kendra zappelte und rutschte im Sessel umher wie ein hyperaktives Kind.

Doktor Maynardt sah sie an und begann mit leiser, warmer Stimme zu reden.

»Sie haben Recht, es ist hier nichts richtig. Das habe ich ganz bewusst so gemacht, um zu sehen, wie Sie reagieren, ob Ihnen das auffällt.«, er schnaufte tief durch. »Und das ist es.« »Hier ist es gewollt so kalt. Bitte sagen Sie mir, welche Temperatur Sie beim Eintreten in die Praxisräume auf dem Thermometer gesehen haben.«

Kendra hob den Blick, sah in verunsicherte Augen hinter runden Harry-Potter-Gläsern, schüttelte den Kopf und raunte dem Doktor ein leises »siebzehn Grad« zu. Der Mann nickte und bat sie, jetzt noch mal auf das Thermometer zu sehen und betonte dabei ausdrücklich, dass beide bisher weniger als zehn Minuten in der Praxis saßen und sich anstarrten. Niemand sei zwischenzeitlich in der Lage gewesen, unbemerkt die Klimaanlage umzustellen. Kendra sprang wie von der Tarantel gestochen auf und sauste auf direktem Weg zum Raumthermometer. Sie erstarrte förmlich in ihrer Bewegung.

Das Thermometer musste kaputt sein. Sie klopfte, wie es früher üblich war, gegen die Quecksilbersäule. Das konnte nicht stimmen. Sich mit großen ungläubigen Augen umdrehend, machte sie eine zweifelnde Geste. Der Doc nickte fröhlich mit dem Kopf und hatte ein sehr zufriedenes Grinsen im Gesicht.

»Gehen Sie doch mal in das Vorzimmer und sehen dort auf das Thermometer, das ist ein digitales«, das Grinsen wurde deutlich breiter. »Bedenken Sie, die Tür war zu, keiner hat die Klimaanlage manipulieren können. Sagen Sie mir, was Sie ablesen.«

Kendra schaute draußen auf das Messgerät, schüttelte ungläubig den Kopf und zog die Schultern ein.

Unmöglich!

In Gedanken ging sie alle im Chemiestudium erlernten Thesen durch. Die Grundlagen der Thermodynamik, alle hier möglichen exothermen Reaktionen, Heizungen, Klimaanlagen, selbst alle in Erwägung zu ziehenden physikalischen Optionen schossen ihr ins Hirn. Doch nichts schien ihr passend. Sie schlich zurück in das Sprechzimmer, ließ sich seufzend in ihrem Sessel nieder. Die Hände kneteten in ihrem Schoss. Sie blickte fragend auf. Das passte nicht, das war ganz und gar nicht richtig.

»Dreiundzwanzig Grad«, murmelte sie fast unverständlich vor sich hin. »Dreiundzwanzig Grad und es ist nicht richtig – es ist nicht richtig, das kann nicht sein, was haben Sie gemacht?«

Ihre Stimme wurde von Wort zu Wort lauter, der Doc lächelte.

»Nichts, das waren Sie.«

»Ich?«

Ein Wort wie ein Kreischen, alles in Kendra wirbelte durcheinander, ihre Gedanken kreiselten, sie fühlte sich ratlos.

»Aber wie?«

»Das weiß ich auch nicht, doch irgendwas ist hier ganz und gar nicht richtig, das bemerke ich auch.«

Der Psychiater zog die linke Augenbraue hoch und sah ihr direkt ins Gesicht.

»Kendra, es passiert nicht zum ersten Mal. Bei jedem Besuch in meiner Praxis steigt die Raumtemperatur wie magisch an, ich weiß nicht, was passiert, habe die Reaktion heute bewusst herbeigeführt. Es ist mir mehrmals aufgefallen, dass ich in Ihrer Gegenwart in den vorherigen Sitzungen zu schwitzen begann, hatte aber bis heute keinen direkten Nachweis, bildete mir schon ein, dass Ihre bloße Anwesenheit mich …«

Der Arzt verstummte plötzlich, atmete tief und fuhr nach wenigen Sekunden fort.

»Daher mein Versuch, durch das Kälterstellen der Klimaanlage sicht- und greifbar zu machen, dass es etwas geben muss, was …«, er räusperte sich vernehmlich, bevor er weitersprach, »… was diese Wärme, die ich fühlte, sichtbar werden lässt. Sie haben eben bestätigt, dass mein Empfinden nicht subjektiv, sondern ziemlich einwandfrei physikalisch nachweisbar ist. Die Temperatur ist also binnen zehn Minuten um sechs Grad angestiegen.

Alles, was ich dazu sagen kann, ist, dass Ihre Stimmung heute aggressiver ist und die Gradzahl in diesen Praxisräumen irgendwie davon beeinflusst wird, meine innere Temperatur von Ihnen beeinflusst wird, und zwar jedes Mal, wenn Sie hier sitzen.«

Kendra sank im Sessel zusammen, war überfordert, schüttelte immer wieder den Kopf und begann, sich hektisch das lange Haar aus dem Gesicht zu streichen. Der Doc beobachtete es, runzelte die Stirn, drehte den Kopf leicht seitlich, kniff die Augen zusammen. Er erinnerte sich an den Bericht von Anton über eben jene Gesten, die ungewöhnlich waren.

Er hob den Blick, sah Kendra in die grünen Augen und fragte sie ganz direkt: »Was genau machen Sie da? Kendra? Welche Frisur haben Sie?«

Ein Blick traf ihn, als hätte er nicht alle Tassen im Schrank. Was? Wieder strich sich Kendra lange Ponysträhnen aus dem Gesicht.

»Ihre Haare Kendra, Sie streichen sich ständig lange Haare aus dem Gesicht, welche Frisur und Haarfarbe haben Sie?«

Völlige Verwirrung sprach aus ihren Augen, als es auch schon aus ihr herauspolterte: »Das sehen Sie doch, lange, blonde Haare.«

Sie starrte ihn entrüstet an. Wieso fragte er solchen Blödsinn, das sah er doch!

Der Psychiater grinste.

»Ach ja? Bitte nehmen Sie diesen Spiegel und sehen Sie hinein.«

Der Anflug eines Lächelns erreichte seine Augen, als er ihr den Spiegel reichte.

Sie gefror augenblicklich innerlich zu Eis, verkrampfte.

»Wie, was, wie kann das sein, was ist hier los, warum …?« Sie starrte ihr Spiegelbild nieder, unfähig zu weiterer Kommunikation.

»Kendra?«, sagte er sanft und streichelte über ihren Arm. Diese warme, unschuldige Geste weckte sie aus ihrer Erstarrung.

»Kendra? Sie haben rotes, sehr kurz geschnittenes Haar und sofern ich Ihrem Mann glauben darf, hatten Sie auch noch nie langes, blondes Haar.«

Entsetzen, Verunsicherung, Angst, all das sprach in jenem Moment aus Kendras Augen. Dem Psychotherapeuten schickte dieser Blick ein Kribbeln über den Körper, das Herz zog sich zusammen.

Ihre Augen bargen so viel Schmerz, dass das Bedürfnis, sie in die Arme zu nehmen, übermächtig wurde und er sie an sich riss.

»Kleines, wir brauchen Hilfe, das hier hat nichts mit Psychiatrie zu tun. Hier stimmt etwas ganz und gar nicht, aber ich kann nicht sagen, was. Physisch und auch psychisch bist Du absolut gesund und doch vermiest Dir irgendwas Ihr Leben. Ich weiß es nicht, wir brauchen Hilfe, ich muss Steffen anrufen!«

Immer wieder strich er Kendra tröstend über den Rücken und eine tiefe, innere Wärme erfasste ihn. Dass er ins Du verfallen war, war nicht wichtig, es fühlte sich richtig an.

Er musste ihr helfen, er musste Steffen hinzuziehen, denn das hier war ein Fall, über den er noch nie gelesen oder während seiner gesamten medizinischen Laufbahn erlebt hatte.

Er löste sich von seiner Patientin und sah sie an. Ihre tränengefüllten Augen brachen ihm fast das Herz. Nein, er musste sich zusammenreißen, sie war Patientin, er ihr Arzt, die innere Wärme musste andere Gründe haben, er durfte sie nicht persönlich an sich heranlassen. Sie war nur ein Fall.

Diese Gedanken fuhren wie eisige Splitter in sein Herz, seine Seele, und doch dachte er, dass es fachlich, medizinisch richtig war. Sein Herz hatte eine andere Meinung, doch es war sein Job, sein dummes Herz hatte zu schweigen. Er würde Steffen um Rat fragen, ihn hinzuziehen. *Ja*, so fügte er in Gedanken hinzu, *Steffen wird es übernehmen, bevor ich zu tief involviert bin.*

Kendra schaute ihn an. Sie flüsterte sehr leise, zu ihm aufblickend, immer noch mit Tränen in den Augen.

»Bitte, hol den Kollegen dazu, bitte, hilf mir, Paul.«

Er nickte, bemerkte mit einem kleinen Anflug von Sehnsucht, dass sie ebenfalls ins Du gewechselt war.

Nach dieser Sitzung schlich Kendra mit gesenktem Kopf aus der Praxis des Psychiaters. Ihr Mann, vom Psychiater angerufen, um sie abzuholen, empfing sie vor der Praxis. Er erkannte seine Frau nicht wieder, gebrochen, glanzlos, matt, schlich sie ihm entgegen, ließ sich auf den Beifahrersitz fallen und sah zum Fenster hinaus. Sie redete kein Wort. Anton bekam Angst.

»Hat er dir wehgetan, Liebes?«, fragte er so besorgt, dass Kendra wieder die Tränen in die Augen schossen, jedoch unfähig viel zu reden, quetschte sie lediglich ein »Nein, wir reden später« heraus. Voller Sorge beobachtete er seine Frau aus den Augenwinkeln.

Was war passiert? Er ballte die Hände zu Fäusten, würde es herausbekommen. Auf weitere Fragen würde sie nicht antworten. Er wusste wieso. Siebzehn Ehejahre, er kannte sie. Seine Frau war stark, mental und körperlich stark. Sie sah ihre Hauptaufgabe immer darin, ihre Lieben zu schützen.

Wenn sie eine Gefahr für ihre Lieben erkannte, kämpfte sie wie eine Löwin, reden war nicht ihre Stärke. Sie zog die direkte Konfrontation im Nahkampf vor. Er schmunzelte kurz. Ob sie ein Schwert ziehen würde? Sie würde sich immer, ohne mit der Wimper zu zucken, vor ihre Familie und ihren Mann werfen, wenn es nötig wäre.

Kurz stutzte er, woher kam der Gedanke mit dem Schwert?

Ihn durchzuckte ein warmes Gefühl, er liebte Kendra von ganzem Herzen. Kurz drehte er sich ihr zu, strich ihr über die Wange.

»Rede mit mir Liebes, wenn du so weit bist, rede mit mir, ich mache mir Sorgen. Ich weiß, du bist eine wundervolle Frau, eine große Kämpferin, meine Kriegerin. Aber bitte rede mit mir.«

Kendra sah ihn nur an und machte eine verneinende Geste.

An diesem Abend redete sie kein Wort mehr, starrte lediglich vor sich hin, schüttelte ab und an den Kopf, strich sich Haarsträhnen aus der Stirn, schien, ob dieser Bewegung, jedes Mal zu erschrecken, und zuckte zusammen.

Anton nahm es mit Besorgnis hin, sagte jedoch nichts. Er beschloss, sie genauer im Auge zu behalten. Ohne große Diskussion übernahm er die täglichen Verrichtungen, zu denen Kendra im Moment nicht in der Lage schien, versorgte die Kinder und brachte die Kleinste ins Bett. Kendra blickte ihm dankbar nach.

Ein kurzer Gedanke blitzte in ihrem Kopf auf. *Er nannte mich seine Kämpferin, seine Kriegerin, warum?*

STEFFEN WALLER

P aul Maynardt rief, nach dem Kendra seine Praxis so verstört verlassen hatte, sofort in der Praxis seines Freundes Steffen an und bat dessen Sekretärin um baldigen Rückruf. Steffen meldete sich bereits eine Stunde später und sie verabredeten sich beim Italiener auf der Haupteinkaufsmeile zum Abendessen.

Nach einer überschwänglichen Begrüßung, man hatte sich einige Monate nicht gesehen, bestellten die beiden Männer ein Bier und einen Rotwein, dazu jeder seine Lieblingspizza und Steffen fragte nach dem Grund für das Treffen. Paul Maynardt begann zu erzählen.

Er berichtete über seine Patientin Kendra, über die ungewöhnlichen Fähigkeiten dieser Frau, Stimmungen wahrzunehmen. Er berichtete über sein Schaudern, genauso wie über die Temperaturschwankungen, die physikalisch nachweisbar waren. Er ließ nichts aus. Steffen unterbrach ihn nicht, aß schweigend seine Pizza. Er zeigte lediglich durch gelegentliche »Hmm« und Kopfnicken, das er Paul sehr interessiert zuhörte.

An der Stelle, an der Paul über das Zurückstreichen der langen Haare und über die vermutete und tatsächliche Reaktion seiner Patientin dazu angelangt war, räusperte sich Steffen kurz, winkte den Kellner zum Tisch und orderte für Paul und sich noch ein Bier, bestellte jedoch jeweils einen Whiskey dazu.

Paul hob eine Augenbraue, er hatte Steffen noch nie härtere Sachen trinken sehen als Bier. Nachdem der Kellner die Getränke serviert hatte, bat Steffen mit einer Handbewegung und einem zustimmenden Brummen, die Erzählungen fortzusetzen.

Paul berichtete also noch mal eingehend über die Begegnung

Kendras mit Maik und Marie, über die Empfindungen von »richtig und nicht richtig«, aber auch von der Diagnose des Schlafmediziners bezüglich der ungewöhnlich langen Traumphasen.

Steffen nickte, kratzte sich den imaginären Bart und machte mit großen Augen »hm, hm«.

Paul war verunsichert.

Hatte er eine Diagnose einer latenten Geisteskrankheit übersehen? Was dachte Steffen? Er wurde zusehends unruhiger auf seinem Stuhl und blickte den Freund abwartend an.

»Ich muss sie kennenlernen«, meinte Steffen schließlich nach einigen nachdenklichen Minuten. »Geht das, Paul? Kannst du das arrangieren?«

Paul nickte und wagte kaum zu fragen, welche Meinung sich Steffen gebildet hatte. Der wiederum räusperte sich, sah Paul neugierig an.

»Sag mal Paul, welche Empfindungen hast du bei deiner Patientin? Ist es rein berufliche Sorge? Gebietet dir der hippokratische Eid zu helfen oder treibt dich noch was anderes an? Wie ist Kendra zu dir gelangt, was ging dir bei der ersten Begegnung durch den Kopf? Wie fühlte sich das an? Was geht in dir vor, wenn sie dir gegenübersitzt, wenn die Raumtemperatur steigt?«

Eine schiere Flut an Fragen prasselte auf Paul ein. Die Augen von Steffen wurden immer größer und Paul sackte schnaufend immer tiefer auf seinem Stuhl zusammen.

»Nun mach mal langsam, ich kann mir nicht mal alle deine Fragen merken, geschweige denn beantworten. Zudem würde ich das in einer anderen Umgebung bevorzugen als hier beim Italiener. Hast du denn schon eine Idee, was hier vorgeht? Ich fange schon an, an mir und meiner Fachkompetenz zu zweifeln«, parierte Paul wenig später unsicher.

Steffen nickte bedächtig und versprach, über alles in Ruhe nachzudenken, was Paul ihm erzählt hatte. Er sah ein, dass es weder der passende Ort noch die geeignete Zeit war, die Fragen, die er hatte, zu beantworten.

»Paul, zunächst einmal, das, was du mir berichtet hast, ist nicht so ungewöhnlich, wie du zu glauben scheinst. Ich zweifele weder deine fachliche noch deine menschliche Kompetenz an und bin sehr froh, dass du mich angerufen hast, denn das verspricht eine spannende Sache zu werden.« Während dieser Worte sah er Paul mit großen Augen an und nickte zustimmend.

»Du weißt sicher, dass ich mich mit in deinen Augen esoterischem Getue neben meiner Tätigkeit als Psychiater beschäftige, hast bereits eingesehen, dass es mehr zwischen Himmel und Erde gibt, als die Naturwissenschaften zu erklären vermögen, sonst hättest du mich nicht hinzugezogen, sondern sie in die Klinik bringen lassen«, fuhr er fort und lächelte seinen Freund und Kollegen herzlich an.

»Was ich dir zu diesem Zeitpunkt sagen kann, ist, dass vermutlich kein psychiatrisches, sondern ein, nennen wir es einfach mal, esoterisches Problem vorliegt. Kendra scheint mir sehr empfänglich für Schwingungen ungewöhnlicher Art zu sein, für mehr Auskünfte muss ich sie jedoch selbst kennenlernen und befragen. Vielleicht können wir dann über eine Hypnotherapie nachdenken, wobei ich gar nicht mal denke, dass hier eine Therapie an sich zielführend ist. Kendra scheint nicht krank im Sinne unserer medizinischen Fachrichtung. Sie träumt nur. Sie hört keine Stimmen oder sieht Gestalten.«

Steffen räusperte sich und sah Paul an.

»Ich lerne Kendra kennen, mache mir ein Bild und denke über Hypnose nach. Bist du damit einverstanden?«

Paul nickte zustimmend und beide Männer kamen überein, sich zu einem gemeinsamen Termin mit der Patientin zu treffen. Sie ließen den Abend ausklingen, unterhielten sich noch über das Studium, ihre Praxen und allerlei unverfängliche Dinge. Es wurde ein schöner Abend unter alten Freunden, bei dem es weder um Esoterik noch um Träume oder Temperaturschwankungen ging.

ENDLICH EINE LÖSUNG?

Wenige Tage später ließen es die Terminkalender beider Psychiater zu, Kendra zu einem gemeinsamen Termin einzuladen. Kendra sagte unruhig zu.

Man traf sich der Einfachheit halber in der Praxis von Doktor Maynardt und Paul stellte Kendra seinem Kollegen Doktor Waller freundlich vor.

»Willkommen, Kendra, ich bin Professor Doktor Steffen Waller. Ich freue mich sehr, Sie heute kennenzulernen. Mein geschätzter Studienfreund Paul hat mich hinzugezogen, da mein Interesse nicht nur der klassischen Psychiatrie und Psychotherapie gilt und er eine zweite Meinung zu Ihnen einholen wollte. Bitte haben Sie keine Angst, ich gehe genauso wenig von einer Krankheit aus, wie mein geschätzter Kollege. Ich habe bereits sehr viel von Ihrem ungewöhnlichen Fall erfahren, glaube allerdings meist nur das, was ich selbst höre. Alte Angewohnheit.«

Er lachte mit einer wohligen Baritonstimme.

Da Kendra von jeher auf warme Stimmen reagierte, beruhigte sie sich zusehends und ihre Angst ließ nach. Ihre ineinander verkrampften Hände lockerten sich und dennoch war ihre Anspannung für beide Doktoren deutlich wahrnehmbar.

»Ich möchte Sie bitten, mir noch mal zu erzählen, was Sie zu Doktor Maynardt getrieben hat und wie es Ihnen geht. Was waren Ihre Empfindungen beim ersten Besuch dieser Praxis?«

Während dieser Worte lächelte er sie erwartungsvoll an.

Kendra nahm ihren ganzen Mut zusammen und fing an zu erzählen. Sie berichtete alles genauso, wie sie es bereits Dr. Maynardt erzählt hatte, ließ nichts aus. Beide Herren sahen sie ruhig, aber erwartungsvoll an. Beide nickten an bestimmten Stellen, Paul eher zustimmend, dass er ihren Bericht genauso in Erinnerung hatte und Steffen eher verwundert und überrascht.

So rann der Sand durch die Uhr und nach über einer Stunde begann Steffen, an seinem Hemdkragen zu zupfen, lockerte die Krawatte, nahm sie ab und begann, leicht zu schwitzen. Paul sah ihn an und ein leichtes Zwinkern und Nicken in Steffens Richtung bestätigte diesem, dass er nicht der Einzige mit diesen Empfindungen war.

Mit der Zeit wurden Kendras Berichte immer langsamer und müder, sodass die beiden Psychiater die Sitzung für diesen Tag beendeten. Bis an den Rand der Erschöpfung zu reden, brachte keinerlei Erfolge, für beide Seiten nicht. Man beschloss im gegenseitigen Einvernehmen, sich wenige Tage später erneut zu treffen.

Mittlerweile war es Ende Juli. Kendras sehr lebhafte Träume waren fast weg, sie schlief ruhig durch, machte nur noch selten ungewöhnliche Gesten, strich sich immer weniger durch die »langen Haare«.

Die Affinität zu Augen blieb.

Ihre Träume waren ruhiger und beinahe normal, doch Augen tauchten dort immer wieder auf, was sie weiter verunsicherte. Ihr liefen regelmäßig Schauer über den Rücken, während sie nach wie vor ihre Situationen, die sie spooky oder fancy nannte, zu Papier brachte. Ab und zu beschlich sie ein warmes, wohliges Gefühl, dass sie zu gern länger festgehalten hätte.

Doch wann ihr welche Emotion zuteilwürde, das konnte sie nicht beeinflussen. Die Situationen pressten sich in ihren Kopf und verlangten es förmlich, aufgeschrieben zu werden. Häufig war es wie ein pochender Schmerz, der sich durch die Finger auf den Stift und so auf das Papier legte, als würde Blut im Eiltempo durch die Adern fließen. Ein verstörendes Gefühl, was ihr teils Mühe machte, es auszuhalten und sich nicht vor Pein schreiend die Klamotten vom Leib zu reißen und wie ein Erstickender nach Luft zu schnappen.

Ein weiteres Treffen mit beiden Psychiatern stand an. Dieses

Mal fand es in der Praxis von Steffen Waller statt. Kendras Hände waren feucht, die Atmung beschleunigt. Alles war neu, wie würde es dort sein, war es dort »richtig« oder würde sie sich fehl am Platz fühlen? Ihr Herz schlug laut in ihrem Brustkorb und ihre Hände zitterten wie Espenlaub. Viele Gedanken verdrängten kaum ihre unterschwellige Angst vor einer »nicht richtigen Praxis«, machten die Unruhe eher präsenter.

Sie beruhigte sich selbst mit der Tatsache, dass die Türen offen waren, sie nicht gefangen sein würde, sondern flüchten könnte, wenn es denn nötig werden sollte.

Wundersamerweise kam in diesen Gedanken nicht einmal einer der beiden Therapeuten vor, sie ging anscheinend innerlich davon aus, dass diese kein Grund für ihr Unwohlsein werden könnten.

Kendra fand sich zur rechten Zeit in der Praxis von Professor Doktor Waller ein, begrüßte beide Herren und wurde gebeten, sich einen Platz auszusuchen. Sie sah sich in den Räumlichkeiten in Ruhe um, ging etwas umher und ein leichtes Lächeln umspielte ihren Mund. Dann setzte sie sich auf einen bequemen Sessel und schlug die Beine übereinander.

Beide Herren sahen ihr fasziniert zu, bis Kendra merkte, dass sie beobachtet wurde. Sie wurde rot und fragte sofort, ob etwas nicht stimmen würde. Unsicher rutschte sie auf dem Sessel hin und her. War sie zu forsch? War es gar der Sessel des Arztes?

Beide Herren sahen sie mit großen Augen an und Steffen Waller ergriff das Wort.

»Ja, Kendra, es ist etwas, was beeindruckend ist, was ich jedoch nicht mit nicht stimmig umschreiben würde. Sehen Sie sich im Raum um. Welchen Platz haben Sie gewählt? Bedenken Sie dabei bitte, dass Ihnen, weil wir noch standen, jeder Platz zur Verfügung gestanden hätte.«

Kendra sah sich beunruhigt um, konnte sich jedoch keinen Reim darauf machen, was der Doktor meinen könnte. Sie sah beide Herren an und fragte dann wie aus der Pistole geschossen: »Was meinen Sie, was ist beeindruckend? Ich verstehe nicht.«

Paul ergriff das Wort.

»Keine Angst Kendra, was Steffen zu sagen versucht, ist die ungewöhnliche Wahl hinsichtlich des Standpunktes des gewählten Sessels. Wir vermuteten, Sie würden einen Sessel wählen, der im Fluchtareal steht, also in Reichweite der Praxisausgänge, entweder zum Vorzimmer oder im Bereich der Terrassentür, die sich leicht öffnen lassen würde. Doch das taten Sie nicht. Sie suchten sich den Sessel aus, der am weitesten weg von allen Fluchtmöglichkeiten steht, der in einer Ecke rechts und links Wände hat. Warum?«

Kendra zuckte mit den Schultern, lächelte dabei aber. Aha, wieder »sie«.

»Warum ist das so ungewöhnlich? Der Sessel erschien mir einfach als der richtige Platz, aber weshalb ich ihn gewählt habe, kann ich nicht erklären.«

Ihr Lächeln wurde herausfordernd, die Stimme nahm einen tieferen Ton an. Es schien, als wartete sie auf eine Erklärung eines der Doktoren. Doch diese lächelten ebenfalls und nahmen wie in stummer Absprache hin, dass das wohl heißen würde, dass in dieser Praxis alles richtig war.

Nachdem auch die Ärzte entspannt Platz genommen hatten, baten sie ihre Patientin, weiter zu berichten, von Begebenheiten, Erlebnissen, von Besonderheiten, Irrungen und Wirrungen, die Kendra vielleicht noch nicht genannt hatte. Kendra überlegte nicht lange, kramte in ihrer Handtasche und zog ihren Kalender heraus, ebenso ihr Notizbuch und begann mit leiser Stimme zu erzählen.

»Was mich beispielsweise zutiefst verunsichert hat, geschah in unserem Urlaub Ende Juni/Anfang Juli 2016.«

Ein Zucken durchlief ihre Mundwinkel, das nicht erkennen ließ, ob es ein Schmunzeln oder eher ein Unwohlsein ausdrücken sollte.

»Wir reisten mit dem Flieger nach London Stansted und fuhren mit einem Mietwagen Richtung Cornwall. Warum wir diesen Urlaub machen wollten, kann ich nicht erklären, aber ich überzeugte Mann und Kinder, denn etwas in mir zog mich seit Jahren nach England oder zumindest auf die Insel, wohin genau, ließ sich nicht so hundertprozentig ausmachen. Ich musste auf die Insel.« Kendra gestikulierte allumfassend mit ihren Händen und schien in Gedanken die Küste Cornwalls vor sich zu sehen. »Also in Richtung Cornwall fahrend, lag auf der Strecke Stonehenge. Wir beschlossen in unserem Familienrat«, sie nickte eifrig, »wenn wir schon daran vorbeifahren würden, könnten wir uns das auch ansehen. Die Kinder waren begeistert. Sie hatten schließlich im Englischunterricht darüber gesprochen, da wollten sie es zu gern sehen.

Gesagt, getan!

Wir hielten auf dem Touristenparkplatz. Bereits auf der Fahrt hatten wir beschlossen, es gleich als Pause mit einem Toilettengang und einer Essensrunde zu verbinden. Aber ...«

Kendra wurde unruhig, räusperte sich öfter. Ihr Gesicht nahm einen fast ungesunden Rotton an und ihre Stimme klang wütend gepresst. Die Temperatur der Praxis schien sprunghaft zu steigen. Beide Herren versuchten, sie mit beruhigenden Worten zum Weiterreden zu bewegen. Schließlich schnaufte Kendra durch und setzte ihre Erzählung mit weiterhin aggressivem Unterton fort.

»Wir hielten auf dem Parkplatz an, ein großes Touristencenter im Hintergrund und die Kinder, ohhhh die Kinder. Sie fingen an zu streiten, wie Hund und Katze gingen sie aufeinander los. Anton und ich waren bemüht, alle drei auf reichlich Abstand zueinanderzuhalten. Ich spürte innerlich, dass auch ich immer wütender wurde, da bietet man den Kindern mal was im Urlaub und dann zanken diese ununterbrochen. Sie traten sich sogar gegenseitig!

Sie zeterten lauthals und meine Mittlere verweigerte das Umrunden der Steine mit einer Schimpftirade. Sie echauffierte sich darüber, wie man einen solch blutig abartigen Ort besuchen könnte. Glauben Sie mir, ich war geschockt. Wieso blutig, wieso abartig? Meine Fragen dahingehend, beantwortete sie lediglich damit, dass ich sie in Ruhe lassen sollte. Das ist halt typisch für sie, aber ich wusste nicht, was los war.«

Kendra bekam eine Gänsehaut, überschlug die Beine anders herum, lockerte kurz die verkrampften Hände und suchte in ihrer Handtasche nach einem Taschentuch. Ihr schien ebenfalls sehr warm zu sein. Die beiden Männer sahen sich an und lächelten. Dieser Blick machte Kendra sauer. Mit gepresster Stimme berichtete sie weiter.

»Als dann auch noch mein Mann anfing, wie ein bockiger Teenie rumzumosern, er wolle jetzt essen gehen und nicht mehr um ...«, sie grummelte kurz, »... Steine latschen, löste ich mich von der Familie und umlief mit einigen Metern Abstand die Streithammel. Doch in mir tobte ebenfalls eine Wut auf die ganze Situation, auf die Familie und überhaupt. Dabei bin ich gar nicht der Typ dazu, richtig wütend zu werden, eher mal traurig oder so.«

Kendras Augen schimmerten verdächtig und sie schaute auf. Hörten die Herren ihr überhaupt noch zu? Ihre Unsicherheit bestätigte sich nicht, denn beide hingen wie gebannt an Ihren Lippen.

»Wir umrundeten jeder für sich Stonehenge, beschlossen für uns in diesem Moment, dass das Ganze mächtig gehypt würde, was gar nicht gerechtfertigt wäre und entschlossen uns zur Weiterfahrt.«

Kendra räusperte sich und korrigierte dann ihre Aussage. »Nein, es war anders. Wir haben das nicht gemeinsam beschlossen, ich nötigte meine Familie dazu, denn ich hatte das Gezanke satt. Wir stiegen ein und verließen den Parkplatz in Richtung Schnellstraße nach Cornwall und jetzt halten Sie sich fest meine Herren«, schmunzelte Kendra und fuhr fort, »binnen weniger Minuten herrschte wieder Frieden im Auto – alle drei Kinder kuschelten sich in Eintracht aneinander. Ein Flüstern kam von meiner großen Tochter, sie bat mich um Entschuldigung und ließ dabei den Kopf hängen. Dann erzählte sie mir, dass sie sich plötzlich so böse und wütend gefühlt hatte und sie überhaupt nicht verstand, was dort in sie gefahren war. Tränen standen ihr in den Augen, immer wieder hauchte sie, dass ich ihr bitte verzeihen solle. Ich nickte kurz, drehte mich um und streichelte kurz ihr Knie. Seufzend zupfte ein Lächeln an Julias Lippen, sie war schon fast eingeschlafen. Etwas hatte massiv an

74

unseren Kräften gezehrt. Selbst mein Mann murmelte beim Fahren irgendwelche Entschuldigungen. Schon komisch. Auf all das hätte ich ja noch nicht so viel gegeben, wenn nicht wenige Tage später etwas Ähnliches und doch völlig Konträres passiert wäre.«

Die Herren lockerten ihre Krawatten, öffneten den oberen Knopf ihrer Hemden und reichten Gläser mit Sprudel herum. Kendras Wangen überzog derweil eine leichte Röte.

Ihre Hände kneten ihre Oberschenkel unaufhörlich, die Stimme zitterte leicht. Doktor Waller nickte ihr auffordernd zu, was bedeutete, dass sie weitererzählen sollte.

»Im Rahmen des Sightseeing suchten wir uns auf der Karte jeder eine Burg aus, die wir besuchen wollten und komischerweise wählten wir in eindeutiger Mehrheit die Burg Restormel Castle in der Nähe von Bodmin in der Grafschaft Cornwall aus. Eine sehr hübsche Burg am Fluss Fowey mit einem wunderbar gepflegten Innenhof in der Oberburg. Rund um die Burg verlief ein Wehrgang, ebenfalls wunderbar begrünt, der, wie uns dort erklärt wurde, zur nicht mehr vorhandenen Unterburg gehörte.«

Ein tiefes Seufzen, ein verträumter Blick und die sanfte Art und Weise der Erklärung verwunderte die Herren. Die eben noch gezeigte Aggressivität war wie weggeblasen. Ein leichtes Frösteln überzog die Haut Doktor Wallers. Die eben noch gespürte Hitze im Raum verschwand von jetzt auf gleich, wie aufgrund einer Sommerbrise sank die Raumtemperatur. Er schüttelte ungläubig den Kopf.

»Trotz der sommerlichen Hochsaison waren wir allein auf der Burg«, wisperte Kendra mit leuchtenden Augen. »Wir genossen die Sonne, gegessen hatten wir vorher in der Ferienwohnung und machten jede Menge wunderschöne Fotos.

Plötzlich zeigte meine mittlere Tochter zum Burgeingang, lächelte und sagte mir, dass sie da schon einmal durchgeritten wäre. Mir blieb fast das Herz stehen«, fügte Kendra lächelnd hinzu.

»Meine große Tochter guckte ebenso entrückt und setzte hinzu, dass, sofern sie hier noch wohnen würde ...«, Kendra hob betonend die Hände und machte eine allumfassende Geste, »... sie hier immer ihre Hausaufgaben in der Mitte machen würde. Meine Jüngste, damals fünfeinhalb Jahre jung, tobte ausgelassen über den Burghof und lachte laut und fröhlich.«

Kendra sah die Männer an.

»Sie verstehen sicher, meine Herren, dass mich das doch sehr verwunderte, zumal ich im Hinterkopf hatte, wie die drei sich in Stonehenge benommen hatten.«

Kendra blinzelte kurz.

»Ich war auch über die Formulierungen der Kinder perplex, da ich ihnen weder jemals, was von meinen Träumen noch von Esoterik erzählt hatte. Bevor ich sie jedoch befragen konnte, noch während ich mich zu ihnen drehte, erfasste mich eine warme, wohlige Welle der inneren Ruhe, es fühlte sich eben an, wie zur rechten Zeit am rechten Ort.

Es war einfach richtig!

Verstehen Sie das Doktor Maynardt und Doktor Waller? Ich war innerlich so ruhig, wie schon lange nicht mehr. Aus den Augenwinkeln bemerkte ich unterdessen, dass sich die Kinder auf ihre Jacken auf den Rücken mitten im kreisrunden Burghof auf den grasbewachsenen Boden legten, und zwar alle drei. Die beiden Älteren schliefen augenblicklich ein.«

Kendra seufzte leise, fasste sich an die Stirn, lächelte jedoch gleich darauf, obwohl sie sich nach wie vor über das Verhalten ihrer Kinder wunderte.

»Meine Töchter lagen über eine Stunde im Gras, schliefen und ich saß auf einer Bank und döste vor mich hin – es war so friedlich«, beschloss Kendra ihre Ausführungen.

»Sagen Sie Kendra ...«, sprach sie Dr. Waller dann an, »... haben Sie mit einem Reiseführer sprechen können, haben Sie eine Erklärung für Ihre Gefühle in dieser Burg?«

Kendras Augen begannen zu strahlen. Ja, auch auf diese Idee war sie damals gekommen und hatte den Burgwächter, eine Dame im dreihundert Meter abseitig stehenden Souvenirhäuschen natürlich befragt.

Danach war die Burg immer Wohnort und Waffenkammer, nie jedoch Ausgangspunkt oder Angelpunkt großer Schlachten. Es gab lediglich eine einzige überlieferte Kampfhandlung im englischen Bürgerkrieg so etwa um 1644 n. Chr., wie die Dame damals berichtete.

»Demnach hängt mein Unwohlsein wohl manchmal an der Zahl von Tod und Verletzungen in oder an bestimmten Gebieten oder?« Kendra sah die Herren mit großen Augen an. Ein gewisser Schalk sprach aus ihren Augen, sie hatte sich natürlich bereits Gedanken gemacht.

Die Augen der Männer zeigten eine gewisse Ungläubigkeit und ein verschmitztes Lächeln erfasste Kendras Gesicht und ließ ihre Augen strahlen.

Die Herren blickten sie neugierig an und man sah, dass sie regelrecht hofften, Kendra hätte noch mehr solcher Begebenheiten zu berichten. Und diesen Gefallen tat sie ihnen.

»Meine Herren, ich sagte Ihnen ja bereits, dass solche Empfindungen mich öfter befallen. Ich weiß bis heute nicht, warum ich auf die Insel wollte, aber es war richtig. Ich kann mir nach wie vor nicht erklären, warum ich in Richtung Cornwall reisen wollte und da kommen wir zum Knackpunkt der Geschichte. Es war richtig und auch wieder nicht.«

Kendra spielte leicht nervös mit ihren Händen, drückte ihre Finger wieder auf ihre Oberschenkel und sah in die gespannten Gesichter der Ärzte.

»Wir sahen viele wunderbare Touristenorte, um einige ranken sich wahre Unmengen an Geschichten, so beispielsweise um Tintagel Castle, die vermeintliche Geburtsstätte des Königs Arthus aus der Arthus Saga. Meine Herren, ich sage Ihnen, wunderschön, friedlich, aber sooooo langweilig und damit meine ich emotional.« Sie schüttelte den Kopf und hob entschuldigend die Hände. »Auch Lands End, den äußersten Zipfel des Cornischen, sehr schön, landschaftlich großartig, emotional jedoch völlig unbedeutend für mich.«

Ein Kichern entfleuchte Kendra. Sie schlug sich erschrocken die Hand vor den Mund.

Sie konnte sich darauf keinen Reim machen, damals nicht und an diesem Tag ebenso wenig.

Auch die werten Herren Doktoren schienen verstört. Hatte sich Kendra erhofft, auf dieser Reise ihren Traumschwierigkeiten und dem Gefühl von Heimat etwas näher zu kommen, so musste sie sich eingestehen, dass dem nicht so war.

Dennoch blieb das Verlangen nach der britischen Insel ein unerfülltes Sehnen in ihr, der Zug in Richtung England war genauso stark, wenn nicht sogar mit jedem Jahr stärker zu spüren. Kendra senkte den Blick, versuchte ihre Röte zu verbergen und murmelte leise weiter.

»Ich wollte nach Hause, doch dort war es nicht, ich möchte nach Hause, doch ich weiß nicht, wo ich noch suchen soll.« Tränen sammelten sich in ihren Augen, ihr Blick verschleierte sich.

Paul Maynardt sprang auf, nahm sie in den Arm und versuchte, sie mit sehr leisen Worten zu beruhigen. Er verstand nicht, warum ihn diese Frau so anrührte.

Steffen Waller betrachtete das Geschehen aus der Ferne, runzelte die Stirn und fasste sich mehrfach leicht verwirrt ans Kinn. Was ging hier vor? Sicherlich war sein Kollege ein wunderbarer Mediziner, ein toller Mensch und in seiner beruflichen Integrität sicher nicht anzuzweifeln. Sein momentanes Verhalten jedoch passte eher zu einem involvierten Menschen, als zu einem Arzt seiner Klasse. Pauls Augen zeigten einen wundervollen Glanz, wenn er Kendra ansah, zeigten Gefühle, Erinnerung und Liebe. Liebe?

Doktor Waller kratzte nach wie vor seinen imaginären Bart und dachte nach. Was wäre, wenn dieses Verhalten, die Wärme in der Praxis, Kendra und ihre Geschichte irgendwie zusammenhingen?

Er räusperte sich und wirkte zeitweise abwesend. Es begann in ihm zu arbeiten.

Wie konnte er Licht in das Dunkel der Emotionen und Begebenheiten bringen, wie konnte er helfen, ohne jemandem zu nahe zu treten oder gar die berufliche Laufbahn dieser Menschen zu zerstören? Er hatte Schweigepflicht, genau wie Paul, und diese würde er unter keinen Umständen brechen, denn es stand nicht nur die Karriere der vor ihm sitzenden Lehrerin auf dem Spiel, sondern natürlich auch die des Arztes, wenn die natürliche Distanz zwischen Arzt und Patient womöglich weiter verringert werden würde. Seine Gedanken flossen nur so dahin.

Er erbat sich zum Ende dieser Sitzung eine Woche Recherche- und Bedenkzeit. Er erklärte sowohl seinem Kollegen als auch der Patientin, dass er eine Vermutung hegte.

Er wollte sich noch nicht in die Karten sehen lassen. So endete die Sitzung wieder ohne eine Klärung der Probleme, was Kendra frustriert aufstöhnen ließ. Wie lange sollte sie noch wiederholen, was sie erlebt oder geträumt hatte, bis sich der Nebel der Ungewissheit lichten würde? Nun sie musste sich in Geduld üben, schließlich plagten die Träume sie auch schon länger, nicht erst wenige Tage und eben diese wenigen Tage arbeitete sie erst mit den Profis zusammen. Sie beschloss, Ruhe zu bewahren.

Man verabredete sich für die folgende Woche, in der Hoffnung, Steffen Waller würde Licht in das Dunkel bringen.

ERKENNTNISSE

D ie Tage vergingen, Steffen las und las und immer mehr beschlich ihn ein Gefühl.

Nein, konnte das wirklich so sein? Waren es gar keine
Träume, die Kendra plagten? Die gemessenen REM-Schlafphasen,
die in denen der Patient träumte, die in denen der Patient die
Augen schnell bewegte, waren viel zu lang bei Kendra. Häufig
wachte sie auf, schrie, schlug um sich oder murmelte von Augen
oder Pflanzen, von Kriegern und Angriffen. Was wäre, wenn …

Steffen kam ebenso plötzlich, wie erschreckend die Erkenntnis,
dass es möglicherweise Rückblicke sein könnten. Flashbacks in
längst vergangene Leben?

Konnte das sein? Sein Medizinerherz verneinte das sofort. So was
gab es nicht in der Medizin, in der Psychiatrie, solche Dinge gab es
lediglich in Mystik und Fantasy.

Esoteriker lieben dieses Verweisen auf vergangene Leben. Und
doch rief er sich Pauls Auffassung über elektrischen Strom und deren
Sichtbarkeit ins Gedächtnis, die dieser ihm schon damals in dem kleinen italienischen Restaurant kurz umrissen hatte. Konnte es wahr sein?

Steffen sprang auf und kramte im Bücherregal. Vielleicht, nur
vielleicht konnte er, er hatte, stand da etwas?

Er zappelte vor Aufregung hin und her.

Ein paar Minuten auf der Suche griff er das große Esoterikbuch,
das er irgendwann mal aus lauter Interesse in einem Buchladen
erstanden hatte, dem er aber kaum Glauben schenken konnte, so
schräg waren darin die Ausführungen über Rückführungen und
vergangene Leben.

Im Buch wurde davon berichtet, dass es so genannte Reinkarnationstherapien gab, die zu den esoterischen Heilverfahren zu zählen waren, jedoch jeder medizinischen Grundlage entbehrten. Er las, dass die Esoteriker davon ausgingen, dass die Seele eines Menschen über eine große Zahl an Leben eine Weiterentwicklung erfahren würde. Man ging in seinem schlauen Buch ebenfalls davon aus, das Probleme in diesem Leben davon herrühren können, in vorherigen Leben bestimmte Situationen oder Gefahren als auch Unfälle und Ähnliches durchlebt zu haben, die bis in dieses Leben Auswirkungen haben konnten.

Er studierte die Zeilen vor sich, sichtete Meinungen aus allen Weltreligionen und Mythen. Die Buddhisten glaubten, dass die ständige Wiedergeburt so lange erfolgen würde, bis der Mensch frei von Werten sei. Erst wenn er alles wertungsfrei betrachten könne, völlig selbstlos handelte, konnte seine menschliche Seele ins Nirwana eingehen und damit das Samsara, den ewigen Kreislauf von Geburt und Tod verlassen. Wie passte das auf Kendra?

Befand sie sich nach diesem Glauben im ewigen Kreislauf von Geburt und Tod und hatte nur das Pech oder auch Einfühlungsvermögen, sich an frühere Leben zu erinnern? Er schlug in Gedanken die Hände über dem Kopf zusammen, seufzte auf.

Herrje, jede beantwortete Frage warf für Doktor Waller zehn neue Fragen auf. Er zappelte und räusperte sich immer wieder, ein nervöser Tick, wie er wusste. Er schmunzelte. Auch Psychiater waren eben nur Menschen mit Macken.

Was bedeutete Karma in diesem Zusammenhang und bestand die Möglichkeit, dass jemanden große Fehler in vergangenen Leben bis in dieses Leben verfolgten, erlebte Missstände oder Probleme sogar Krisen in diesem Leben hervorriefen, ohne dass sich ein Mensch der Leben vorher bewusst war? Klang das zu mystisch, erinnerte das zu viel an Hokuspokus?

Steffen war sich sicher, dass es in vielen der großen Weltreligionen solche Ansichten gab. Er war jedoch kein gläubiger Mensch. War das der Schlüssel zu Kendras Problemen?

War ein früheres Leben schuld an dem Zustand ihrer Seele in diesem Leben? Warum grade zu Zeiten der Winter und Sommersonnenwende? Fragen über Fragen.

So saß Steffen Stunde um Stunde in seiner kleinen Bibliothek der medizinischen Fachliteratur mit den kleinen Mengen an Leckerbissen aus Religion und Esoterik und las sich durch Meinungen und Tatsachenberichte. Auch bemühte er das allumfassende Internet.

Erst als der Morgen graute, schlief er über einem besonderen Artikel ein.

In seinen Träumen irrten schemenhafte durchsichtige Seelen von Körper zu Körper, von Leben zu Leben, die ihn schweißgebadet aufwachen ließen.

Ganz plötzlich war er sich sicher, dass Kendra tatsächlich von Flashbacks in ein oder mehrere frühere Leben betroffen war – so sicher, dass es schon beängstigend war.

Das Wort »heimgesucht« verband er eher mit schwarzer Magie und Besessenheit im Hollywoodstyle und befand diesen Terminus als nicht richtig.

Er raffte das Buch zusammen, um nach seiner normalen Dienstzeit in seiner Praxis in die große Universitätsbibliothek zu fahren, in der er sich Bücher erhoffte, die seine Erkenntnis untermalten und ihm vielleicht Hinweise geben konnten, welche Möglichkeiten er hatte, Kendra zu helfen.

Er selbst war ein sehr erfahrener Therapeut und hatte auch große Kenntnisse in Hypnotherapie, doch eine Rückführungstrance, das war eine ganz andere Hausnummer. Was gab es zu beachten, welche Gefahren bestanden für Arzt und Patienten und wie konnte man dem entgegenwirken und Kendra trotzdem helfen?

Eine hektische Röte überzog seine Wangen.

Sehr zu seiner Überraschung enthielt die Unibibliothek ein schier unerschöpfliches Sortiment an psychotherapeutischen Büchern zur Hypnotherapie. Einige kannte er, besaß sie selbst, andere waren entweder so neu oder so extrem alt, dass sie für ihn fachlich neue Aspekte enthielten, so las und las er. Am späten Abend, kurz vor zweiundzwanzig Uhr, verschleierte Müdigkeit seinen Blick, sodass er ziemlich abgekämpft heimschlich. Die Bibliothek schloss ohnehin um diese Zeit. Ein Buch jedoch konnte er nicht aus den Händen legen, lieh es aus und trug es, wie einen Goldschatz, vor sich her.

Mehrere Abende hintereinander verbrachte er denkend, lesend, sinnierend. Er nickte, tatsächlich könnte eine Rückführung in Form einer Hypnose mit anschließender Umprogrammierung des Unterbewusstseins eine realisierbare und erfolgversprechende Therapieform darstellen. Hypnotherapie an sich war kein Neuland für ihn, er praktizierte sie seit vielen Jahren. Möglicherweise könnte er Kendra in eine Art Trance versetzen, die den, er nannte es mal ›Knoten der Vergangenheit‹, auflösen würde. So wäre er in der Lage, Licht in den Nebel zu bringen, der Kendras Träume ausmachte.

Er recherchierte über die Gefahren einer Hypnotherapie und wusste nur zu gut, dass die ganze Sache von seiner Behutsamkeit und von der Mitwirkung seiner Patientin abhängen würde. Es bestand Hoffnung für Kendra und genau so würde er es ihr erläutern.

Im Rahmen einer Hypnose, so überlegte er, würden Menschen in eine Art Trance versetzt. Er kannte die Meinung vieler Leute über die Hypnotherapie.

»Die Menschen werden mal wieder Angst haben«, flüsterte er grinsend. »Immer erwarten sie, dass man sie Zitronen essen lässt oder wie Hasen hoppelnd über die Bühne scheucht oder noch schlimmere Dinge mit ihnen anstellt.«

Das Grinsen wurde breiter, Doktor Waller kannte alle Einwände gegen die Hypnose.

Dabei war Hypnose gar nicht so wie im Fernsehen immer gezeigt. In eine solch tiefe Trance ließen sich überhaupt nur zehn Prozent der Patienten versetzen. Achtzig Prozent sprachen ohne Realitätsverlust gut auf eine solche Therapieform an und weitere zehn Prozent ließen sich überhaupt nicht in Trance versetzen.

Kendra hatte Angst, das wusste Doktor Waller. Ihm war auch klar, dass Angst ein Zustand höchster Anspannung war, ein Zustand auf einem hochenergetischen Level, dass den Patienten viele Nerven kostete. Er musste Kendra zur Entspannung verhelfen, nur so könnte er mit der Erinnerung verknüpfte negative Reaktionen auf bestimmte Ausgangssituationen verändern, könnte Kendra positiv triggern.

Er nahm sich ganz fest vor, in wenigen Tagen mit Kendra zu sprechen.

EIN TERMIN MIT FOLGEN

In der Praxis von Doktor Waller wurde Kendra freundlich von ihrem Therapeuten begrüßt. Doktor Maynardt war zum Termin leider verhindert, wollte jedoch zu den nächsten Sitzungen wieder dazustoßen.

Behutsam begann Steffen, Kendra zu erklären, welche Gedanken und Gefühle er hatte, berichtete schonungslos über seinen Verdacht der Flashbacks und beobachtete Kendra währenddessen ganz genau.

Er wollte jede kleine Reaktion erkennen, um im Notfall beschwichtigend darauf reagieren zu können. Ihm war bekannt, dass Kendra großes Vertrauen zu seinem Kollegen aufgebaut hatte und hoffte sehr, dass sie ihm dieses ebenso entgegenbringen konnte.

»Kendra, wie ich gerade schon ausführte, bin ich der Meinung, es handelt sich bei Ihnen nicht um reine Träume. Sie schilderten die Bilder der Nächte immer so haargenau, dass ich das Gefühl hatte, dabei gewesen zu sein. Sie berichten von sogenannten Randbegebenheiten. Das sind Augenblicke, die im Traum meist am Rande verschwommen ablaufen, die unser Unterbewusstsein für irrelevant hält und daher nebulös erscheinen lässt. Bei Ihnen jedoch ist auch diese Randszenerie absolut klar und deutlich. Personen und Pflanzen bekommen fachlich korrekte Namen und anscheinend wissen Sie ganz genau, wofür diese Pflanzen gebraucht werden.

Personen, die man träumt, haben auch selten detailgetreue Beschreibungen. Sicherlich haben die auch mal dunkle Haare oder sehen aus wie Hinz und Kunz, aber Sie wissen von blauen Augen mit dunkelblauen Sprenkeln, von braunen Augen, dunkelbraun mit goldenen Sprenkeln. Sie wissen bei Personen von Narben, deren Form und Lage. Das ist ungewöhnlich, sehr ungewöhnlich für Träume.«

So ausformuliert, blitzte Erkenntnis in Kendras Augen auf. Doktor Waller hatte recht. Träume wären nicht so detailliert. Die Härchen auf ihren Armen stellten sich auf, während sie den Arzt anblickte. Waller sprach weiter.

»Ich denke, ich kann Ihnen helfen. Sie wissen, ich bin lange, genauso lange Psychiater und auch Psychotherapeut, wie mein geschätzter Studienfreund Doktor Maynardt und doch habe ich mein Spektrum etwas weiter gefasst als mein Kollege. Ich arbeite auch mit Hypnose.«

Er sah augenblicklich, wie Kendra zusammenzuckte, den Mund verzog und ihre Schultern eine Abwehrhaltung einnahmen. Dennoch fuhr er mit ruhiger Stimme fort.

»Kendra, ich weiß, Sie denken an Menschen, die Zitronen essen, als wären es Pfirsiche.« Er schüttelte schmunzelnd den Kopf. »Ich verschweige Ihnen nicht, dass es diese Art der Trance tatsächlich gibt. Es ist aber nicht das, worum es mir geht. Ich will es Ihnen anschaulich erläutern.«

Er sah ihr in das unsicher wirkende Gesicht und bat sie, sich zu entspannen, er würde nichts ohne ihre ausdrückliche Zustimmung unternehmen und sie schon gar nicht Zitronen essen oder sie hoppeln lassen. Die warmen Augen beruhigten Kendra sofort. Wieder eine Reaktion auf Augen. Kurz runzelte Kendra die Stirn.

»Ich möchte Sie in Trance versetzen. Nun, wie müssen Sie sich das, wenn es so weit ist, vorstellen?«

Er grübelte kurz, wie er sich der Patientin verständlich machen könnte.

»Stellen Sie sich vor, Sie kommen nach den großen Sommerferien als Schülerin, mit ihren Freundinnen über die Ferienerlebnisse schwatzend, in das Klassenzimmer zur ersten Stunde.«

Der Doktor sah sie an und ein leichtes Nicken bestätigte ihm, dass diese Vorstellung nichts Neues für Kendra bedeutete.

»Sie schwatzen, es klingelt zur Stunde, das Gemurmel legt sich, aber Sie hängen in Gedanken noch immer am eben stattgefundenen Gespräch, können Sie mir folgen?«

Wieder ein Nicken.

»Sie hängen also noch gedanklich dem Gespräch nach, was um Sie herum passiert, ist weder aufregend noch gefährlich, sondern einfach da. Plötzlich spricht Sie die Lehrerin an und Sie sollen, so entnehmen Sie der Stimmlage, irgendetwas beantworten. So schwer ist das nicht, sich eine solche Situation vorzustellen, oder?«

Sie schüttelte den Kopf, blickte ihn fragend an, lächelte und bemerkte, dass sie beide Seiten kannte. Das Kind, das angesprochen wurde und, da sie auch schon die Lehrerin gewesen war, die, die das Kind ansprach. Eine sehr vertraute Szenerie. Sie lächelte.

»Der Zustand, in dem Sie noch den Gedanken an das eben geführte Gespräch nachhängen, der in dem Sie die Frage der Lehrerin verpassen und auch die Umgebung weder klar noch bedrohlich wahrnehmen, das ist im Groben erklärt, der Zustand in einer Trance.«

Der Doktor nickte bestätigend.

»Sie sind jederzeit in der Lage zu bemerken, was rundherum passiert, sind jedoch in Gedanken und entspannt bei einem Thema, das Sie interessiert. Nun nehmen wir an, ich führe mit sanfter Stimme das Gespräch weiter, in Ihrer Vorstellung als Ihre Freundin. Ich bitte Sie, sich zu erinnern, was an diesem oder jenem Ferientag geschehen ist. Sie lächeln oder schütteln den Kopf, erinnern sich aber. Ich kann Ihnen jetzt sagen, dass das Springen vom Zehnmeterturm im Freibad sehr lustig war, Sie das toll gemacht haben und entkopple damit die Angst, die ich nicht mehr erwähne, sondern nur noch das tolle Gefühl von Freiheit und Fliegen während des Sprungs. Sie erinnern sich an alles wie bisher, nur das Gefühl Angst in dieser Szene wird dem Gefühl Stolz weichen, weil Sie es geschafft haben. Das ist sehr vereinfacht ausgesprochen die Wirkungsweise von Hypnose. Ich versetze Sie in tiefe Entspannung, wie reden über Ihre Erinnerungen und Gefühle und versuchen herauszufinden, was Ihnen Angst macht und ob das überhaupt die richtige Weise ist, die Details zu werten.

Vielleicht finden wir gemeinsam heraus, dass andere Gefühle besser passen oder Sie die Begebenheit mit anderer Gelassenheit betrachten können. Was meinen Sie, schaffen wir das?«

Kendra kniff kurz die Augen zusammen, runzelte die Stirn. Welche Alternative hatte sie? Was würde die Hypnose zum Vorschein bringen? Die Träume machten sie fertig, aber was würde passieren, wenn sie sich entspannt öffnete? Welches Leid, und dass es zweifelsohne eines sein würde, war ihr klar, würde sie weitere mentale Schmerzen fühlen lassen? Wäre es das wert?

Zudem ging es nicht um Sommerferien, das was sie träumte, hatte sie nicht erlebt. Wo kam das her und wo sollte das hinführen?

Sie blickte den Doktor mit großen Augen fragend an, schüttelte kurz das vermeintlich lange Blondhaar nach hinten und knetete erneut ihre Hände.

»Alles das habe ich auch überdacht, Kendra.«

Ein Lächeln trat in seine Augen, er schien genau zu wissen, was hinter Kendras gerunzelter Stirn vorging. Er rutschte in seinem Sessel hin und her.

»Wenn es tatsächlich Flashbacks sind, müsste es möglich sein, Sie dahin zu leiten, dass Sie erkennen können, was oder wer Sie so quält, was passiert ist und wem. Und vor allem, in wieweit es Sie betrifft. Vielleicht finden wir es heraus.

Wenn Sie mich lassen, möchte ich Sie gern unterstützen. Gern hätte ich auch Paul dabei, um die Erkenntnisse, wenn möglich, zu notieren und besser auswerten zu können. Was denken Sie?«

Kendra sah auf ihre Hände im Schoss und unterdrückte einen tiefen Seufzer. Hatte sie eine Wahl?

Würden die Träume irgendwann aufhören oder würden sie im Dezember wieder mit aller Härte zuschlagen? Sollte sie ihr Leben lang unter Vorstellungen und Gedanken leiden, die sie nicht beeinflussen konnte, die nicht zu ihrem Leben gehörten oder sollte sie den Hilfeversuch annehmen?

Geträumt hatte sie schon immer, auch immer sehr lebhaft, aber das – sie nannte es in ihrem Kopf Krimitheater – ging nun zu weit. Ihre Familie wurde unruhig, Anton machte sich große Sorgen. Manchmal war sie nicht in der Lage, ihre Aufgaben zu erfüllen. Das durfte nicht sein. Niemals würde sie ihre Familie vernachlässigen oder Anton verletzen. Niemals würde sie in der Schule versagen, wenn die großen Ferien zu Ende gingen. Das durfte sie niemals zulassen.

Leise, ganz leise, seufzend, begann Kendra zu reden.

»Ich möchte die Träume loswerden oder Flashbacks, oder zumindest erfahren, was sie bedeuten, wie ich sie nutzen kann, ohne daran zu zerbrechen. Wer ist Aric und warum schneidet es mir ins Herz, dass er gestorben ist? Ich muss ihn ja gekannt haben. Was sollen die blauen Augen, was hat es mit den Braunen auf sich? Warum weiß ich so viel über Kräuter?

Bitte, Herr Doktor Waller, bitte versuchen Sie es, aber vorsichtig und ich möchte bitte keine Zitrone essen.«

Ein Schmunzeln zupfte kurz, fast unsichtbar an ihren Mundwinkeln.

»Ich möchte gern wissen, was vor sich geht. Allerdings habe ich zwei Bedingungen. Bitte darf Doktor Maynardt immer dabei sein? Ich weiß nicht warum, aber ich fühle mich in seiner Gegenwart sicher und zweitens, bitte wahren Sie ihre Schweigepflicht. Ich möchte, dass nichts Gehörtes oder Gesagtes diese Praxis verlässt. Keine Namen, keine Daten, keine Personen, sollten wir entdecken, wer in diesem Schauermärchen mitspielt. Bitte versprechen Sie mir das.«

Kendra sah flehentlich zu Doktor Waller. Dieser schluckte hart, die feinen Härchen seiner Arme stellten sich auf. Diese Eindringlichkeit in Kendras Stimme flößte ihm Ehrfurcht ein und er beschloss im Inneren, dieser Frau, koste es, was es wolle, zu helfen. Schweigepflicht hatte er sowieso. Dieses betonte er nochmals ausdrücklich, was Kendra zufrieden nicken ließ.

Die Frage, die nun im Raum stand, war, wann es losgehen sollte.

Doktor Waller wollte die Zeit außerhalb der blutigen und schlimmen Träume nutzen, um zu starke, gefährdende Reaktionen auf Geschehnisse zu vermeiden. Solche Episoden in der Hypnotherapie könnten gesundheitliche Folgen oder psychische Schäden hervorrufen. Somit war die Zeit jetzt von August bis Anfang Dezember ideal. Er wusste nicht, wie lange, wie oft eine solche Trance nötig sein würde, um in Erfahrung zu bringen, was Kendras Seele so quälte. Er hoffte, dass es nicht zu viele Sitzungen brauchen würde, denn zu viel des Guten konnte schwere Probleme auslösen.

DIE ERSTE TRANCE

Zwei Wochen vergingen, mittlerweile war es Mitte August, die Sonne brannte unbarmherzig, die Luft war heiß und stickig. Mensch und Natur stöhnten unter der Hitze.

Doktor Steffen Waller hatte die Zeit zwischen den Terminen ausgiebig zu seiner Weiterbildung genutzt.

Kendra würde in die Praxis kommen, er würde mit ihr und seinem Kollegen Maynardt die ersten Schritte zur Aufklärung der Träume unternehmen. Er ahnte, dass ein völliger Durchbruch Zeit braucht, aber vielleicht kam man dem Knackpunkt schon auf die Spur.

Seit Stunden wanderte er in seiner Praxis auf und ab, es schien, als versuche er einen Trampelpfad in das Parkett zu treten.

Als Kendra die Praxis betrat, stürmte Doktor Maynardt auf sie zu und begrüßte sie überschwänglich. Kendra runzelte die Stirn.

Doktor Waller rieb sich immer wieder die Hände an den Hosenbeinen trocken. Nun gut, es war aber auch wirklich unerträglich heiß.

Doktor Maynardt trat noch mal auf Kendra zu und beteuerte, sie nicht aus den Augen zu lassen, sie beschützen zu wollen. Seine Hände nestelten unruhig an seinen Hosentaschen herum. »Kendra, möchten Sie lieber liegen oder sitzen?«

Wallers Stimme wirkte fest und professionell, die Angst legte sich, machte einer tieferen Ruhe Platz. Was sollte geschehen? Doktor Waller versprach, vorsichtig mit ihrer Seele, ihrem Geist zu sein.

Oder herumzurühren? Ein Kichern entfleuchte Kendra. Hatte doch Anton heute zu ihr gesagt, sie möge sich das Gehirn nicht so sehr verquirlen lassen. Kendra ließ sich auf dem Boden nieder, sie zog den Boden mit einer Kuscheldecke drunter einer Liege vor. Hatte sie Angst zu fallen?

Wie ein sanftes Streicheln zog sie die Stimme Wallers in ihren Bann.

»Atmen Kendra! Ein ... und ... aus ... ein und ... aus. Tiefer Kendra, in den Bauch hinein, Sie sind hier sicher. Ganz ruhig atmen, wir sind bei Ihnen, alles ist in Ordnung.«

Immer wieder zählte Waller das Einatmen und das Ausatmen an.

Diese sollten die gleiche Länge haben, holotrophe Atmung. Er unterstützte ihre Atemsequenzen, indem er zählte und leise Musik lief im Hintergrund.

»Kendra, Sie sehen Wald um sich, eine Lichtung, Sonne, Wärme und Sie fühlen sich wohl und sicher, entspannen Sie sich. Lenken Sie ihre Konzentration auf die Baumwipfel über sich und auf das weiche Moos unter Ihren Füßen.«

Kendra sah förmlich die hohen Kiefern vor ihrem geistigen Auge, hörte fast das Rauschen der Wipfel und war frei von Angst. Der Wald, den sie zu sehen glaubte, war licht, hell und einladend. Sie hörte die Stimme Steffen Wallers und auch das leise Atmen Paul Maynardts. Furcht kam in keinem Moment auf. Sie hatte jederzeit das Gefühl, voll wach zu sein und fragte sich ganz im Geheimen, warum die Trance sich bei ihr nicht einstellen wollte. Ein kurzes Seufzen entkam ihr, sie schlug die Füße entspannt übereinander. Eine angenehme innere Ruhe durchzog sie, verbunden mit einer wunderbaren Wärme, die es unmöglich machte, aufzustehen und zu widersprechen, warum auch? Ihr ging es gut, sie war sich ihrer voll bewusst und dennoch so gelöst und zufrieden, wie schon lange nicht mehr. Sie genoss es von ganzem Herzen.

Steffen sprach weiter.

»Kendra sehen Sie sich ganz in Ruhe um und vielleicht halten Sie Ausschau nach dem ein oder anderen Heilkraut, das Sie zu entdecken vermögen.«

Nun gut, dachte Kendra, wenn der Doktor das wollte, stellte sie sich dieses eben vor, sie konnte es ein wenig genießen, wenn die Trance sich schon nicht einstellen wollte.

Ich blicke mich im Wald um, stehe auf und laufe durch den lichten Tann. Nichts ist ungewöhnlich, nichts beängstigend, Vögel zwitschern. Ich hebe ein wenig Moos auf und überlege vor mich hin, dass könne man als saugende Unterlage auf blutende Wunden legen. Das Moos passt gut hier in meine kleine Tasche am Gürtel des Kleides.

Moment mal, heute trage ich schwarze Jeans, ach egal, den Spaß mache ich mit. Dann trage ich eben jetzt ein Kleid, gar nicht hässlich. Bestimmt hat mir das der Herr Doktor eingeredet, na ja solange ich keinen Chili oder Zitronen oder so essen muss.

Ich horche in mich, aber nein, es kommt mir nichts komisch vor, ich grinse vor mich hin. Es ist aber auch schön hier. Wer will es mir verbieten? Ich nehme einen tiefen Atemzug, fülle meine Lungen mit frischer, würziger Waldluft. Ein toller Wald, blauer Himmel über mir, ich spüre nach, nein alles ok, ich fühle mich leicht und wohl. Dort eine ganz junge Fichte. Die nehme ich mit, Fichtennadeln sind krampflösend und helfen im Badezuber gut bei Erkältungen. Bevor ich zugreifen kann, stutze ich, kichere und stopfe schnell die Nadeln in meinen Beutel. Badezuber – ich feixe, Badezuber, wer sagt denn noch so was? Grinsend mache ich mich weiter auf den Weg durch den Wald. Es gibt Wannen, wer steigt denn noch in Zuber?

Das mit der Trance klappt so gar nicht, müsste ich nicht in allerlei Horrorszenarien verwickelt werden, wie in meinen Träumen? Nun, wenn das nicht funktioniert, so ein Waldspaziergang ist deutlich netter. Ich werde den Herren nachher berichten, aber noch will ich die wundervolle Natur genießen.

Ich schlendere weiter, nehme das ein oder andere Kräutlein in mein Beutelchen und klettere über den ein oder anderen Baumstamm, der umgefallen liegen geblieben ist.

Plötzlich – ob die Sonne mit Absicht vor mir auf den Waldboden scheint? – sehe ich einen kleinen Teppich von Pflanzen mit kleinen gelben Blüten an Trugdolden und atme tief durch. Ladies mantle oder Frauenmantelkraut. Komisch, das blüht im Mai, jetzt ist August, ach was soll's, ich nehme davon reichlich mit.

Ein bisschen komisch ist das schon. Woher weiß ich das? Ach egal. Ladies mantle ist großartig, das wirkt wunderbar, das kann ich Rautgundis geben, wenn sie monatlich so stark blutet. Ihr ist dann immer so übel und sie fühlt sich schwach. Und auch Eilieth würde sich freuen über einen Tee. Seit sie ihre letzte Tochter vor sechs Monden geboren hat, kommt sie nicht mehr so richtig auf die Beine. Nun, der Tee wird ihr helfen. Schließlich half Frauenmantel schon früher gegen allerlei Beschwerden bei Frauen!

Nach vorne blickend, sehe ich mich um, da, am Horizont eine kleine Rauchsäule. Oh schön, Rogan und seine Frau sind zu Hause und kochen schon das Abendessen, dann werde ich aufbrechen und hoffe, dass es heute mal wieder Fleisch gibt. Immer Pflanzen und Brot oder Suppe, das ist nicht das Richtige für mich. Ein Kaninchen vielleicht? Vielleicht hatten Rogan oder Ronan Erfolg beim Jagen.

Kendra lächelte zuerst milde und zuckte dann heftig zusammen. Was war das eben? Solch komische Gedanken. Kaninchen essen? Obwohl, warum nicht?

Sie setzte sich auf, augenblicklich waren der Wald und die Lichtung vor ihrem geistigen Auge verschwunden und sie sah in die Gesichter von Doktor Waller und Doktor Maynardt.

Sie fühlte sich ein wenig erschreckt, verstört, jedoch nicht verängstigt und nach einem kleinen inneren Systemcheck auch nicht unwohl, krank oder sonst irgendwie schlecht. Bis auf den Schreck eben. Sie grinste die Herren an.

»Da bin ich wohl ein wenig eingenickt und habe geträumt. Tut mir leid, dass es mit der Trance nicht geklappt hat Herr Doktor Waller, aber Sie haben eine wunderschöne Baritonstimme, das können Sie mir glauben.«

Beide Herren Doktoren lachten plötzlich aus vollem Halse und sahen Kendra an. Diese verstand nicht, ein Schatten glitt über ihren Blick, das Gelächter kränkte sie ein wenig. Doch schnell wurden die Therapeuten wieder ernst und Doktor Maynardt wandte das Wort an Kendra.

»Die Trance hat nicht geklappt, Kendra? Was denken Sie, wie lange haben Sie hier gelegen?«

Kendra sah ihn komisch an und meinte, dass nicht mehr als zehn Minuten vergangen sein würden. Paul lächelte sie daraufhin an.

»Kendra, Sie waren fast zwei Stunden in Trance unterwegs und wenn ich recht verstanden habe, was Sie sagten, durch einen Wald und über eine Lichtung. Sie haben jede Menge nützliches Frauenmantelkraut gefunden und wollten Rautgundis und Eilieth helfen. Auch Fichtennadel ist gut gegen Erkältungen. Was mich aber besonders freut, ist, dass Sie hofften, das Rogan oder Ronan heute Fleisch braten würden, denn Sie haben Hunger.«

Der Doktor kicherte etwas unmännlich, eine leichte Verwirrung zeigte sich für den Bruchteil einer Sekunde in seinen Augen und dann sah er seinen Kollegen an, der ebenfalls breit grinste.

Kendra sah von einem zum anderen, schüttelte verständnislos den Kopf und bat um eine Erklärung.

»Das kann ich Ihnen nur insoweit erklären, Sie sind in einer anderen Zeit als jetzt gewesen Kendra. Wo steigen heute in Wäldern noch Rauchsäulen auf? Die Namen, die Sie nannten, klingen für mich irgendwie nordisch, und total fasziniert hat mich ihre Ausführung über die Wirkung von Frauenmantelkraut, oder wie Sie gemurmelt haben, ladies mantle.«

Der Doktor sah ihr in die Augen und sie erkannte die leichte Verstörung.

»Wir notieren das und Sie schlafen drüber, für heute haben Sie genug geleistet. Wie fühlen Sie sich?«

Nach einer nochmaligen Bestandsaufnahme war sie ganz zufrieden, fühlte sich recht frisch und ausgeruht.

Man verabredete sich für wenige Tage später, Kendra nahm beiden Herren nochmals das Versprechen ab, Stillschweigen zu bewahren. Fast war ihr nach hüpfen zumute, so leicht fühlte sie sich. Sie verließ lächelnd die Praxis. Es ging ihr gut.

Beide Herren sahen sich an. Das war ein voller Erfolg. Fast zeitgleich hoben beide Männer die rechte Hand, wie früher beim Studium und klatschten ab. Sie waren über die Fähigkeit Kendras, sich in Trance versetzen zu lassen, sehr erfreut, denn das würde einiges vereinfachen. Kendra zeigte bisher zu keiner Zeit Angst oder Unwohlsein und was das Typische war, sie hatte selbst von ihrer Trance nichts bemerkt, hielt es für ein kurzes Wegnicken und einen Traum.

Die Herren notierten gemeinsam in ihrem Bericht, was sie von Kendra bisher murmelnd erfahren hatten. Doktor Maynardt hatte bereits während der Sitzung begonnen, aufzuschreiben.

»Kendra war irgendwo im nördlichen Raum, oder was meinst du, Steffen? Das sind nordische Namen, irgendwie im Bereich der Kelten, so ungefähr. Zudem hatte Kendra Freunde mit keltischen Namen, sie war also nicht einsam und allein«, seufzte Paul Maynardt auf.

Irgendwie beruhigte ihn das innerlich, warum auch immer. Weiter, so resümierten beide, hatte Kendra ein profundes Kräuterwissen. Waller kratzte sich, wie schon häufig zuvor, am Kinn.

»Frauenmantelkraut ist schon ziemlich speziell, zumal sie direkt die Diagnosen zu dessen Anwendung hinterdrein gemurmelt hatte. Schmerzhafte Blutungen, Störungen nach Geburten und allerlei Frauenleiden.

Sag mal Paul, findest du das nicht auch sehr irritierend? Das klang, als wäre sie eine Heilerin, das sollten wir genauer hinterfragen.« Maynardt war ein wenig blass, nickte aber bestätigend.

»Sie sprach von einem lichten Wald. Mitteleuropäische Wälder waren dicht und wenn Rauchsäulen aufstiegen, die Kendra mit Kochen in Verbindung bringen konnte, dann muss es sich um eine Zeit handeln, in der auf offenen Feuern gekocht wurde. Also mindestens einhundert Jahre zurückliegen, da waren die Wälder erst recht dicht.«

Ein Runzeln zog sich über Wallers Stirn und als er Maynardt berichtete, zuckte der merklich zusammen, sagte jedoch nichts. Waller hob skeptisch eine Braue und sah Paul direkt an. Dieser senkte die Augen und begann leise etwas zu murmeln.

»Ich träume manchmal vom Grillen oder Kochen auf offenen Feuern, dabei kann ich gar nicht kochen.«

Nun, wer träumte nicht, Steffen ließ es gut sein, ging der Sache nicht näher auf den Grund.

Die beiden Herren notierten noch dies und das und waren beide sehr froh, dass die Hypnose so wunderbar geklappt und Kendra keinerlei Beschwerden oder Befindlichkeiten beklagt hatte.

ZWEITE REISE
IN DIE VERGANGENHEIT

Die Woche verging und Kendra kam wieder in die Praxis. »Meine Herren, gerne nehme ich das Menü vom letzten Mal, ich würde gern wieder in den Wald und so schön träumen, falls es Ihnen möglich ist.«

Die Männer schauten sie skeptisch an und sie konnte sich nur mit Mühe ein Grinsen verkneifen. Der Schalk blitzte in ihren Augen.

»Kendra, heute wollen Doktor Maynardt …«, begann Doktor Waller mit einem Räuspern das Gespräch, »… also der Paul und ich möchten mit Ihnen gemeinsam herausfinden, in welcher Zeit und an welchem Ort wir uns befinden oder zumindest befunden haben. Ganz genau konnten wir dieses das letzte Mal nicht feststellen, aber vielleicht …«

Waller hielt inne und sah Kendra mit einem Lächeln, das seine Augen auf wundervolle Weise erreichte, an.

Kendra lachte auf, denn sie war sich zu einhundert Prozent sicher, dass die Herren das unter Garantie nicht herausbekämen, die Trance würde wieder nicht so richtig klappen. Sie fühlte sich leicht und genoss die Sitzungen im Moment, also warum sich gegen diese Spielereien wehren?

Es war ein Spaß für sie, denn sie war fest der Überzeugung, dass sie nicht hypnotisierbar war. Immerhin war sie sich die gesamte Zeit über bewusst gewesen, auf der Decke zu liegen und der Stimme des Arztes zu lauschen. Niemand hatte sie dazu gebracht, Zitronen zu essen, sie hätte es gewusst, dass es Zitronen gewesen wären. Lediglich ein bisschen Tagträumen wollte sie sich wieder gönnen, das entspannte so schön.

»Nun meine Herren, fahren Sie fort!«

Mit einem Lächeln in der Stimme machte sie eine ein wenig gönnerisch anmutete Geste, die den Herren im Raum ein Lachen entlockte. Auf die Anfrage, ein Diktiergerät zu Hilfe nehmen zu dürfen, lachte sie zustimmend.

»Was erwarten Sie? Die Stimme Thors oder Odins persönlich? Natürlich dürfen Sie das Gerät nehmen, ich bin gespannt, was ich diesmal murmle. Ich will das schließlich auch wissen.«

Doktor Waller begann mit der Sitzung. Er sprach ein paar Einleitungssätze, Kendra sollte sich entspannen.

»Kendra, Sie stehen wieder in diesem naturbelassenen Wald auf der kleinen Lichtung auf dem Hügel, haben ihr Beutelchen voller Kräuter und beginnen nochmals aufzuzählen, was sich alles für Schätze darin verbergen. Bitte überlegen Sie und sagen Sie mir, was sie dort gesammelt haben.«

Kendra, die wieder den Waldboden bevorzugt hatte, sprich, wieder auf der Decke auf dem Boden der Praxis ausgestreckt lag, die Beine entspannt überschlagen, hatte die Augen geschlossen, war völlig gelöst und atmete ruhig. Kurze Zeit später jedoch begann sie, die Stirn zu runzeln und ihren Kopf hektisch hin- und herzubewegen, ihre Stimme klang tief und erbost.

»Kendra? Wer ist Kendra?«

Der Doktor ging gleich mit seiner sanften warmen Stimme auf die Frage ein und bat sie, ihm ihren Namen mitzuteilen.

»Ich bin Arathea von Inbhir Nàrann«, sprach Kendra mit fester Stimme. Der Doktor fasste geistesgegenwärtig das Aufnahmegerät, startete es und fragte nochmals nach ihrem Namen, worauf er sofort eine Antwort erhielt.

»Arathea Dearbhàil von Inbhir Nàrann!«

Der Doktor lächelte.

»Was bedeutet der Name und wer genau sind Sie, Arathea?«

Kendras Stimme hatte einen voluminöseren, gewichtigeren Klang angenommen.

»Ich bin die Frau von Aric von Inbhir Nàrann, Mutter von Caileigh, Noirin und Jirieal von Inbhir Nàrann. Außerdem bin ich die *Iomairtiche*.«

Der Doktor schluckte leise und zuckte leicht mit den Schultern. Er verstand nicht und musste nachfragen. Kendra sprach plötzlich sehr komische Worte, die hart klangen und unrund, nichts, was mit der deutschen Sprache zu tun hatte.

»Die *Iomairtiche*? Was ist das, Arathea?«

Er sprach sie ganz bewusst mit ihrem Namen an, den sie sich in Trance gab, um sie in diesem Zustand zu belassen.

Kendra antwortete nicht, jedoch räusperte sich Doktor Maynardt und flüsterte Doktor Waller zu, dass dies die Heilkundige des Dorfes, die Ärztin, die Hebamme, die Druidin und gute Seele des Dorfes wäre. Steffen sah seinen Freund und Kollegen Paul misstrauisch an, sagte jedoch nichts mehr, nahm sich aber vor, ihn später darauf anzusprechen. Welche Sprache das auch immer war, woher konnte Paul das, woher wusste er das?

»Arathea, wie alt sind Sie? Bitte nennen Sie uns Ihr Alter.« Paul flüsterte die Frage beinahe.

»Ich zähle sechsunddreißig Sommer, wenn Sie das meinen, bin allerdings kurz vor dem ersten Schnee im elften Monat geboren. Mein Mann zählt achtunddreißig Sommer.«

Steffen sprach gleich darauf weiter.

»Arathea, bitte blicken Sie sich um, was genau sehen Sie? Erzählen sie es mir.«

Sie begann zu murmeln, die Worte wurden immer klarer, wenn auch leise.

»Ich sehe Wald, viel Wald, aber der ist nicht so dicht, es macht Spaß darin herumzulaufen. Dort drüben …«, Kendras Stimme wurde lauter, aufgeregter, »… dort drüben ist ein Fluss. Mein Vater nannte den immer Nairn und da, da hinten …«, ihre Hand wedelte in der Luft herum,»… da hinten sehe ich meine tollen Berge, die Monadhliath Mountains und guck, guck da …«, Kendras Finger flog nur so in die Luft,»… da sind die Carn Ghriogair, die steilen Wände, da war ich schon mal als Kind.« Ihr Arm senkte sich leicht, als Doktor Waller wieder die Führung übernahm.

»Arathea, wo wohnen Sie? Sagen Sie es mir bitte.« Kendra runzelte die Stirn, schnaufte, sie verstand nicht ganz, weshalb sie diese Frage gestellt bekam. Der Arzt wusste es doch.

»Ich wohne im Strathnairn Tal, am Fluss Nairn im Dorf am Fluss«, dozierte Kendra mit dem Brustton der Überzeugung. »Ich bin Arathea von Inbhir Nàrann, das sagte ich schon, das Dorf heißt wie ich, daher nennt man mich so. Wir leben in Inbhir Nàrann. Das ist im Königreich Schottland, hier an der Küste im Nordosten.«

Ich liege hier noch ein Weilchen im Gras und wenn der Mediziner noch etwas wissen will, dann soll er eben fragen, vielleicht kenne ich die Antwort. Ich merke, wie sich mein Mund zu einem sanften Lächeln zieht. Ist aber auch schön hier, so friedlich.

Die Fragen gingen weiter.

»Arathea sagen Sie mir, welches Jahr schreiben wir?«

Kendra runzelte die Stirn. Was sollte diese Frage schon wieder. Nun ja, er schien eher ein Hofnarr zu sein, statt eines Arztes.

»Wir haben Mai!«

Kendras Augen bewegten sich unter den geschlossenen Lidern hektischer als beim letzten Mal hin und her.

»Wer herrscht über Ihr Land, Arathea«, fragte Waller weiter.

»Unser großer Herr Alaxandair Mac Uilliam«, kam es mit einer Selbstverständlichkeit von Kendra, wie aus der Pistole geschossen und mit rauem Unterton, als hätte sie sagen wollen, dass man das aber hätte wissen sollen.

Doktor Waller schmunzelte und fuhr fort.

»Arathea, welches Jahr schreiben die Gelehrten?«

Ein Zucken ging durch Kendras Körper.

Jetzt schlägts aber dreizehn! Was sollen diese Fragen? Das weiß er doch!

»1235«, murmle ich, ich strecke mich automatisch auf der Decke, alle Muskeln spanne ich an, ich gehe sofort in Kampfstellung über, hebe beide Arme vor die Brust.

Der Doktor sprach leise und beruhigend weiter.

»Niemand greift Sie an, Arathea, alles ist in Ordnung. Kendra bitte kommen Sie zu uns zurück, bitte machen Sie die Augen auf.«

Er wechselte bewusst zwischen Arathea und Kendra, um damit die Trance zu beenden. Seine Stimme wurde lauter, vehementer.

Kendra setzte sich erschrocken auf und starrte ihn mit großen Augen an.

»Mein Gott, was brüllen Sie denn so Doktor, ich lieg doch hier neben Ihnen, ich hör Sie doch. Ich habe so schön geträumt und dann brüllen Sie mich so an, was ist denn los? Die Hypnose klappt doch sowieso nicht, ich geh jetzt am besten heim!«

Im Brustton der Überzeugung stand sie auf, nickte beiden Herren zu und verließ die Praxis. Dennoch umspielte ein kleines Lächeln ihre Lippen. Selbst wenn der ganze Käsekram der hochgebildeten Doktoren so gar nicht funktionierte, sie lag weich und träumte sanft, hatte ein paar Minuten ihre Ruhe, fühlte sich ausgeruht und zufrieden hinterher, also was sollte sie den Herren den Spaß rauben und nicht mitmachen?! Das machte Freude und sie würde es weiterhin nicht verweigern.

Zur selben Zeit in der Praxis drehte Steffen sich mit großen Augen zu Doktor Maynardt um und sah ihn ungläubig an.

»Ich habe zwei Fragen, Paul. Was war das eben? Woher kanntest du dieses komische Wort? Ich habe den Laut der Betonung bereits wieder vergessen, ich habe diese Sprache auch noch nie gehört. Woher weißt du, dass es Heilkundige bedeutet und zweitens, warum zum Henker ist sie so abgerauscht? Ich verstehe gar nichts mehr!«

Er sah seinen Freund und Kollegen an und hob voller Erwartung einer Antwort beide Augenbrauen.

Paul wand sich, wog den Kopf selbst immer wieder von links nach rechts und grübelte. Fast konnte man seine Gedanken hören, so laut schienen sie. Eine steile Falte bildete sich auf seiner Stirn. Plötzlich brach es hart und überzeugt aus ihm heraus. Seine Hände wedelten in der Luft, seine Augen nahmen einen verzweifelten Ausdruck an.

»Steffen, ich weiß es nicht, aber ich verstehe ihr Gemurmel, ich verstehe die Sprache, ich weiß, was alles heißt. Ich kann nicht sagen, warum, aber immer, wenn ich Kendra in die Augen sehe, zieht sich mein Herz zusammen, als wäre sie eine lange vermisste Person, die ich endlich wiedersehen darf, als würde ich sie kennen.

Ich kann mir das alles nicht erklären und so langsam ist es mir selbst unheimlich. Du weißt, ich bin nicht esoterisch veranlagt, glaube nicht an den Hokuspokus, dabei will ich dir keinesfalls zu nahetreten, aber was hier abgeht, mir sträuben sich alle Nackenhaare. Bitte übernimm du komplett, ich werde nur noch Beobachter sein!«

Nach einer kurzen Pause flüsterte er aufgewühlt und fast verzweifelt weiter.

»Was sie da spricht, ist Gälisch, eine keltische Sprache, die in Schottland gesprochen wurde und wird. Steffen, das ist Gälisch, ich habe Gälisch nie gelernt, war nie in Schottland. Ich verstehe sie, das macht selbst mir als gestandenem Psychiater Angst, woher kann ich das? Vielleicht solltest du mich auch mal in Trance versetzen, hier stimmt doch was ganz und gar nicht!«

Wie eine kalte Hand, die sein Herz ergriff, kam die Erkenntnis, dass er möglicherweise nicht so unbeteiligt war, wie er hoffte, dass es vielleicht gar keine Zufälle auf der Welt gab, das alles vorherbestimmt war.

Ein äußerst fieses Unwohlsein machte sich in seinem Bauch breit. Ein Gefühl, dass alles andere als angenehm war und ihn extrem ängstlich stimmte. Wieso er? Was in Gottes Namen hatte er mit alldem zu tun?

KRÄUTERHEXE
ODER HEILERIN?

Wochen gingen ins Land, eine Hypnose folgte der anderen. Das Bild der Person Arathea wurde in dieser Zeit immer deutlicher, die Herren Doktoren werteten aus, schrieben auf, sortierten die Begebenheiten und die Erzählungen Kendras zu einem zusammengefassten Bild. Die Verwirrung Kendras nahm von Sitzung zu Sitzung ab, ihre Selbstsicherheit nahm zeitgleich zu. Sie begann daran zu glauben, wusste in ihrem inneren, dass die Trancen funktionierten.

Wieder bin ich in den Wäldern auf Kräutersuche, der Herbst hat die schottische Ostküste mittlerweile voll im Griff. Die Winde rauschen und ich habe für den Winter vorzusorgen. Die Ernten sind von den Männern eingefahren, die Schafe zusammengetrieben, beziehungsweise aus den Highlands in die wärmeren Küstengebiete herabgetrieben. Die Männer sitzen häufig am Feuer, abends, wenn der Wind um die Hütten heult. Heute ist auflandiger Wind, die Gischt schäumt an den Ufern der See. Und ich – ich bin mal wieder in den küstennahen Wäldern auf Schatzsuche. Kein Gold, kein Silber, obwohl, Silberweide, einen größeren Segen gibt es nicht, falls die Winterkrankheiten zuschlagen. Diese Fieber, die mit Husten und laufenden Nasen einhergehen. Ohhh, und das Halsweh erst.

Extrem schlimm wird es, wenn die Ohren betroffen sind, das kenne ich aus eigener Erfahrung. Da hilft nur Silberweide, am besten gleich die Rinde kauen, das senkt das Fieber, nimmt die Schmerzen.

Dafür muss ich genug Silberweide und Spitzwegerich, den ich im Frühling gesammelt und getrocknet habe, in der Hütte haben. Auch muss ich morgen dringend mit Ragnar reden. Ich habe da ein Bienennest gesehen, ob sich darin noch wertvoller Honig befindet? Ich brauche den dringend gegen allerlei Entzündungen. Heiße Schafsmilch mit Honig, das hilft bei Halsweh. Auch hoffe ich, dass ich genug Quendel gegen den kratzenden Hals und für Tee im Sommer gesammelt habe. Mit einem Liedchen auf den Lippen gehe ich weiter, halte die Augen offen und das Kräuterkörbchen baumelt fröhlich an meinem Arm. So muss das sein, ein herrlicher Herbsttag.

Erschreckt sehe ich mich um – aus nicht allzu großer Ferne vernehme ich ein Knacken, ein Rascheln, wieder ein Knacken, dann ein Fluchen, ein Schrei.

Plötzlich ist alles wieder still. Aufgeregt sehe ich mich um, laufe los. Ein Schrei – alle Härchen auf meinen Armen stellen sich hoch, alles in und an mir spannt sich an, da braucht eindeutig jemand Hilfe.

Wilde Tiere gibt es in dieser Region eher wenig, zumindest keine gefährlichen. Bären und Wölfe leben tiefer in den dunkleren Wäldern der Highlands. Genau weiß ich das gar nicht und ich verschwende keinen weiteren Gedanken daran. Ich laufe los, schalte sofort in den Hilfsmodus, rufe dabei immer wieder Hallo und horche, ob jemand antwortet. Ein Stöhnen dringt an meine Ohren. Da hat sich jemand wehgetan. Ich rufe weiter, wieder ein Stöhnen. Ich komme der Stimme näher und plötzlich sehe ich das Unglück.

Dort liegt Gael, die Augen weit aufgerissen, mit schmerzverzerrtem, kreidebleichem Gesicht. Ich laufe direkt zu ihm und sehe mir an, was geschehen ist.

Dieser unglückselige Junge, gerade einmal zehn Sommer alt, scheint von seiner Mutter geschickt worden zu sein, Pilze zu sammeln, und ist tatsächlich über eine Baumwurzel gefallen. Sein Fuß steht nicht richtig, ist blau, lila, rot. So kann er nicht laufen. Ich nehme ihn in den Arm, streiche über seinen Kopf und gebe ihm umgehend ein Stück Baumrinde der Weide zwischen die Zähne, damit er darauf kaut. Solche Dinge habe ich immer dabei, das lehrte mich die Erfahrung und schaden kann es nicht. Ich sehe mir den Fuß an, ignoriere seinen Schmerzensschrei und stelle fest, dass er die Zehen bewegen kann. Zum Glück scheint nichts gebrochen zu sein, das wäre sehr ungünstig vor dem Winter.

Ich weiß, Gael ist der älteste von vier Geschwistern und seine Eltern, liebe Menschen, sind auf seine Hilfe beim Holzhacken und auch bei der Beaufsichtigung seiner Geschwister angewiesen. Gael ist ein liebevoller fürsorglicher Junge mit kupferroten Haaren, hellen, grünen Augen, die jetzt jedoch voller Tränen stehen und vor Schmerzen ganz trübe sind.

»Gael, warte, ich helfe dir«, höre ich mich sagen, »Ich muss mir das ansehen, hier kau auf der Rinde, ich bitte dich, es wird dir helfen.«

Nachdem ich mir den Fuß genau angesehen und dabei festgestellt habe, dass höchstwahrscheinlich kein Knochen zu Schaden gekommen ist, suche ich eine große Kiefer, nehme mein Schabemesser, dass ich auf meinen Streifzügen immer zu Händen habe, und schneide ein nicht zu kleines Stück Rinde aus dem Stamm. Diese Rinde binde ich mit dem gelben faserigen Gras, das hier hüfthoch überall herumsteht zur Stütze an Gaels Unterschenkel. Nun muss ich noch kurz den Fuß stabilisieren.

»Gael, du musst jetzt die Zähne zusammenbeißen, es wird wehtun.«

Kaum gesagt, lass ich ihm keine Zeit, Angst zu bekommen, greife den Fuß und stelle ihn richtig zum Unterschenkel. Der Junge brüllt auf vor Schmerzen. Nun binde ich einen kleinen Ast an das Fußgelenk, greife mir einen langen herumliegenden Stock zu seiner Stütze und binde auch diesen auf beiden Seiten an den Knöchel.

»Gael, du musst jetzt aufstehen. Ich kann dich nicht tragen, nur stützen, aber wir müssen zurück ins Dorf. Deine Mutter macht sich sicher schon Sorgen.«

Auf mich gestützt, hüpft Gael vorsichtig zurück in die Siedlung. Es ist kein weiter Weg, dennoch bin ich dankbar, als wir es geschafft haben. Nachdem ich Gael daheim abgesetzt hab, renne ich schnell zu meiner Hütte und nehme aus dem Regal meiner Heilutensilien eine Salbe aus dem Fett eines Schafes, versetzt mit der Essenz von Wohlverleih oder, wie ich es nenne, Engelskraut. Ich muss schmunzeln. Die Blüten aus den nahen Hochländern bringen mir die Hirten immer im Tausch gegen die Silberweide mit. Ich versuche, alles aus der Wohlverleihpflanze herauszupressen. Pur angewendet ist die Pflanze unangenehm, brennt und zwickt auf der Haut, aber in ausgelassenem Schafsfett hilft es wunderbar gegen verletzte Knöchel, Schulter- oder Rückenschmerzen, sogar wenn der Schmied mal wieder die Finger im Feuer hatte, statt der Schwerter. Gut, dass ich dafür sorge, immer genug davon zur Verfügung zu haben.

Rasch bringe ich das Töpfchen zu Gaels Mutter und unterweise sie in der Benutzung. Viermal täglich dünn auftragen, dann sollte der Fuß in zwei Wochen wieder gut zu benutzen sein. Bis dahin sollte Gael die Stöckchen tragen.

Wieder zu Hause setze ich einen Tee aus den Blättern der Melisse auf, sie beruhigen mich und tun mir gut. Dann setze ich mich auf meine Bank vor der Hütte und träume vor mich hin.

Kendra spürte, wie Dr. Waller sie durch das Zählen langsam, aber sicher aus den Gebieten der schottischen Küste in die Praxis zurückholte. Sie fühlte sich, wie jedes Mal nach einer Trance, erholt und zufrieden, schlug die Augen auf und lächelte die Ärzte an. Ein bisschen redeten sie noch über die Ereignisse, die sich in der letzten Trance zugetragen haben, bevor Kendra mit einem glücklichen Gefühl heimging.

Eine weitere Sitzung mit den beiden Doktoren begann, Doktor Waller redete, Paul hingegen schwieg. Ein wenig Neugier keimte schon in Kendra hoch, sie beobachtete Paul mit Argusaugen.

»Ich finde heraus, was los ist, warum du mich nicht mehr befragst, Paul, hier stimmt doch was nicht«, flüsterte sie leise, ähnlich eines gehauchten Gedankens, an Doktor Maynardts Ohr.

Kendra fühlte sich dank der Trancen entspannt und hoffnungsvoll. Die nächtlichen Träume beruhigten sich sehr schnell, als wären die Trancen eine Art geöffnetes Ventil für Gedanken, Emotionen und die Gespenster der Nacht. Kendra sah ein, dass die Trancen so funktionierten, wie sie es erhofften, jedoch war sie der Klärung des Phänomens Aric noch nicht nähergekommen. Verwehren oder beeinflussen mochte sie den Lauf der Dinge nicht, schließlich wollte sie helfen, es war ihr Leben, ihr Seelenfrieden, um den es hier ging.

Sie freute sich immer stärker auf die Zeiten in der Praxis, sie schien die Bedeutung zu erahnen. Jedoch verweigerte sie weiterhin, darüber nachzudenken, zu hoffen.

Schon begann die bekannte Zählerei von zwanzig rückwärts, auf die man sich nach ein paar Tagen geeinigt hatte, Kendras Körper entspannte sich zusehends, versank in ihren Gedanken und Hoffnungen. Würde es wieder klappen? Alles fühlte sich plötzlich so warm und vertraut an.

Ich sehe mich um, sitze in einer Hütte, nein ich sitze in meiner Hütte, an den Wänden die Töpfchen mit den Wässerchen, Tinkturen, Salben und Fetten, die ich brauche. Dazwischen immer wieder Sträußchen von Kräutern zum Trocknen und Bündel oder Rispen verschiedener Pflanzen. Rechts neben mir flackert ein Feuer. Ein winziger Teil meines Gehirns fragt sich ganz kurz, warum in der Praxis des Arztes ein Feuer lodert, doch das ist nur wie ein kurzer Blitz, ein Flashback ohne weitere Bedeutung. Der orange Schein der Flammen löst in mir ein warmes wohliges Schauern aus. Wärme, Geborgenheit, Liebe – all das durchströmt mich beim Anblick des Feuers. Warum? Ich habe keinen blassen Schimmer.

Ich sehe mich um, vor mir befindet sich ein größerer Tisch aus Holz, offensichtlich mit einer Bürste geschrubbt, sehr sauber und noch feucht, daneben fünf Stühle, einfach gebaut, verschieden hoch. Hinter mir, zum Teil durch einen Vorhang verdeckt, ein Bett, riesengroß, stabil und mit einem Tuch abgedeckt. Es duftet nach Heu. Ich schnuppere bedächtig, sehe mich weiter um, es fühlt sich alles so vertraut an. An der Wand auf der anderen Seite der Hütte stehen drei verschieden große Holzbetten, ebenfalls mit Tüchern abgedeckt und auch diese duften nach Heu und Stroh. Der Geruch nimmt mich gefangen, Wohlsein, Heimeligkeit durchzieht mich.

Plötzlich ein lautes Poltern, ein Rumpeln, die Tür klappt auf, ich drehe mich um. Ein Keuchen ist zu hören.

War ich das? Kann ich solche Geräusche machen?

Ein Mann, ein unglaublicher Mann, riesig groß, mit blauen Augen, so klar und blau wie der Sommerhimmel über den Highlands, sein Haar so hell, wie das trockene Gras in den Hügeln rund um Nairn zur Erntezeit, steht vor mir und sieht mich mit großen, warmen Augen voller Liebe und Verehrung an. Er scheint etwa achtunddreißig Sommer alt zu sein. Sein Haar ist nicht nur hell, sondern auch schulterlang und an beiden Seiten des Kopfes zu einem Zopf nach hinten geflochten und mit jeweils einem Lederband gehalten. Die Haare des Oberkopfes trägt er ebenfalls mittig zu einem Zopf nach hinten geflochten, jedoch ist der nicht nur mit einem Lederband fixiert, sondern mit mehreren, die herunterhängen und daher zusätzlich noch eine Art falschen Zopf bilden, die sein Haar um einiges imposanter wirken lassen. Er trägt ein Jerkin aus Leder, so etwas wie eine Weste. Ich sehe kein Beinkleid, sondern einen Kilt aus grobem Stoff, keine Hose, dazu Ledersandalen. Seine schmale Taille umschlingt ein Ledergürtel, in dem ein grobes Messer steckt, und auf der anderen Seite hängt ein Schwert, ein verzierter, mit einer Blume geschmückter Griff ragt oben heraus.

Mir stockt der Atem. Ich erhebe mich. Langsam gehe ich auf ihn zu. Ich kenne ihn.

In Sekundenbruchteilen nehme ich seinen Geruch nach Wald und Wiese auf, nach frischem Schweiß, nach Mann, nach Geborgenheit und Liebe, nach meinem Mann. Ich sehe ihn an und mir bleibt fast das Herz stehen, als mich die Erkenntnis trifft.

Ich bin zu Hause, was hier vor mir liegt, ist meine Heimat, ich bin angekommen. Nie habe ich es so intensiv gefühlt – zu Hause.

»Aric, mein Aric!«

Alles ist so vertraut und doch so unendlich lange her. Atmen, ich muss atmen. Was geschieht hier?

Seine tiefe, warme Bassstimme dringt zu mir durch.

»Arathea, mo chridhe.«

Ich sehe mich ihm entgegenfliegen, falle ihm um den Hals. Er lacht, sein ganzer Brustkorb vibriert unter dem dunklen, rumpelnden Ton. Mein Gott, wie ich dieses Lachen vermisst habe, wie ich ihn vermisst habe. Ich wusste bis zu diesem Moment nicht, dass es ihn gibt, konnte es nur ahnen, dass irgendwo dort jemand sein musste, jemand, der mein »zu Hause« ist.

Er sieht mich an, seine Augen leuchten wie zwei blaue Sterne. In seinen Pupillen tanzt der Schalk. Mein Herz wird weit, es kribbelt herrlich in Herz und Schoss.

Worte durchfahren mich, fremdländisch anders und doch so vertraut.

»*Mo ghaisgeach, an duine agam, mo bheatha* – Mein Krieger, mein Mann, mein Leben.«

Ein kleiner Teil meines Hirns wundert sich nochmals über die Fremdworte, die ich denke und die ich Aric zuflüstere, während er mich in seine Arme zieht. Der weitaus größere Teil meines Hirns jedoch möchte nur fühlen, seine Wärme, seine Stärke, seine Liebe. So halte ich ihn an mich gedrückt und schluchze kurz auf. Er drückt mich ebenfalls, noch fester, sieht mich an mit seinen blauen Augen und fragt nur kurz – »*Sheallaidhean?*«

Ich weiß in diesem Moment nicht, was er meint, ja ich kenne dieses Wort, weiß, was es heißt, aber ich kann gerade nicht verarbeiten, was er damit meint. Ist mir aber auch egal, ich genieße seine Anwesenheit. Er ist da – *mo chrìdhe.* Noch während ich ihn küsse, seine Hände festhalte, höre ich die näherkommende Stimme Doktor Wallers und dennoch fällt es mir so schwer, loszulassen.

Mir schießen die Tränen in die Augen und ich versuche mich an Aric festzuklammern, und …

Kendra bemerkte die flache Matratze der Praxis unter ihrem Körper. Sie war zurück, zusammengesunken hockte sie auf dem Boden, völlig verstört. Weinend rappelte sie sich hoch, schluchzte nochmals herzerweichend auf und sah die Doktoren mit großen feuchten Augen an.

»Aric, ich war bei Aric, zu Hause«, begann sie kaum hörbar zu flüstern. Ein tiefes Schluchzen entrang sich ihr. »Er war so wundervoll.«

Sie drehte sich um und verließ fluchtartig die Praxis.

Beide Doktoren sahen sich an, schüttelten die Köpfe und beschlossen, Kendra bei der nächsten Sitzung dahingehend genauer auf den Zahn zu fühlen.

Kendra kam Tage später erneut in die Praxis. Sie war blass, müde, ihr schien jeder Lebensmut zu fehlen. Die Herren Doktoren waren schockiert. Wo war die lustige Kendra hin? Die letzte Trance schien ihr nicht gutgetan zu haben.

Doktor Waller zeigte auf den Sessel, beobachtete, wie Kendra in diesem zusammensank. In seinem Kopf herrschte ein ziemliches Durcheinander, er verstand nicht und beschloss sofort, zunächst zu analysieren und nicht zu hypnotisieren. Es musste eine Lösung her, was mit Kendra los war, was mit ihr geschah. So traurig hatten die Ärzte Kendra jedoch noch nie gesehen.

»Kendra, wie geht es Ihnen? Sie sehen, mit Verlaub gesagt, schrecklich aus«, flüsterte Steffen Waller.

Kendra nickte und begann mit zarter, völlig untypischer leiser Stimmlage zu berichten, dass sie seit der letzten Trance kaum noch schlief und wenn, dann mit immer dieser Szene in ihrem Traum und immer wieder wurde sie von Aric weggerissen. Sie sprach von Aric, von ihrem Wiedersehen, von seinem goldblonden Haar mit den Zöpfen und seinen blauen Augen,

»Sie sind blau wie der Himmel im Sommer über den Highlands«, wisperte Kendra.

Wieder stiegen Tränen in ihre Augen, sie schluckte schwer. Ihr Gesichtsausdruck spiegelte alle Trauer wider, die sie in ihrem Herzen empfand.

Leise begann sie zu berichten.

»Ich war in unserem Haus, es fühlte sich an wie unser Haus. Es stand hinter den Dünen des Oststrandes von Nairn.«

Sie sah auf, Tränen liefen über ihre Wangen.

»Es waren drei kleinere Schlafstätten und ein Doppelbett in der Hütte und alle meine gesammelten Kräuter der letzten Trancen. Ich war zu Hause.«

Kendras Stimme brach. Sie war voller Sehnsucht. Plötzlich verließ jedoch ein so herzzerreißender Schluchzer ihre Lippen, dass es Doktor Maynardt, der bisher sehr ruhig zugehört hatte, nicht mehr auf seinem Stuhl hielt. Er eilte zu Kendra und nahm sie in die Arme.

»Es geht Dir gut, Du bist in Sicherheit«, flüsterte er. Kendra hob den Kopf, sah ihm tief in die Augen, seufzte, sank an seine Brust, atmete tief seinen Duft ein, beruhigte sich und hinterfragte die Aussage Doktor Maynards nicht. Es war egal, sie war in Sicherheit. Das reichte ihr als Auskunft.

Doktor Waller runzelte die Brauen, bat Kendra, einen Augenblick draußen zu warten, und schüttelte leicht den Kopf. Er konnte sich ein Kratzen hinter den Ohren nicht verkneifen. Das war ungewöhnlich.

Wie er am Blick seines Studienfreundes sehen konnte, war der von seinem Ausbruch noch viel verwirrter als die anderen Beteiligten. Was ging hier vor? Wer war sicher? Vor wem sollten sie sich auch fürchten und woher wusste Doktor Paul Maynardt überhaupt irgendwas?

Steffen sah zu Paul, doch der blickte ihn nur ratlos an. »Ich weiß nicht, was passiert ist!«

Ein stummer, trauriger Blick bat bei Steffen um Verständnis.

»Ich fühle mich unglaublich zu Kendra hingezogen, ihr Leid fühle ich wie mein eigenes. Steffen, ich liebe diese Frau.« Er senkte seinen Blick und seufzte abgrundtief.

»Ich liebe diese Frau unumstößlich, jedoch auf eine platonische Weise. Ich möchte sie glücklich sehen, lachend und tanzend. Ihr Weinen tut mir körperlich weh. Warum nur?«

Er hob den Blick Steffen entgegen. Dieser sah die in Tränen schwimmenden Augen und seine Wut über die Unprofessionalität seines Freundes verpuffte auf der Stelle.

»Hier geht etwas sehr viel Größeres vor, als wir uns eingestehen wollten, Paul, wir finden heraus, was. Ich verspreche es dir.«

Nachdem Kendra von den Ärzten wieder hereingerufen wurde und durch ein paar weitere Worte zeigte, die letzte Trance noch nicht verarbeitet zu haben, wurde nicht mehr viel gesprochen. Zu verwirrend waren die Reaktionen für alle, zu emotional reagierte Kendra auf die Hypnose.

Als man ihr jedoch mitteilte, dass allen wohl eine Woche Auszeit guttun würde, begann sie sofort sehr heftig zu protestieren und wimmerte fast verzweifelt.

»Bitte, lassen Sie mich nach Hause, ich möchte heim, heim zu meinem Aric!«

Drei Tage später waren die Herren einer Lösung noch keinen Schritt nähergekommen.

Für die Therapeuten verging die Zeit wie im Fluge, Kendra jedoch, von schweren Träumen geplagt, in denen sie immer wieder von Aric weggezogen wurde, dehnte sie sich zäh wie Kaugummi. Ihre Augen waren gerötet, ihre Stimmung mehr als gedrückt, saß sie, wie schwer depressiv zusammengerollt, auf dem Sofa und hatte nicht die Kraft zu reden, geschweige denn, sich um ihre Familie zu kümmern.

»Verdammt, Hase, was ist passiert?«

Immer und immer wieder versuchte ihr Mann, irgendeine Information aus ihr herauszubringen, doch es war ergebnislos. Er rief in der Praxis an, obwohl ihm der Begriff Schweigepflicht bekannt war. Dort erfuhr er jedoch zumindest so viel, dass er etwas ruhiger werden konnte.

Man teilte ihm mit, dass Kendra Zeit bräuchte. Gut, die sollte sie haben.

Er wusste nicht, wie lange er diesen Zustand seiner Frau aushalten würde. Wenn sie weinte, nahm er sie in den Arm, wenn sie vor sich hinstarrte, ließ er sie in Ruhe. Jedoch aus den Augen ließ er sie nie, er liebte sie mit jeder Faser seines Herzens, immer in der Hoffnung, dass dieser Aric ihm nicht seine Frau nahm.

»Aric, wer zum Teufel bist du und was machst du mit meiner Frau?«

Komische, kaum definierbare Gefühle schlichen sich unter seine Brust und schienen seine Liebe zu bedrohen. Er schwor sich, dem Ganzen ein Ende zu bereiten, wenn es keine sichtbare Besserung der nächtlichen Träume und der Stimmung seiner Frau zu erkennen gäbe. Er hatte Angst. Und dennoch – dieser Aric – verdammt! Irgendetwas ging in ihm vor, wenn er an diesen Namen dachte. Seiner Frau verschwieg er es jedoch.

Drei Tage ohne Aric! Das war schlimmer als eine Ewigkeit, denn nun wusste Kendra von ihrem Krieger. Sie beeilte sich, zu ihrem Termin zu gelangen, in der Hoffnung auf ein schnelles Wiedersehen.

Sie legte sich, so schnell sie konnte, in Position und hoffte so sehr, gleich ihrem Aric wieder nahe zu sein. Es waren für sie keine Dinge zu klären, sie wollte keine Fragen stellen, keine Zeit vergeuden. Doktor Waller verstand das, er begann, erneut rückwärts zu zählen, und Kendra schloss die Augen.

Das Meer, das wunderbare Rauschen des Wassers ist zu hören. Ich öffne vorsichtig die Augen und sehe mich am Strand im kühlen Sand sitzen. Es ist augenscheinlich Sommer, eine kühle Brise weht vom Meer aufs Land. Meine Füße stecken im Sand, der mit kleinen Kieseln versetzt ist. Leichte Wellen schlagen ans Ufer und aus der Ferne höre ich ein Kinderlachen. Ins Wasser gehe ich nicht so gerne, das Salz der See krabbelt immer so auf meiner trockenen Haut. Ich merke, dass ich schmunzeln muss, denn das Meeressalz ist gut bei

Krankheiten der Haut. Wenn sie schuppt und rot ist, dann badet man sie am besten in abgekochtem kaltem Meerwasser, das macht die Schüppchen weg und die Haut weich. Woran das genau liegt, weiß ich nicht, aber wenn man sie danach gut fettet, gehen manche kratzigen Stellen relativ schnell weg. Kopfschüttelnd nehme ich meine Analyse der gesundheitlichen Vorteile von Meerwasser zur Kenntnis und muss kichern. Das wird immer komischer.

Ich träume wieder vor mich hin, freue mich am perlenden Lachen eines Kindes, als mich jemand mit einigen Wassertropfen nass spritzt, das Kichern ist direkt neben mir. Die Augen öffnend, blicke ich direkt in die blauen Augen eines etwa acht Jahre alten blonden, langhaarigen Mädchens. Ich kann es kaum fassen, sie sieht nicht aus wie meine Tochter Anna und doch durchfährt mich eine tiefe, unglaublich warme Zuneigung, die nur eine Mutter für ihr Kind empfinden kann.

»Wie heißt du, Kind?«

Das Mädchen runzelt die Stirn, tippt sich dagegen und schon purzelt ein überzeugter Vorwurf aus ihr heraus: »Mama, du spinnst, ich bin's doch, Jirieal, hast du das vergessen?«

Oh weh, mein Kind, das sollte man nicht vergessen und mein Herz hat sie erkannt, nur diese verwirrenden Namen, das Springen zwischen den Zeiten, irgendwie muss ich dahinterkommen, was das soll oder besser, welche Aufgabe ich hier allem Anschein nach zu erfüllen habe.

Denn eines scheint mir sonnenklar. Ich habe hier etwas zu erledigen, ich weiß nur noch nicht, was. Schnell schließe ich das kleine Mädchen in meine Arme und kuschle mich an sie. Ja, das ist mein Mädchen, sie duftet wundervoll, nach Kind, nach Liebe, nach Heimat.

Eine Weile reden wir, ich entlocke ihr Informationen über weitere Kinder, erfahre, dass ich auch hier drei Töchter habe – Caileigh, Noirin und Jirieal – mit meinem Mann Aric. Wie mir scheint, bin ich etwa um die zweiundvierzig oder dreiundvierzig Sommer alt, Aric etwas älter, genau weiß Jirieal das nicht.

Eine kleine Faser meines Hirns beschließt, das Wissen auf einer Art Zeitstrahl zu verzeichnen, denn die Trancen scheinen nicht chronologisch zu erfolgen.

Noch während ich das denke, kuschele ich mich an Jirieal, sie strampelt und möchte lieber Steine hopsen lassen. Schnell springe ich auf, greife einen flachen »Hopsestein« und schleudere ihn schwungvoll aufs Meer hinaus. Er hopst so fünf bis sechs Mal, bevor er untergeht. Hinter mir erklingt ein glockenhelles, glückliches Lachen. Meine Jirieal.

Bummelnd und Hand in Hand gehen wir am Strand entlang, seine Weite und Einsehbarkeit beeindrucken mich. Die Luft ist lau, nicht zu heiß, die Möwen kreischen und die Sonne spiegelt sich auf dem Wasser. Die Wellen sind flach, ein leises Plätschern ist zu hören, wenn sie an den Strand branden. Hinter mir erstreckt sich eine Düne, mit dem typischen Gras bewachsen. Weiter hinten sehe ich einen Kiefernwald, den ich natürlich gut kenne, dort wird das Bauholz geschlagen. Aber nichts geht über das warme Gefühl in meinem Herzen.

»Mein Kind«, flüstere ich ihr zu, »du weißt, ich liebe dich, bis zu den Sternen und wieder zurück.«

Jirieal lacht herzlich, küsst mich feucht auf die Wange und läuft vorweg, während sie »Ich dich auch, Mama!« brüllt.

Dem Sonnenstand nach zu urteilen, muss es etwa Anfang August sein und ungefähr gegen vier Uhr am Nachmittag. Aber hey, dem Glücklichen schlägt keine Stunde und ja, ich bin glücklich, zutiefst glücklich, mein Kind ist bei mir, wissend, die anderen sind sicher zu Hause, ihr Vater ist bei ihnen. Ein tiefes, warmes Gefühl durchstreift mich, ich fühle mich endlich einmal »zu Hause«, nicht mehr heimatlos. Ich schließe die Augen und genieße für einen sehr ruhigen Moment nur mein Kind, die Sonne auf meiner Haut, das Meer, den Wind und alles um mich herum.

Ich drifte langsam zurück und ich glaube, ich habe mich unendlich lange nicht mehr so wohl gefühlt, ich weiß jetzt, wo »zu Hause« ist. »Zu Hause«, das rolle ich mehrfach über meine Zunge und es klingt so gut in meinen Ohren, es ist auch nicht wirklich ein Ort, es ist eine Erkenntnis, ein Gefühl von Wärme und Geborgenheit, die Wärme der Sonne, verbunden mit dem Rauschen des Meeres. »Zu Hause« sind die blauen Augen meines Kindes in meinem Arm, der Wind in ihrem Haar. »Zu Hause«, als wäre ein Teil meiner Seele zu mir zurückgekehrt.

Kendra schlug die Augen auf, war wieder in der Praxis.

Es ging ihr gut, sie spürte eine liebevolle Wärme in sich.

Zwischen den einzelnen Sitzungen bei Doktor Waller und Doktor Maynard vergingen einige Tage. Sie ließen sich Zeit, Gesehenes, Besprochenes zu verarbeiten, Fragen zu entwickeln, Gedanken zu ordnen.

Kendra und die Ärzte sprachen über jedes einzelne Gefühl, schrieben alles auf, verzeichneten, so gut es ging, alle wichtigen Koordinaten, wie Ort, Zeit, Alter von Arathea, anwesende Personen und Namen, Wetter, Wind und Gefahren, die auftreten konnten – einfach um ein genaueres Bild zu erhalten. Sie waren stets in der Hoffnung, den Grund herauszufinden. Es war die große Suche nach dem Warum?

Was sehr schnell zur Sprache kam, war, dass die Zeiten, Handlungen, Trancen in die vergangene Zeit nicht chronologisch vonstattengingen. Arathea streifte verschiedene Jahreszeiten, verschiedene Jahre und Gegebenheiten in den Trancen nacheinander. Dazwischen vergingen teilweise Jahre oder es versetzte sie in ihre Jugend zurück, was die Herren Doktoren als sehr bemerkenswert empfanden. Doktor Waller kratzte sich, wie so häufig, an seinem imaginären Bart.

»Warum nicht chronologisch? Was hat das alles zu bedeuten?«, brummelte er.

Monde, sogar viele Jahreszeiten scheinen ins Land gegangen zu sein. Ich sehe mich bewusst in der Hütte um. Alles ist gleich und doch so anders. Die Kräutertöpfchen und Tinkturen stehen immer noch an der Wand. Aber die Einrichtung ist anders. Das große Doppelbett ist weg, die kleineren Bettchen ebenfalls. An der Wand stehen Kopf an Kopf zwei Einzelbetten, zwei Nachtlager, die wohl nicht für Liebende gedacht sind. Eine kalte Hand greift nach meinem Herz. Was ist geschehen? Wo ist Aric? Ich verstehe nicht, sehe mich fragend um.

Ich laufe vor das Haus, das ganze Dorf ist geschäftig, Kinder laufen hin und her, wie ich es kenne, es ist mein Dorf und doch ist etwas anders.

»Es ist nicht richtig, es fühlt sich falsch an, ganz falsch, hier stimmt was nicht, das passt nicht zusammen«, höre ich mich flüstern. Ich werde immer unruhiger, ängstlicher. Plötzlich steuert ein großer, blonder Krieger auf mich zu. Sein Blick sagt mir, er kennt mich, mein Herz sagt mir, ich vertraue ihm, aber es ist nicht Aric.

Sein Haar ist dunkelblond. Er trägt es lang und mit einem Lederband zu einem Zopf gebunden, aber völlig schmucklos, ohne Flechtwerk, fast traurig. Seine Augen sind graublau – Moment graublau?

Ein winziges Fünkchen Erkennen schießt mir durch den Kopf und ich versuche, seinen Namen zu artikulieren. Ich rufe ihn. »Maik – bist du das?«

Er sieht mich entgeistert an, faselt dann etwas von *sheallaidhean* und schüttelt den Kopf. Dann scheint er zu verstehen, zu wissen, und ich verstehe ebenso, er denkt, ich habe wieder eine Vision, das scheint so gewesen zu sein, allerdings ist mir nicht so ganz klar, wie sich das in meinem vergangenen Leben geäußert hat.

Ich laufe zu ihm und sehe ihn genau an. Ein warmes, liebevolles Gefühl durchfährt meine Brust und ich drücke ihn an mich.

Es ist ein Verstehen, ein Lieben auf einer tiefen, seelischen Ebene, Geborgenheit. Aber, fast enttäuscht stelle ich fest, kein erotisches Prickeln wie bei Aric.

»Maik, schön dich zu sehen, aber entschuldige, irgendwas ist anders heute. Kannst du mir bitte berichten, wer du bist und woher wir uns kennen? Irgendwas in meinem Kopf verweigert das und ich muss es wissen, bevor sich meine Welt wieder ändert.«

Er sieht mich fast schockiert an und fragt tatsächlich: »Schon wieder? Arathea, bist du auf den Kopf gefallen? Na gut, setzen wir uns, ich erzähl's dir noch mal. Ich bin nicht Maik, oder nachdem was du mir berichtet hast, werde ich vielleicht mal Maik sein, aber mein Name ist Ragnar.«

Er schaut dabei um sich, als hätte er Angst, man würde uns beobachten und gerade, als er dachte, ich sähe es nicht, wischt er sich über die Augen und schüttelt leicht den Kopf. Tränen glitzern in seinen dunklen Wimpern und ich habe schon fast ein schlechtes Gewissen, ihn überhaupt dazu zu drängen. Ich fühle tief in mir, es tut ihm weh, genauso wie es mir wehtun wird.

»Arathea, wir kennen uns schon seit der Zeit in der Wiege. Unsere Eltern waren beste Freunde, wir sind beste Freunde. Wir sind beide fast dreiundfünfzig Sommer alt.

Du bist seit jener Nacht des neunten Mondes vor sechs Jahren Witwe, Aric ist tot und …«, seine Stimme bricht fast unter dem Leid, welches er zu empfinden scheint, »… Eilieth, meine Frau, deine Freundin, starb am selben Tag, beim großen Angriff der Schiffe aus dem Norden. Sie rettete unsere Kinder und fand dabei den Tod.«

Ein schwerer Stein legt sich auf meine Brust, das Wasser schießt mir in die Augen. Aric ist tot! Wie? Wann? Neunter Mond vor sechs Jahren? Meint er September? Lediglich ein leichter Hauch verlässt meine Lippen.

»Wie? Und jetzt?«, hauche ich.

»Jetzt sind wir beide allein, deine Töchter und meine Söhne leben weit von der Küste entfernt in den Highlands bei Dufftown und Aberlour. Sie waren die Angriffe der Schiffe so leid. Du bist

120

eine Heilkundige und eine verwitwete Frau ohne kleine Kinder, Arathea, also für alle Männer zu haben, Freiwild sozusagen. Das tut mir so weh, wir kennen uns, seit wir Kinder waren, wir lieben uns Arathea, aber eben wie Geschwister, was wir von klein auf waren, wenn auch nicht von Blutes wegen. Ich bin der beste Freund deines Bruders Ronan, der den Angriff schwer verletzt überlebt hat, seitdem aber zurückgezogener lebt, er scheint Angst zu haben. Char wurde ebenfalls verletzt, lebt aber und ist bei ihm. Sie haben einen kleinen Schafhof bei Ballindalloch in den Highlands.

Ich wollte dich beschützen und wir beide wollten nicht allein sein, so habe ich dich geheiratet, um dich abzusichern. Verstehst du, Arathea? Ich liebe dich wie eine leibliche Schwester. Arathea, deine Visionen machen mir Angst, es wird immer öfter, je älter du wirst, was ist das? Kann ich dir helfen?«

Ich mache eine verneinende Geste, mein Herz krampft und Trauer, Angst, Liebe, Dankbarkeit sind in mir, ohne, dass ich diese Emotionen einigermaßen beschreiben kann. Ich verstehe. Ragnar, mein Freund und jetzt mein Mann beschützt mich, hilft mir, mein Leben sicher zu verbringen, versteht meinen Schmerz, er fühlt den gleichen.

Eine unglaubliche Dankbarkeit durchströmt mich, zieht mich in seine Arme. Ich kuschle mich in seine Halsbeuge und fühle mich geborgen.

»Danke, Ragnar«, flüstere ich. »Ich werde versuchen, ich werde …«

»Schon gut«, murmelt er, streicht mir übers Haar. Er hebt mein Gesicht zu sich, sieht mir tief in die Augen »Arathea, wenn Du eine Möglichkeit siehst, das Leid zu verhindern, Du bist stark, Du bist mutig, Du bist so viel schlauer als wir alle zusammen. Ich bitte Dich, nutze …«, immer leiser und leiser wird seine Stimme und schon merke ich, wie ich zurück in die Gegenwart gezogen werde und ich nehme mir in diesem Moment vor, Maik beziehungsweise Ragnar von unserem Treffen hier in dieser Zeit zu berichten, ihn zu befragen und auch Eilieth in die Arme zu schließen. Denn und das ist mir plötzlich absolut klar, es ist Maria.

Ich werde ihnen beiden, besonders jedoch Ragnar in diesem Leben für ihre und insbesondere seine Hilfe danken. Und in diesem Moment schwöre ich bei allen Göttern, wenn ich helfen kann, wenn ich etwas ändern kann, dann werde ich es tun, werde das Leid verhindern, das über unser Land hereinbrach, in jenem September vor vielen Jahren.

Gemeinsam beschlossen die Doktoren und Kendra nach dieser überwältigenden Trance so etwas wie einen Zeitstrahl für dieses Leben dort an der Küste Schottlands zu zeichnen, so wie es in der Trance logisch erschien. Sie wollten versuchen, die Lücken zu schließen, ihr Leben, ihre Liebe, ihren Stammbaum und alles, was es zu erkunden gab, zu notieren. Vielleicht würde sich ein Bild eröffnen, warum das alles so war, wie es war und wieso sie all das durchleben und durchfühlen musste.

NEUES LEBEN ERBLÜHT

Tief in meinem Geist vernehme ich das Rückwärtszählen Doktor Wallers, bin gespannt und vorfreudig einerseits, ängstlich und aufgewühlt andererseits. Welche Zeit schreiben wir? Was werde ich diesmal erfahren?

Während diese Gedanken mich noch warm und liebevoll durchströmen, ich die Wärme meiner Decke in der Praxis genieße, höre ich ein herzerweichendes Wimmern.

Schreie! Schmerzensschreie!

Ach du meine Güte. Wo bin ich?

Ich sehe mich um und finde mich in einer fremden Hütte wieder, fühle mich leicht schwindelig. Und doch erfasse ich die Situation sofort. Im Raum befinden sich außer mir noch Sven, ein dunkelhaariger großer Krieger mit sanften braunen Augen, der seine Frau Kensi, eine kleine blonde Frau mit blauen Augen und Locken verzweifelt festhält. Daneben sehe ich noch Radha, die mir allem Anschein nach zur Hand geht.

Mein Gehirn schaltet sofort auf Effizienz um, ein kleines bisschen noch verwundert, was ich hier mache und vor allem, woher ich weiß, wo ich bin, wer ich bin und wie das alles zusammenhängt – aber das ist jetzt absolut egal. Ich beginne zu analysieren.

Ich sehe ein Bett, darauf liegt Kensi, sie wimmert.

Ihr Leib ist furchtbar aufgedunsen, Kensi ist schwanger. Das erfasse ich sofort. Und sie ist mitten in der Geburt. Auch das sehe ich sofort.

Doch irgendwas stimmt hier nicht. Warum schreit sie so?

Weshalb ist Sven, ihr Mann, derart unruhig? In dieser Zeit, in diesem Land ist eine leise Geburt für das Kind gewünscht, die

Frauen schreien selten, fast nie, beißen immer auf Zweige und verarbeiten ihren Schmerz auf andere Weise.

Ein Kind wird, sofern es möglich ist, immer in Ruhe und Liebe auf der Welt willkommen geheißen.

Bevor ich noch zu Atem komme, höre ich mich selbst Anweisungssalven in den Raum feuern.

»Radha, koch bitte Wasser in einem großen Kessel, lass es über dem Feuer, es muss sprudeln. Bereite bitte den Leinenbeutel mit Kamille vor. Gieße eine Kanne des Tees auf, der auf der Seite steht«, weise ich an und deute auf ein Regal. Kurz rekapituliere ich dessen Inhaltsstoffe in Gedanken: *Ein Großteil Weidenrinde und Frauenmantelkraut. Das passt.*

»Bring mir dann Tücher, die weißen von der Leine«, brülle ich ihr entgegen. »Schnell. Es geht um Kensis Leben und um das des kleinen Kriegers.«

Sven starrt mich an. Die Pupillen klein, die braune Iris unglaublich dunkel vor Angst. Er ist geschockt. Es geht um das Leben? Und woher weiß ich, dass es ein Krieger ist und kein Mädchen? Das alles sehe ich seinen Augen, verschleiert von einzelnen Tränen. Er sagt nichts und doch bittet mich sein flehender Blick, alles zu tun, was in meiner Macht steht. Ich nicke ihm stumm zu.

Wärme durchflutet meinen Körper, ich trage nur einen Gedanken im Kopf, ich möchte den kleinen Krieger retten, ich muss einfach.

Ach was, keine Zeit für Pessimismus, ich werde den kleinen Krieger retten. Ein komischer Gedanke schießt mir blitzartig in den Kopf! Aaryn wird leben.

Ein Name! Woher? Egal. Ich muss handeln!

Radha hat inzwischen das Wasser kochend auf dem Feuer, die Tücher liegen neben mir, ein Messer brauchen wir noch. Sven erbleicht. Ich bitte ihn, das Messer zu schärfen und die Klinge in das kochende Wasser zu tauchen. Er tut, wie ihm geheißen, nimmt jedoch im Gesicht immer mehr die Farbe der weißen Tücher an. Ich verstehe es, kann aber keine Schwäche dulden, er muss funktionieren. Punkt.

Es gibt keine Option. Mein Blick scheint ihm das mehr als deutlich zu vermitteln, denn er strafft seine Schultern und steht wie eine nordische Eiche. Umfallen kann er später, ich werde ihn wieder aufmuntern.

Kurz analysiere ich – stinkender *Storchschnabel* – das bringt jeden wieder auf die Füße, das Zeug kann helfen, mit erlittenen Schockzuständen umzugehen. Er wirkt reinigend und riecht so widerlich, dass es fast Tote aufwecken könnte. Ein kleines Kichern kann ich mir bei dem Gedanken nicht verkneifen. Er sieht mich groß an.

Ich nicke kurz. In dem Moment schreit Kensi wieder, sie krampft – eine Wehe jagt die nächste. Sie hat Angst. Keine Zeit für Gedanken, der Krieger muss raus, und zwar schnell. Es ist ihr erstes Kind, ihr Zugang ist noch zu fest, wenn auch schon handbreit offen, das ertaste ich bei einer kurzen Untersuchung. Auch hat das Bedürfnis zu pressen bereits eingesetzt, der Kleine will geboren werden, doch so? Ich weiß instinktiv, das wird nichts.

Ich taste ihren Leib ab, kann nicht zimperlich sein, drücke hier und dort stärker und plötzlich höre ich Sven kurz aufstöhnen. Er muss mir das Entsetzen, das mich kurz erfasst hat, angesehen haben. Ich nicke ihm zu, schließe meine Augen und atme tief ein.

Kensi sieht mich so ängstlich an, mein Herz zieht sich zusammen. Ich muss ihr helfen. Ich muss einfach.

Ich beschließe, ehrlich zu sein, Lügen und Halbwahrheiten helfen hier niemandem. Sie müssen die Situation und die Gefährlichkeit begreifen. Der Tod, der Mutter und Kind mit sich nehmen will, sitzt direkt neben mir.

»Kensi, Sven, euer Krieger liegt falsch im Bauch. Wenn er mit dem Kopf oder den Füßen vor deinem Ausgang liegen würde, dann Kensi könntest du ihm das Leben schenken. Er liegt aber quer. Der untere Rücken ist vor deinem Ausgang. So geht das nicht. Ihr werdet beide sterben.«

Noch in Gedanken, was ich tun kann, registriere ich das Aufschluchzen von Sven und seine Bitte, alles zu tun, was möglich ist. Er haucht ein flehendes: »Bitte, Arathea, bitte.«

»Sven, ich will euch nichts vormachen, es ist riskant, und vor allem«, mein Blick geht zu Kensi, »es ist unendlich schmerzhaft. Kensi, du kannst es schaffen, aber nur mit Svens Hilfe. Allein hast du nicht mal mehr Zeit bis zum Sonnenaufgang.«

Ich überlege.

Sven weint vor Entsetzen, Kensi schreit vor Schmerzen.

Ich muss es tun, ich muss zumindest Kensi retten. Ich muss einfach, es muss mir einfach gelingen.

Weitere Anweisungen verlassen in einem Befehlston meinen Mund, ohne mein gedankliches Zutun.

»Sven setz dich hinter Kensi, nimm sie zwischen deine Beine, ihren Oberkörper an deine Brust, halb aufgerichtet.«

Er weint, tut aber, was ich sage.

Ich reiche Kensi einen fingerdicken Weidenstock.

»Kensi, beiß zu, es wird wehtun, oh, bei allen Göttern, das wird es, aber du kannst es schaffen.«

»Radha, tauch zwei Tücher in das kochende Wasser, bring sie her. Lege zwei weitere, trockene, unter Kensis Po.«

»Sven, du bist stark, Kensi wird sich wehren. Kannst du sie halten? Wenn nicht, hole ich Aric dazu!« Bleich wie die Tücher nickt er mir zu, er fasst unter ihre Achseln und hält sie.

Ich wasche schnell meine Hände mit einer Paste, Seife – *Siabann*, und trockne sie an einem der sauberen, gekochten Tücher ab.

Ich sehe Kensi tief in die Augen.

»Kensi, es wird unendlich wehtun, beiß zu, schreie, fluche, schlag Sven, das ist egal, aber nicht wegdrehen, hörst du, nicht wegzucken oder ausweichen«, erkläre ich ihr nochmals eindeutig. Sie nickt.

»Sven, halte richtig fest, sie wird wegzucken.«

Ich atme tief ein und aus, schließe kurz die Augen und bitte alle Götter, mir ist dabei völlig egal, welche, um Beistand, und fasse beherzt in Kensis Leib. Ich spüre ihren Muskelring, er ist offen. Dennoch dehne ich ihn nochmals mit der Hand.

Kensi brüllt vor Schmerzen. Das muss sich anfühlen, als würden Schwerter im Bauch gedreht, als zerreiße es sie von innen. Gleichzeitig liegt meine linke Hand tastend auf ihrem Bauch, ich fühle den Rücken des kleinen Kriegers.

»Danke Gott, er bewegt sich noch«, flüstere ich leise.

Ich taste weiter, links in Kensis Bauch, also zu meiner Rechten liegt der Kopf des kleinen Menschenkindes und rechts im Bauch, also zu meiner linken Hand spüre ich die Füße. »Quer«, stöhne ich auf, »vollkommen quer!«

Ich dringe weiter in ihren Leib vor, blende das Schreien völlig aus, konzentriere mich voll auf das Fühlen der Hand. Meine Finger tasten sich in Richtung des Kopfes, der Schultern des Kindes und als ich diese fühle, packe ich zu, greife die Schulter und ziehe vorsichtig nach unten, fasse nach, greife um zum Köpfchen des Kindes, hoffe, nichts zu verletzen, und ziehe nach unten. Es muss nach unten.

Gleichzeitig schiebt meine linke Hand die Füße von außen hoch, den Po ertaste ich, schiebe auch diesen kraftvoll von außen nach oben. Kensi wimmert nur noch, Sven weint leise. Ich ziehe und schiebe, sachte, aber unaufhörlich weiter.

Plötzlich brüllt Kensi laut auf.

»SCHMERZ!«

Sie will ausweichen, doch Sven leistet unter Tränen ganze Arbeit und hält sie fest, Radha hält Kensis Füße, ich hocke immer noch mit dem Arm bis über den Ellenbogen in Kensis Leib zwischen ihren Beinen. In der Hand halte ich die Schulter des kleinen Kriegers.

Erstaunt blicke ich auf den Leib vor mir, der beginnt zu tanzen, zu rappeln, zu zappeln, und ich fühle, immer noch, sanft abwechselnd an Schulter und Köpfchen ziehend, dass sich dieser großartige Bengel dem Zug ergibt und sein Köpfchen zum Ausgang dreht, er sich komplett in die hintere Hinterhauptslage *Woher weiß ich das bloß?* dreht, nicht ideal, aber absolut machbar, ich könnte tanzen vor Freude. Dazu ist aber keine Zeit.

Ein Lächeln stiehlt sich auf mein Gesicht, ich nicke Sven zu und schicke schon die nächste Anweisung auf den Weg, während ich meinen Arm aus Kensi herausziehe.

»Sven, lass Kensis Achseln los, stell dich auf die Knie hinter sie und lege beide Hände auf den Leib oben. Kensi hat kaum noch Kraft, sie kann euren Sohn nicht allein gebären, du musst helfen. Fühle seinen kleinen Körper und verdammt, drück, drück mit aller Kraft, die du hast. Ja, Kensi wird es wehtun, sie wird blaue Flecken haben, aber der kleine Krieger kann es schaffen, ihr drei werdet leben. Also verdammt, drück«, brülle ich ihn an.

»Radha, hilf ihm. Schieb ebenfalls von oben, feste schieben.«

Radha nickt.

Lächelnd wende ich mich an Kensi.

»Los, sammle alle Kraft und mit der nächsten Wehe schieb Kensi, schieb, was deine Kräfte hergeben. Euer Sohn braucht eure Hilfe, bitte schieb, er lebt.«

Noch während ich das aus mir herausbrülle, übermannen mich meine Gefühle und ich spüre, wie auch mir Tränen über die Wangen laufen.

Ich sammle mich kurz, jetzt ist keine Zeit für Emotionen.

Kensi stöhnt auf, Sven legt die Hände, wie ihm befohlen, auf ihren Leib und schiebt seinen Jungen aus der Enge. Kensi presst – zu Tode erschöpft – aber sie presst. Ich stabilisiere währenddessen den Damm und den Kopf des Kindes, damit kein Riss entsteht.

Einmal, zweimal, dreimal gepresst!

Ein Lachen entwischt mir, ein lautes befreites Lachen, denn ich sehe, was die beiden noch nicht sehen können.

»Kensi, Sven, schaut doch, schaut. Der Kopf ist da, der Kleine ist ein Sterngucker, er schaut mich an. Er sieht erstaunt aus, fast so, als wolle er mir die Frage stellen, was hier vor sich geht und ihn mal endlich jemand aus der Enge heraushelfen könnte.«

Während ich das wahrnehme, presst Kensi weiter. Ich greife zu, drehe den kleinen Kerl ein wenig, sodass er nicht mit der Schulter am Schambein hängen bleibt.

Noch eine Wehe und …

»Kensi, Sven, er ist da, Kensi schau nur, er ist da.«

Kensi lächelt schwach, Sven schaut ungläubig von seiner Frau zu seinem Sohn und schlägt die Hände vor den Mund. Die Anspannung bricht sich Bahn, Emotionen übermannen diesen großen Krieger, jede kann ich über sein Gesicht ziehen sehen. Ich lasse ihn gewähren, aber nur kurz. Dann spreche ich ihn sehr vehement an, da ich sehen kann, dass die Nabelschnur auspulsiert hat.

»Sven, hier nimm das Messer, greif zu.«

Ich sehe ihm direkt in die Augen, gebe ihm zu verstehen, dass alles in Ordnung ist.

»Sven, du musst ihn von Kensi trennen.«

Zwei kleine Streifen Stoff knüpfe ich in der Höhe, wo er abzunabeln ist, um die Nabelschnur, ziehe fest zu, schnüre ab.

»Du musst zwischen diesen Streifen durchschneiden, Sven, kräftig, aber vorsichtig. Entlass deinen Sohn ins Leben. Schneid ab!«

Und er schneidet mit einem seligen Lächeln auf den Lippen, immer noch feuchten, doch jetzt hoffnungsvollen Augen und einem liebevollen Blick.

»Willkommen, kleiner Aaryn«, flüstert er berührt.

Ja, Aaryn passt. Der »Berg der Stärke« stimmt, das vor uns wird ein großer, gewaltiger Krieger, irgendwann. Ich wusste es kleiner Krieger, der Name ist genau richtig. Und ich bin zutiefst dankbar.

Den Jungen lege ich in die sauberen Tücher, drücke ihn Radha in die Hand, sie weiß, dass sie Atmung und Kreislauf anregen muss. Sie legt ihn sich über den Arm, Blick nach unten, dass Schleim und Fruchtwasser abfließen können, und streicht ihm immer wieder über den Rücken mit sanftem Druck und dann klappst sie ihm ein wenig auf den Hintern.

Mannomann, bin ich erleichtert, als der kleine Kerl einen erbosten, lauten Schrei von sich gibt. Radha nickt zufrieden.

Ich sehe zu Kensi, die ihrem Sohn mit feuchten Augen hinterherblickt.

»Danke, Arathea, danke«, flüstert sie mir völlig erschöpft zu. Ich jedoch nicke nur.

Ihr Kopf sinkt zu Seite und mich befällt kurz Panik. Sie wird doch nicht?

Oh, mein Gott, nicht jetzt, wo alles geschafft scheint. Sven ist vor Angst erstarrt und wir blicken uns an. Ein Zittern überläuft ihn und mich gleichermaßen. Er streichelt immer wieder über Kensis Schläfe und wispert Worte der Liebe, voller Angst und Traurigkeit.

Kensi wird doch nicht? Panisch ergreife ich Kensis Hand, fühle nach ihrem Puls und ein erleichterter Seufzer verlässt meinen Mund, lässt Sven aufsehen. Ich lächle.

»Sven, ihr Herz schlägt stark, sie schläft, ist völlig erschöpft. Sven, sie lebt, sie überlebt, sie wird bei dir bleiben. Sven, sie schläft nur.« Immer wieder spreche ich ihn an, er scheint es nicht gleich zu verarbeiten.

Der frischgebackene Vater schluchzt. Man sieht, dass meine Worte langsam, aber sicher in seinen Kopf sickern, er sich leicht entspannt, während er Kensi weiter streichelt. Diese zeigt durch einen kleinen Schnarchlaut, sie schläft tatsächlich nur.

Ich bin so unendlich dankbar, wende mich ab und die Anspannung fällt ab, auch ich weine. Dankbarkeit, Liebe zu meiner Berufung, zu meinem Wissen, Schock und Angst, all das überfällt mich schlagartig und ich sinke zusammen.

»Atmen, Arathea, atmen!«, flüstere ich mir selbst zu.

Eine Hand legt sich auf meine Schulter und als ich aufsehe, strahlen mich die blauen Augen meines Kriegers an. Ich erkenne in den blauen Sternen so viel Liebe, Vertrauen, Stolz, Dankbarkeit, dass ich augenblicklich ruhiger werde. Mein Krieger. Ich rappele mich hoch und drücke mein Gesicht an seine breite Brust, atme seinen Duft, bin ganz bei ihm, genieße ihn.

Ich komme erst zu mir, als Kensi leise flüsternd nach ihrem Sohn verlangt, der ihr sofort von Radha in die Arme gelegt wird.

Ich muss ihn mir noch ansehen und ich muss Kensi noch versorgen. Routiniert bereite ich einen Tee aus Fenchelsamen, den mir Reisende aus dem Süden mitbringen, Melisse und Geißraute zu und reiche Sven einen Becher, damit er seiner Frau beim Trinken hilft. Kurz erkläre ich, wozu dieser Tee dient.

»Kensi, der wird deinen Milchfluss anregen, so ein großer kleiner Krieger wird Hunger haben. Und Sven …«, ich blicke zu ihm auf, »… auch Kensi braucht gutes, nahrhaftes Essen. In drei Tagen darf sie dann länger aufstehen. Sobald sie bei Kräften ist, darf sie zumindest allein auf den Abort gehen.«

Danach säubere ich Kensi und das Lager und decke sie zu. Stolz betrachten sie ihren Sohn. Einen wunderschönen kleinen Bengel, blond wie seine Mutter, die Haut aber eher dunkler, wie sein Vater. Große, dunkelblaue Augen sehen verwundert in der Welt umher. Es ist schon jetzt zu erahnen, dass das Blau der Augen verschwinden und er die braunen Augen seines Vaters haben wird. Ich streiche ihm kurz über das Köpfchen und zeige Kensi, wie sie ihn anlegen soll. Sie nickt mir dankbar zu.

Sven kuschelt sich auf das Lager neben Kensi, ihren Sohn zwischen sich. Dankbarkeit strahlt mir aus beiden Augenpaaren entgegen.

Ich verlasse die Hütte, atme tief durch und werde von Aric wieder in die Arme genommen, festgehalten. Was kann es Schöneres geben? Ich bin völlig erschöpft, mental sowie körperlich, und höre im Hintergrund eine sanfte Stimme. Eigentlich will ich ihr gar nicht folgen, aber ich muss. Eine sanfte Berührung an meiner Schulter bringt mich ins Hier und Jetzt zurück. Arics Arme entgleiten mir und ich spüre, wie ich in die Praxis zurückkehre.

»Bis bald mein Krieger, das war ein schwerer, aber guter Tag.«

Kendra setzte sich auf, sie war sichtlich aufgewühlt, schien furchtbar zerzaust und erschöpft, versuchte, ihre Gedanken zu ordnen, und sah um sich.

»Leute, das war heftig, ich brauche Kaffee«, flüsterte sie. »Bitte könnten Sie mir einen Kaffee kochen Doktor Waller? Dann kann ich erzählen. Aber zuerst Kaffee und gestatten Sie mir die Frage, wie lange war ich diesmal in Trance?«

Dr. Waller verschwand rasch in Richtung Praxisküche, füllte mehrere große Tassen mit frischem Kaffee und gab einen davon der Patientin.

»Etwas weniger als drei Stunden. Ich bin ein bisschen beunruhigt. War es so schlimm? Sie haben geweint, gelacht, gemurmelt, aber außer – es wird wehtun – konnten wir nichts verstehen«, flüsterte er und sah gleich darauf zu Doktor Maynardt, der blass und sichtlich durcheinander einfach nur dasaß. Er wirkte völlig fassungslos, fast apathisch.

»Du warst bei der Geburt des Jungen von Sven und Kensi, oder? Bei Aaryns Geburt.«

Paul war nicht bereit, weiterzureden. Wortlos kniff er die Augen zusammen und senkte den Kopf.

Doktor Waller fiel fast sein eigener Kaffee aus der Hand. »Woher weißt du das?«

Paul zuckt mit den Schultern, flüsterte:

»Ich habe wohl davon geträumt, von Arathea mit Aaryn auf dem Arm, dem Sohn von Sven und Kensi, aber ich war nicht bei der Geburt dabei.«

Mit dem Kaffee in der einen und einem zerknüllten Taschentuch in der anderen Hand, begann Kendra zu berichten.

»Die Geburt des kleinen Aaryn war im Hinblick auf die damalige Zeit ein Wunder, was nur den Fähigkeiten einer weißen Hexe zugeschrieben werden konnte. Dennoch oder gerade deshalb war Arathea damals sehr angesehen, es gab keinerlei Anfeindungen. Nur Dankbarkeit.« Dessen war sich Kendra so sicher, wie das Amen in der Kirche oder, wie sie kichernd zu sagen pflegte, das Namastè im Yogakurs.

Doktor Maynardt war immer noch blass, wollte dazu auch nichts weitersagen, doch er stimmte Kendra zu, dass Arathea als Hebamme fast übermenschliche Dinge vollbringen konnte, wie es zur damaligen Zeit schien. Die immer wieder erwähnten Visionen schienen stets in diese Richtungen zu gehen, Arathea hatte Wissen, das sie damals eigentlich noch nicht gehabt haben konnte. Es war schier unmöglich.

»Ich nehme an«, flüsterte Kendra, »dass ich damals zumindest anteilig auf das Wissen von heute zugreifen konnte. Woher sollte ich wohl von Seife gewusst haben? Ja, Seife gab es seit mehr als dreitausend Jahren, aber in den abgeschiedenen Highlands der Provinz Nairn in Schottland? Schon verwunderlich.«

Kendra überlegte weiter.

»Ich wusste ebenso, dass man abgekochte Tücher und Messer nehmen sollte, das brachte ich zwar in dem Moment nicht so ganz mit Bakterien in Verbindung, doch es erschien mir äußerst plausibel und richtig.«

Kendra berichtete ruhig und flüssig, wie sie Aaryn im Leib gedreht hatte. Da spielten ein klein wenig Wissen von heute mit den Erfahrungen der Hebamme von damals eine große gemeinsame Rolle.

Das Universum geht komische Wege, dachte Kendra bei sich.

Was wiederum wunderlich anmutete, war, dass Doktor Maynardt sich nicht mehr am Geschehen beteiligte, immer ruhiger, blasser wurde und nicht erklären konnte oder wollte, wieso er sich so verhielt.

RONAN

Ich schrecke auf, unruhig, mit klopfendem Herzen. Die Trance scheint nicht geklappt zu haben. Ich spüre einen heftigen Stich Traurigkeit in meinem Herzen, Aric, mein Aric, wo bist du?

Ich sehe auf und blicke direkt in große braune Augen vor mir, es sind Doktor Maynardts Augen, die gelben Sprenkel lassen mich nicht zweifeln. Es sind die bekannten Augen meines Arztes, die mich groß ansehen.

»Schade, hat heute nicht geklappt, ich werde Aric also nicht sehen«, flüstere ich.

Ein tief empfundener Schluchzer und ein leichtes Schaudern zeugen von meiner Traurigkeit. Mein Krieger!

Bisher habe ich ihn nur ein paar Mal in die Arme schließen können und doch gespürt, dass es mein Krieger ist – dort, wo er ist, bin ich zu Hause. Nochmals entfleucht mir ein Seufzer. Zu Hause!

Die braunen Augen sehen mich unverwandt, sogar liebevoll an. Als ginge die Sonne auf, zeigt sich ein Lächeln auf dem Gesicht vor mir, die Augenbrauen wandern erstaunt und belustigt zugleich nach oben. Ich bin kurz irritiert, denke nach und verstehe es selbst nicht. Plötzlich bemerke ich, dass die Harry-Potter-Brille über den braunen, liebevollen Augen fehlt.

Mooooment! Liebevolle Augen?

Es sind doch die Augen meines Therapeuten.

Warum nehme ich sie so wahr? Irgendwie sieht er heute anders aus, groß, männlich markant, langhaarig und wild.

Langhaarig? Wild?

»Huch«, schnaufe ich auf. Und wo ist sein Hemd? Er hatte doch eben noch ein Hemd an. Ich schlucke hart, blinzle, versuche aufzustehen und zucke gleichzeitig zusammen.

Seine Brust erscheint direkt vor mir in Augenhöhe und ein Teil meines Bewusstseins registriert, es ist eine gewaltige, hart trainierte Brust. Sie ist bedeckt von gekreuzten Lederriemen, darunter befindet sich nichts als blanke Haut.

Hinten in den Riemen scheint ein, ich sehe nochmals genauer hin, ein langer Bogen zu stecken und zudem ein Pfeilköcher. Meine Augen müssen kugelrund geworden sein, als ich das erkannt habe, denn er beginnt zu grinsen.

»Ähm, Doktor Maynardt. Warum …?«, kommt es mir leise über die Lippen. Ich runzle die Stirn und fühle mich sehr verunsichert, da ich den Sinn dieses Erlebnisses noch nicht erkenne. Na, hoffentlich wird das nicht zur Gewohnheit. Ich sehe förmlich, dass es ihm sehr schwerfällt, nicht laut loszulachen.

Plötzlich spricht mich seine sehr tiefe, sonore, warme Stimme an, während mich die braunen Augen weiterhin fixieren.

»Arathea, geht's dir gut? Was ist ein Doktor Maynardt, wovon redest du? Kann ich dir helfen?«

Seine Sprache – oh mein Gott! Vor meinen Augen beginnt es sich zu drehen. Er redet nicht deutsch, er redet wie Aric, aber – Himmelherrgott – ich verstehe ihn. Ich schnappe nach Luft, wie der sprichwörtliche Fisch auf dem Trockenen.

Ich greife hinter mich und schiebe mich ächzend hoch, sehe Doktor Maynardt an und bin ganz kurz sprachlos.

»Du …«, stottere ich zusammen, »… du bist nicht Doktor Maynardt, wer, wer bist du?«

Es ist mir bewusst, dass ich die gleiche krächzende Sprache wähle wie er. Ich atme zittrig ein. Woher kenne ich diese Sprache, was sind das für Töne? Wo genau bin ich? Wer genau ist er, warum bin ich hier? Alle diese Fragen müssen sich in diesem Moment in meinem Gesicht spiegeln, denn in seinem Gesicht zeigt sich ein noch breiteres jungenhaftes Grinsen.

»Sag mal, bist du hingefallen und auf den Kopf geplumpst?« Er lacht tief, warm und ähnlich rumpelnd aus dem Bauch heraus wie Aric, jedoch noch sanfter.

Ich lege den Kopf schief und betrachte ihn genauer. Ein großer Mann, größer als der Doc, mehr als einen Kopf größer als der Doc.

Wahnsinn, woher kommen alle diese Riesen? Ein nervöses Kichern entringt sich mir und ein Blitzgedanke: *Ob alle Männer über die Jahre geschrumpft oder wir Frauen gewachsen sind?*

Ein Mann nahe der Zwei-Meter-Grenze. Und doch sehe ich in dieselben braunen Augen mit den fröhlichen gelben Sprenkeln, die Doktor Maynardt hat.

Ist es Zufall?

Braunes, weiches Haar, lang, viel länger als Arics, fällt ihm trotz des Bindens bis über die Schulter. Ich schmunzle unwillkürlich, er hat ebenso geflochtene Zöpfe, mit Lederbändern fixiert zu beiden Seiten über den Ohren, die die Haare nach hinten halten. Das Deckhaar ist nicht geflochten, sondern streng nach hinten gekämmt und im Nacken in einem buschigen Zopf fixiert, der wie der Schwanz eines Pferdes aussieht.

Seine Handgelenke sind mit extrem breiten, braunen, manschettenähnlichen Lederarmbändern umwickelt. Das Armband der rechten Hand ist wie ein Handflächenschutz bis zum Mittelfinger weitergezogen und per Schlaufe um den Mittelfinger gelegt.

Sanft streichelt er mir übers Haar, seine Augen zeigen eine tief empfundene Liebe, die warm, wie flüssiger Honig, in meine Seele sickert.

Ich weiß nicht, wer er ist, bin verwirrt, er guckt wie Doktor Maynardt, ist es jedoch offenbar nicht. Er scheint meine Unsicherheit zu spüren und fragt wieder nach einer *Sheallaidhean.* Ich nicke ergeben, weiß trotzdem nicht, was er meint. Das kann ich aber später herausfinden, erst mal muss ich wissen, wer er ist.

Er nimmt meine Hand und es fühlt sich vertraut an, warme, raue Haut, ein leichtes, vertrautes Kribbeln in den Handflächen, als kenne ich diesen Mann schon ein Leben lang. Nichts ist fremd oder unheimlich, nichts unvertraut. Er hat hübsche Grübchen am Kinn. Unwillkürlich muss ich lächeln und streiche mit dem Finger darüber.

»Ich bin es, Arathea. Erkennst du mich nicht? Ich bin es, Ronan«, beginnt er langsam zu sprechen.

Immer noch verwirrt, sehe ich ihn an. Ronan! Wer ist Ronan und warum kommt mir der Name so vertraut vor? Ich sehe ihn weiter mit großen Augen an.

»Dein Bruder, Ronan. Arathea, was ist mit dir? Du wirkst völlig verstört. Warst du wieder in der anderen Welt? Eben noch fragst du mich nach der Jagd und ich erzähle dir vom großen Hirsch und jetzt bist du gedanklich ganz woanders, siehst mich an, als wäre ich ein Geist. Was ist los? Was hast du gesehen? Warst du wieder bei den beiden Schamanen? Was hast du dieses Mal erfahren, ist etwas für uns von Bedeutung?«

Nun bin ich gänzlich verwirrt. Absolut geschockt, blicke ich in die Augen meines Gegenübers und mein Hirn arbeitet wie nach drei Dosen Energiedrink plus einer Kanne Kaffee. Ich warte förmlich auf die Einblendung – Overload!

Was geht hier vor? Ronan? Mein Bruder? Ich habe einen Bruder? Völlig irritiert schüttele ich den Kopf. Moooment mal!

»Atmen, Arathea! Atmen!«, höre ich seine Stimme und seine Hand streicht beruhigend über meinen Arm. Wie selbstverständlich nennt er mich Arathea. Das ist alles nur in meinem Kopf. Dennoch ist er hier, sitzt vor mir, ich kann ihn berühren. Ich streiche ihm sanft über die Wange, zupfe an seinem Zopf.

Ich höre mich selbst flüstern: »Ronan, mein Bruder!«

Reflexartig klammere ich mich an seine breite Brust. Auch er scheint ein Krieger zu sein, zudem, wie er eben erst berichtet hat, ein Jäger. Mir schießt das Wort *Sealgair* in den Kopf, woher das auch immer kommt. Ich finde es irgendwann heraus. Ich umarme diesen Mann und mich beschleicht wieder dieses warme, vertraute Gefühl, ich höre mich selbst flüstern »*mo bhrathair*«, und breche in Tränen aus, kann sie nicht aufhalten.

Ich habe einen Bruder und bin ich verrückt, wenn ich sage, er riecht nach zu Hause? Immer wieder schütteln mich tiefe Schluchzer. Ronan hält mich fest, legt sein Kinn auf mein Haupt und sagt nichts, scheint solche Ausbrüche meinerseits zu kennen.

Was passiert hier? Warum fragt er nicht, wer ich bin, und warum akzeptiert er diese Verwirrtheit? Ich muss es herausfinden. Ein Seufzer verlässt meinen Mund.

»Mein Bruder, ich habe einen Bruder!«

Sehr lange sitzen wir so da, ich sehe ihn mir genau an, küsse immer wieder seine Schläfen, sein Kinn. Ich streiche über sein Haar, zupfe an dem Zopf herum, was ihm ein amüsiertes, gutmütiges Brummen entlockt. Streiche ihm über die breite Brust und murmel immer wieder seinen Namen. Meine innere Aufruhr und die damit verbundene Zerrissenheit gehen langsam, aber sicher in ein warmes Gefühl über, in die Erkenntnis, nicht allein zu sein, eine Familie zu haben, meinen Krieger, drei Kinder und sogar einen großen starken Jäger – meinen Bruder.

Ich bin selig und fühle mich … Moment mal, ich fühle mich wie im Himmel, gibt's denn so was? Ja, ich fühle mich zu Hause!

Wie aus weiter Ferne höre ich wieder die beruhigende Stimme Doktor Wallers, er holt mich zurück, obwohl ich nicht will. Wieder reißt er mich aus meinem Leben, denn so echt, wie es sich anfühlt, so warm, wie Ronans breite Brust ist, kann es kein Traum sein. Ich spüre die Tränen auf meiner Wange und flüstere immer wieder »mein Bruder!«.

Dann schlage ich die Augen auf. Tränen rinnen mir über die Wangen, aber ich bin zurück.

Kendra öffnete die Lider und sah in die gleichen Augen wie eben, braun mit hellen Sprenkeln. Allerdings steckten diese Augen hinter Harry-Potter-Gläsern. Aus den Augen vor ihr sprach dieselbe Güte, wie aus denen, in die sie eben versunken war, wie aus den Augen ihres Bruders Ronan. Und noch mehr. War es Angst um sie?

Als wären die Augen ein Porträt der Seele und zeigten viele vorangegangene Leben, so spiegelten sich nun fast zeitgleich unglaubliche Emotionen darin. Aufgrund ihrer Fähigkeit, diese Gefühle nicht nur optisch wahrzunehmen, sondern auch zu fühlen, war sie erschüttert über die Verängstigung, die unausgesprochenen Fragen, die Verwirrtheit, aber in erster Linie die Liebe, die sie sah. Sie war nervös. Konnte es tatsächlich wahr sein, war es möglich? Ronan und Doktor Maynardt, Doktor Maynardt und Ronan? Ein und dieselben Augen und vielleicht ein und dieselbe Seele? Konnte es so etwas geben?

Kendra sah fassungslos von einem Arzt zum anderen. Immer wieder und wieder schüttelten sie Schluchzer und zwischendurch lachte sie, dass einem die Furcht durch die Adern floss, fast so, als wäre sie besessen. Die Männer mussten denken, dass sie nun endgültig den Verstand verlor, komplett durchdrehte.

Der Mann vor ihr, das braune Haar kurz, etwa genauso groß wie sie, leicht rundlich veranlagt, mit Harry-Potter-Brille auf der Nase, sah anders aus als ihr Bruder Ronan, und doch war er ihm wie aus dem Gesicht geschnitten, nur kleiner, nicht so kräftig. Er trug dieselbe Güte und Liebe in den Augen, nicht nur dieselben Sprenkel. Kendra lachte.

Die Ärzte verstanden nichts, gar nichts. Kendra feixte, stand auf, ging umher, stützte die Hände vorgebeugt auf die Oberschenkel und atmete. Sie versuchte, sich zu beruhigen.

Wie ein Mantra kamen die Worte »Ich bin doch nicht verrückt, ich bin doch nicht verrückt.«

Doktor Waller war zwischenzeitlich aufgesprungen und reichte Kendra ein Glas Whiskey, dass sie in einem Zug herunterstürzte. Puuuhhh, das tat gut, das erdete sie.

Sie sah Doktor Maynardt immer wieder tief in die Augen, um seine Reaktion genauestens zu beobachten. Kendra begann, langsam zu verstehen, wenn auch erst mal nur in Ansätzen. Sie musste darüber nachdenken, musste unbedingt herausfinden, weshalb Ronan und Aric sie immer so komisch ansahen, wenn sie sie sah und was eine *Sheallaidhean* ist. So langsam stieg die Vermutung in ihr auf, dass es einen Zusammenhang gab, doch den galt es, herauszufinden. Sie musste es austesten.

Ihr fielen die Begebenheiten ein, in denen Dr. Maynardt viel zu emotional reagiert hatte. Wusste er vielleicht mehr? Oder ahnte er zumindest etwas? Und woher kannte er Begebenheiten von »damals« und warum war es einfach richtig? Das Gefühl mit ihm, bei ihm zu sein, mit ihm zu reden. Es fühlte sich vom ersten Moment richtig an. Dieses Gefühl – es passte zu einem Bruder – es war warm, tief, beruhigend und einfach richtig. Sie wollte, nein, sie musste etwas probieren.

Noch einen tiefen Atemzug nehmend, faltete sie die Hände mit verschränkten Fingern vor dem Bauch und begann zu sprechen. Kurz und präzise forderte sie etwas direkt in die Stille der Praxis hinein.

»Ronan, nimm mich einfach in den Arm«.

Mit Adleraugen beobachtete sie die Herren.

Doktor Waller klappte der Mund auf, die Augen wurden groß und doch zeigte er keine weitere allzu offensichtliche Reaktion.

Doch Doktor Maynardt – der zuckte so heftig zusammen, dass man fast meinte, seine Muskeln und Knochen knacken zu hören. Röte stieg auf, vom Hals an in Richtung Gesicht breitete sich ein Flush aus. Die braunen Augen wurden riesig groß und feucht. Seine Lippen vibrierten heftig. Mit zittrigen Händen nahm er seine Brille ab, wischte sich über die Augen und verlor für einen Augenblick völlig die Fassung, schnappte nach Luft.

Zudem zeigte er auf den Armen eine extrem heftige Gänsehaut. Diese physische Auswirkung war nicht manipulierbar. Dessen war sich Kendra so sicher wie das Amen in der Kirche.

Sie nickte zufrieden und sah weiterhin in die braunen Augen. Paul Maynardt stand wackelig auf, kam auf sie zu, nahm sie in den Arm und flüsterte völlig irritiert ein »Komm her Arathea, komm zu mir!« in ihr Ohr.

Beide schlossen sich in die Arme, genossen die Wärme und wussten doch, dass sie dringend reden mussten.

Kendra küsste ihn auf die Wange und drückte ihn an sich.

»*Mo bhrathair*, mein Bruder«, hauchte sie zurück, jedoch war sie dabei so laut, dass es auch Doktor Waller verstand.

Nachdem das Zittern Pauls nachgelassen und sowohl Steffen als auch Kendra sich soweit, wie unter diesen besonderen Umständen möglich, gefasst hatten, musste nochmals etwas Starkes zur Beruhigung der angeschlagenen Nerven her. So genehmigten sich die drei einen extra starken Kaffee und dazu einen weiteren Whiskey. Kendra schüttelte es fürchterlich, und doch half ihr das, wie sie es nannte, Rattengift, sich einigermaßen zu erden.

Doktor Maynardt starrte Kendra immer noch an, als würde ein Geist vor ihm sitzen. Wie automatisch schob sich seine Hand über Kendras und ein Murmeln, schwer zu verstehen, verließ seine Lippen: »*Mo phiuthar* – meine Schwester!«

Kendra genoss es sehr und flüsterte immer wieder ein und dieselben Worte: »Mein Bruder.«

Nun war es allein Kendra, die Licht in das Dunkel bringen konnte. Im Moment zwar nur in der Größe eines Glühwürmchens, aber immerhin gab es einen kleinen Fortschritt.

Und so begann sie zu berichten, was in der Trance geschehen war. Mit zunehmender Zeit standen den Herren die Münder immer weiter auf.

Doktor Waller fasste sich als Erstes und sprach so leise, als könne er sonst die Geister der Vergangenheit verjagen. »Kendra, das bedeutet, Sie haben definitiv keine Träume, das sind Flashbacks. Aber ich bekomme das noch nicht zusammen. Sie berichten, dass Aric, genau wie Ihr Bruder Ronan«, er drehte unwillkürlich den Kopf zu Paul, »von *sheallaidhean* sprachen. Ich habe das zwischenzeitlich gegoogelt, das heißt Visionen. Für mich wussten Sie allem Anschein nach von ihren Visionen und von weiterem Leben. Ich gehe jetzt mal nicht nur von diesem hier aus, da ich denke, es gibt viele Leben. Aber dennoch, ihre Familie und ihre Freunde wussten Bescheid. Sie hatten offensichtlich öfter solche, ich nenne es mal Blackouts, in denen Sie Zeit und Raum vergaßen oder Dinge sagten und taten, die ihren Zeitgenossen absolut suspekt vorgekommen sein müssen. Ist das richtig?«

Kendra dachte kurz nach und beantwortete die Frage mit einem leisen »Ja, offensichtlich.«

»Kendra, wie war das damals, wie fühlten Sie sich und wie äußerte sich das?«

Doktor Waller schien völlig aus dem Häuschen zu sein.

Plötzlich begann es in Kendra zu brodeln, Wut schüttelte sie. Sie konnte doch gar nicht mehr Informationen liefern, hatte doch selbst erst einige wenige Grundgedanken herausfinden können und nun erwartete Doktor Waller einen detaillierten Bericht von ihr, am besten noch wie fürs FBI? Alle würden denken, sie wäre bekloppt, hätte nicht alle Latten am Zaun, falls das bekannt würde.

»Ich kann ihnen nicht mehr sagen, als das, was ich bisher in Erfahrung gebracht habe. Ich weiß, Ronan ist mein Bruder, seine Seele scheint in Doktor Maynardt reinkarniert zu sein«, knurrte sie gefährlich leise. »Aber sonst kenne«, sie räusperte sich stark, »erkenne ich niemanden, sonst weiß ich leider nur genau das, von dem ich Ihnen berichtet habe. Ich erinnere Sie nur ungern an ihre Schweigepflicht. Ich sehe jetzt zwei Möglichkeiten für uns.«

Kendras Wut verrauchte langsam, doch am Rande nahm sie wahr, dass sich Doktor Waller und auch Paul den Schweiß von der Stirn wischen mussten, der in Strömen zu laufen schien. Sie versuchte, sich zu beruhigen und eine tiefe Resignation schlich sich langsam ein.

»Ich sehe zwei Möglichkeiten, wir machen hier immer weiter, bis sich das Licht ausdehnt und finden gemeinsam raus, was geschehen ist.«

Mit einem leicht flehenden Lächeln wandte sie sich wenig später an Doktor Waller.

»Oder sollten wir an dieser Stelle besser abbrechen und ich lebe weiterhin mit meinen Träumen oder, wie Sie es nannten, Flashbacks? Das wäre jedoch sehr schade, denn ich möchte mir zuliebe«, unterdessen sah sie zu Paul, »uns zuliebe herausfinden, was hier wirklich los ist, denn es macht mir Angst.

Ich bitte, nein, ich verlange, dass weder mein Mann noch meine Kinder von unseren Ergebnissen in Kenntnis gesetzt werden, denn ich bin mir sicher, ich werde Aric auch in diesem Leben finden und möchte meinem Mann und den Kindern keinesfalls wehtun oder ihnen das Leben zerstören, denn ich liebe sie abgöttisch. Bitte versprechen Sie mir das.«

Beide Herren nickten. Nun galt es also, den Knoten zu lösen und das Chaos zu sortieren.

Dr. Waller las, was er finden konnte, sammelte Berichte und Erfahrungen aus weltweiter Literatur und sprach lange und eindringlich mit Paul, der dazu aber nicht mehr beitragen konnte oder wollte. Er schien wie blockiert und tigerte bei Tag und Nacht unruhig im Haus oder in der Praxis hin und her. Sein Beschützerinstinkt war geweckt, er wurde das Gefühl nicht los, das irgendwo etwas Furchtbares lauerte. Auch vermisste er etwas oder jemanden, doch er konnte dem Gefühl keine Richtung geben, war nicht in der Lage, tiefer eintauchen, geschweige denn, zu erkennen.

Er träumte ebenfalls, aber bei weitem nicht in der Intensität wie Kendra. Es fühlte sich irgendwie leer an, unvollständig, kalt im Herzen. Doch die Gedanken an Kendra lockten ein wenig Wärme ins Innere und ein Lächeln in seine Gedanken. Er sah der nächsten Trance mit gemischten Gefühlen entgegen.

Sollten sie versuchen, durch gezielte Manipulation in der Art des Zählens Kendra an einen bestimmten Punkt in der Vergangenheit zurück zu bringen? Es mussten so viele Dinge geklärt werden. In einer Sache waren sich jedoch alle einig: Nichts war dem Zufall überlassen.

SOMMERSONNENWENDE

Z wanzig! Gehen Sie zurück in Ihr Dorf Kendra! Neunzehn, achtzehn! Schauen Sie sich um! Wer ist bei Ihnen? Siebzehn ...«

Ich vernehme ein leises, tiefes und stetiges »Boom, Boom, Boom«. Es wird lauter, kräftiger, mächtiger und ich öffne die Augen. Kein Pochen, das wird mir sofort bewusst, als ich den goldenen, roten Schein eines kräftigen Feuers sehe.

Es wird lauter und lauter und jetzt erkenne ich, dass es Trommeln sind, deren Töne in meine Ohrmuschel dringen. Boooom, Booooom, Boooom, alles vibriert.

Es handelt sich nicht um kleine Trommelexemplare, sondern vielmehr um riesengroße Basstrommeln. Ihr tiefer, dumpfer Klang verursacht eine angenehme Gänsehaut, eine Sehnsucht in mir, eine Geborgenheit, die ich lange vermisst habe und mir das Herz schwer werden lässt.

Ich bin schnell auf den Beinen und laufe direkt zum Feuer. Dort angekommen, wundere ich mich in entfernten Regionen meines Hirns noch darüber, dass ich eben noch in Steffen Wallers Praxis lag und nun laufe ich hier um ein großes Lagerfeuer herum? Aber was soll's, es ist schön hier, warm und heimelig. Wie von Zauberhand formen sich die zwei entscheidenden Worte meines Lebens in meinem Kopf. Worte, die alles beschreiben, wo ich bin, war, sein werde, was ich fühlen möchte – zu Hause.

Ich schaue mich um und erkenne geschmückte Bäume, junge, frische Birken, an denen bunte Bänder flattern. Sehe viele Kinder tanzen und lachen. Ein wohliges Gefühl durchflutet mich, es ist angenehm warm, aber nicht heiß und die Luft duftet nach Gras und Sonne. Der würzige Geruch des Lagerfeuers erreicht mich, vermischt sich mit dem Duft gebratenen Fleisches, der mir das Wasser im Munde zusammenlaufen lässt. Ich blicke auf, mein Herz schlägt sofort schneller – meine Freunde. So schnell mich meine Beine tragen, laufe ich zu ihnen auf die andere Seite des großen Lagerfeuers und schließe sie in meine Arme. Eine kleine Träne kann ich nicht aufhalten. Verstohlen wische ich mir mit dem Ärmel über die Augen und ein tiefer Schluchzer entkommt meiner Brust. Dort, dort ist sie!

»Radha!«, brülle ich ihr entgegen. Ich sehe, wie sie aufblickt und mich ungläubig ansieht.

Ich höre ihre Stimme: »Arathea, was um Himmelswillen brüllst du denn so? Wolltest du nicht einen Krug Irn-Bru holen? Die Kinder warten schon.«

Irritiert blicke ich Radha an, ich habe sie lange, sehr, sehr lange nicht gesehen, betrachte sie ausgiebig, um ihre Gestalt, sehr groß und schlank, mit langen, dunklen Haaren, und ihre leuchtend blaugrünen Augen nie wieder zu vergessen.

Sie runzelt die Stirn, schüttelt den Kopf und fragt mich, was mit mir los sei, ich wäre doch gerade erst losgegangen. Ein kleiner Blitz des Verständnisses ist in ihren Augen zu erkennen.

»*Aaislingean*, es sind wieder diese Träume!«, flüstert sie mir leise zu, zieht eine Schnute, wie sie es schon als Kind tat, und nickt verständnisvoll. Ich möchte nicht näher darauf eingehen, daher nicke ich ebenso nur sachte. Sie versteht ohne Worte, zieht mich einfach in den Arm und drückt mir einen freundschaftlichen Kuss auf die Wange.

»*Grian-stad* – Sonnenwende«, flüstert sie mir zu und gibt mir damit einen dezenten Hinweis auf den Grund der Feier und die ungefähre Zeit im Jahr. Meine Freundin ist mir seelenverwandt, scheint zu spüren, dass ich zeitlichen und räumlichen Halt suche.

Radha ist die Tochter des Schmieds und Frau von Rogan, den ich neben ihr stehen sehe.

Rogan passt zu Radha und beiden ist ihre Liebe zueinander mit jeder Minute anzusehen. Rogan. Mich erfasst ein wehmütiges Ziehen in der Brust. Ich erinnere mich, wie wir als Kinder, Ronan, Rogan, ich und noch einige andere, zusammen durch die Wälder gezogen sind. Wie oft habe ich dicke Splitter aus Rogans Hintern gezogen, weil er wieder zu übermütig auf Baumstämmen herumgeklettert ist. Ein Schaudern erfasst mich und ich kann nicht anders, als Rogan kurz an mich zu ziehen. Er runzelt die Stirn. Egal, was soll's? Diese kurzen Gefühlsanwandlungen kennt er doch von mir, oder?

Unsere unbeschwerte Zeit in den Wäldern und auf den Wiesen ist leider vorbei. Rogan muss unser Dorf schützen. Eine Erinnerung durchzuckt mich. Rogan mit erhobenem Nahkampfstab, der jeden Moment auf einen Kopf niedersausen, einen Schädel spalten könnte.

Er ist einer der besten Stabkämpfer unseres Dorfes und, soweit ich zurückdenke, war er im Nahkampf immer unbesiegbar. Wir brauchen gute Krieger, denn der Schein trügt, der Friede ist hier in Nairn nicht sicher.

Während ich Rogan neben Radha beobachte, stelle ich fest, dass Rogan meinem Mann doch sehr ähnlich sieht.

Beide sind groß wie Bäume, Rogan hat leuchtend rotes Haar, mo chridhe ist blond. Beide haben breite Schultern und eine leichte Brustbehaarung. An Arics kann ich immer so schön kuscheln und ziepen. Er knurrt dann. Diese Erinnerung lässt mich schmunzeln.

Was mich zu dem Gedanken bringt, wo ist mein Aric überhaupt? Ich sehe mich um und erkenne ihn schemenhaft aus Richtung der Hütten zu uns herüberkommen.

Er ist ein Bild von einem Mann, sehr groß, sehr breitschultrig, kräftig und muskulös vom Kampftraining. Seine blonden Haare fallen ihm über die Schulter, erinnern in der Farbe an die Wiesen der Highlands im August. Seine Augen sind blau wie der Sommerhimmel über dem Meer vor Nairn. Seine Zöpfe, er trägt wieder seine Zöpfe rechts und links über den Ohren. Ein warmes Gefühl durchrinnt meinen Bauch. Kräftige, kampferprobte, mit leichten Narben verzierte Oberschenkel lassen beim Gehen jeden Muskel hervortreten und zeugen ebenfalls von unbändiger Kraft und Stärke. Sein Kilt raschelt bei jedem Schritt. Seine Füße stecken in Ledersandalen. Ein schmachtender Seufzer entfährt mir, während mich eine tiefe Herzenswärme durchflutet. Mein Aric, mein Krieger!

Ich stürme los, fliege in seine Arme und lasse mich einhüllen von seinem ureigenen Duft, seiner Güte, seiner Stärke. Mein Krieger – mo chridhe – zu Hause!

Nachdem wir uns aus einer innigen Umarmung lösen, einige nicht ganz jugendfreie Küsse getauscht haben, nimmt er mich an die Hand und wir gehen gemeinsam zum Feuer. Es ist ein rauschendes Fest, es wird getrunken, ein Schwein aus den Wäldern haben die Jäger erlegt, es brutzelt über einem extra Feuer. Lachen, tanzen und singen, ich fühle mich großartig, tanze um das Feuer, als hätte ich nie anderes gesehen, anderes erlebt und wieder ist da das Gefühl, der Gedanke, daheim zu sein.

Aric ergreift meine Hüften und zieht mich erneut an sich. »Heute bist du schon zwei Sommer meine geliebte Frau, hast mir eine wunderschöne Tochter geschenkt. Die schläft übrigens heute bei Radha«, flüstert er mir sanft ins Ohr. Ein Zwinkern erweckt eine unterschwellige Unruhe in mir. Zeit für uns?

»Folge mir, mo chridhe, ich möchte dich heute Nacht ganz nah bei mir haben.«

Ich kann nur nicken, Gefühle überwältigen mich. Zwei Jahre seine Frau? Dann haben wir zur Sommersonnenwendfeier geheiratet. Darum liebe ich dieses Fest.

Tränen steigen mir in die Augen. Meine ganze Anspannung fällt von mir ab, ich fühle Liebe, Vertrauen und Geborgenheit und folge ihm. Was er wohl vorhat?

Unser Weg führt uns zurück nach Hause, nur wenige Meter ins Dorf hinein. Plötzlich drückt er mich an sich und hebt mich mit einer Leichtigkeit hoch, die mir den Atem raubt. Mein Verlangen lässt mich aufkeuchen. Meine Beine umschlingen seine Hüfte und ich drücke ihn an mich. Alles in mir zieht sich lustvoll zusammen.

»Mein Krieger«, flüstere ich, »ich will dich und ich will dich jetzt!«

In seinen blauen Augen spiegelt sich meine Lust, meine Liebe, mein Verlangen nach zweisamen Stunden. Jede Faser seines Körpers scheint nach mir zu rufen. Und mein Körper scheint ihm zu antworten, Lust und Liebe durchrieseln mich in jeder Zelle.

Wir erreichen die Hütte und er küsst mich hart, voller Liebe und Sehnsucht nach mehr und ich gebe mich bereitwillig seinen Forderungen hin. Er drückt mich gegen die Hüttenwand und beginnt an der Stelle unter meinem linken Ohr zu knabbern, die mich wahnsinnig macht. Ein leises Stöhnen entwischt meinem Mund. Ich spüre sein Grinsen, er weiß genau, wie er mich weich und anschmiegsam werden lässt.

Meine Finger fahren seinen Rücken auf und ab, streicheln mal sanft, dann wieder kralle ich mich fest. Ich genieße die starken Muskeln an seinem Rücken, den festen, runden Po, die kräftigen blond behaarten Beine. Ich sauge seinen ureigenen Geruch auf, nach Mann, ein wenig nach Moos, nach Erde und nach dem Feuer, um das wir bis eben noch tanzten. Ich versuche jede Nuance seines Duftes in meinem Gedächtnis zu verwahren.

Eine kleine Träne rinnt aus meinem Augenwinkel, er duftet so gut, so vertraut, einfach nach Liebe.

Ein sanftes Keuchen, war ich das? Seine Finger streicheln sanft meine Brust, er zwirbelt meine Brustwarzen, senkt seine Lippen darauf. Sein Knabbern fährt mir direkt in den Unterleib. Seine warme, feuchte Zunge leckt an meinem Hals entlang. Wahnsinn. Zu mehr Gedanken bin ich nicht mehr fähig.

Dann setzt er mich ab, auf den Tisch. Seine Lippen knabbern tiefer, die Zunge wird fordernder und entdeckt Zonen an mir, die ich niemals für so empfindlich gehalten hätte.

Große, starke Hände, rau von der täglichen Arbeit, streicheln so sanft, dass mir Hören und Sehen vergeht und ich mich nur noch danach sehne, von ihm ausgefüllt zu sein. Feuchte schießt in meinen Schoß, ein unstillbar scheinendes Verlangen verbietet mir jeden Gedanken.

Da ist nur noch Fühlen und der Wunsch nach ihm in mir. Diesen Gefallen tut er mir alsbald. Er versenkt sich in mir, nimmt einen wunderbaren Rhythmus auf, der mir kaum Atem lässt. Seine Küsse fordern und geben. Nichts ist mehr von Bedeutung, keine Visionen, keine Gedanken, keine Gefahren. Hier sind nur er, ich, unsere Liebe und pure Lust. Sein Rhythmus wird schneller, seine Stöße härter, seine Finger und Küsse fordernder. Sterne sehend vor Verlangen, mit einem tiefen Stöhnen, erklimmen wir beide den Gipfel und er lässt mich fliegen.

Langsam der Erde entgegenschwebend, flüstere ich: »Liebe, das ist Liebe – mein Aric!«

Es ist lediglich ein leises Hauchen, mehr vermag ich nicht zu sagen.

Eng aneinander gekuschelt schlafen wir beide ein, völlig zufrieden und miteinander im Reinen, genießen wir die Zweisamkeit. Keine Gedanken, keine Visionen, einfach Sein, eingehüllt in den Duft meines Mannes, in den Duft nach Liebe und Sex.

Ich spüre ein leichtes Zupfen an meiner Decke und schlage die Augen auf. Ich bin nicht mehr in unserer Hütte, ich bin nicht mehr in Nairn, ich bin zurück in meiner Zeit. Noch lasse ich die Augen geschlossen, tue so, als wäre ich noch nicht wieder ansprechbar, nur noch wenige Sekunden Ruhe.

Meine Zeit! Meine Zeit? Was ist Zeit? Welche Bedeutung hat sie? Ist das hier meine Zeit oder war das dort meine Zeit? Welche Bedeutung hat Glück, wenn man immer wieder durchleben muss oder kann, was in den Leben passiert? Kann man überhaupt glücklich sein? Worum geht es im Leben, warum geht die Seele den Weg der vielen Leben, warum weiß ich das und erinnere mich an ein früheres Leben? Das passiert nicht vielen Menschen.

Und wo ist man zu Hause? Denn in den Highlands um Nairn, in den Armen meines Kriegers, in den Augen meiner Kinder, in der Gesellschaft meiner Freunde, da fühle ich mich zu Hause. Ich verstehe es nicht, der Sinn erschließt sich mir noch nicht. Warum lebe ich hier und jetzt und kann nicht dasselbe Gefühl entwickeln? Oder tue ich das bereits und weiß es nicht? Darüber muss ich nachdenken. Wo sind die Menschen, die mein Herz so extrem berühren? Ronan ist da, doch wo sind meine damaligen Kinder? Und wo ist mein Aric?

Verwirrt öffne ich die Augen.

Kendra berichtete den Herren Doktoren lediglich, dass sie Sommersonnenwende gefeiert hatte. Pikante Details ließ sie aus und förderte damit das Schmunzeln der Herren, denn es war durchaus eindeutig gewesen, in welcher Situation sich Kendra in der anderen Zeit befunden hatte.

»Sommersonnenwendfeier richtig? Hochzeitstag?«, flüsterte Paul und Kendra nickte nur, während ein schmutziges Grinsen ihr Gesicht erhellte und ihr Zeigefinger zu einem »Pssst!« an den Mund wanderte. Paul lachte laut auf, nickte wissend und drückte Kendras Hand.

Die Erkenntnis, warum ihre Träume in den Sommermonaten so intensiv waren, aber bei weitem nicht so blutig wie in den Wintermonaten, traf Kendra und Paul fast gleichzeitig.

Sie starrten sich an, dass einem mulmig werden konnte. Doktor Wallers Kopf wanderte derweil hin und her, während er versuchte, aus der Mimik und dem stummen Zwiegespräch der beiden Menschen neben ihm mitzubekommen, was so besonders war.

Kendra erlöste ihn mit einem Lächeln.

»Mit der Sommersonnenwende wurde nicht nur der Sommer eingeläutet, sondern auch ein Abwehrzauber gegen Hexen und

Zauberer gewoben. Hochzeiten zur Sommersonnenwende versprachen besonders viele gesunde und starke Kinder, die das Fortbestehen der eigenen Familie sicherten. Und …«, ein Kichern entfleuchte Kendra, tief aus dem Bauch heraus, »was zum Kinderkriegen notwendig ist, sollte ich Ihnen nicht erklären müssen, oder Doktor Waller?«

Ihre Augenbrauen zuckten zweimal schelmisch nach oben. Was folgte, war ein lockeres Lachen aller.

Ich höre das Zählen des Arztes klar und deutlich, bin beruhigt und fühle mich wohl. Ich bin erstaunt, das ist wirklich meine Hütte, ich sitze tatsächlich auf meinem Stuhl am Tisch, genau wie damals, als ich Aric zum ersten Mal wiedersah.

Der orange Schein des Feuers löst in mir wieder ein warmes, wohliges Schauern aus. Wärme, Geborgenheit, Liebe – all das durchströmt mich beim Anblick der Flammen. Genau dieselben Gedanken, ich bin offensichtlich wieder in derselben Situation, in exakt der Trance, wie bereits vor einigen Tagen. Doch warum?

Ich sehe mich um, vor mir ein größerer Tisch aus Holz, offensichtlich mit einer Bürste geschrubbt, sehr sauber und noch feucht, daneben fünf Stühle, die Erinnerung durchströmt mich warm, an die Zeit hier und an die letzte Trance. Ich weiß, ich werde Aric wiedersehen. Der Duft nimmt mich gefangen, Wohlsein, Heimeligkeit durchziehen mich erneut.

Plötzlich wieder das vertraute laute Poltern, das Rumpeln, die Tür klappt auf, ich drehe mich um. Ein Schmunzeln ergreift meine Mundwinkel. Mein Aric, mein unglaublicher, liebevoller, kräftiger, starker Krieger, mein Mann, immer noch riesig groß, mit blauen Augen, mit seinem hellen Haar steht vor mir, sieht mich wieder genauso mit großen, warmen Augen voller Liebe und Verehrung an. Er trägt dasselbe Jerkin aus Leder, einen Kilt, Sandalen. Kein

Zweifel, ich bin in derselben Situation, in meiner Hütte an jenem Tag.

Doch warum noch mal? Ein Teil in mir erinnert sich an den Schmerz, den ich spürte, als ich aufwachte, weil ich ihn – *mo ghaisgeach, an duine agam, mo bheatha* – wieder ziehen lassen musste.

Erneut durchströmt mich sein Duft nach Wald und Moos, erneut fühle ich mich zu Hause, Heimat, angekommen.

Er drückt mich genauso wie in der ersten Begegnung, der ersten Trance, sieht mich an mit seinen blauen Augen und fragt wieder nur kurz: »*Sheallaidhean?*«

Ich nicke wieder und erwarte schon die Stimme Doktor Wallers, wie beim ersten Mal, doch nichts passiert.

Arics Stimme holt mich in den Moment zurück.

»Arathea, die Visionen werden häufiger, oder?«

Ich vermag nur zu nicken, mag nichts erklären, denn dieses Hin und Her zwischen den Zeiten würde ihn nur verwirren.

»*Ulaidh*, wir müssen herausfinden, was mit dir geschieht. In einem Moment bist du anschmiegsam, ganz bei mir, im nächsten Moment versteifst du dich, schüttelst den Kopf oder seufzt ganz tief und siehst dich um, als wäre alles um dich herum völlig neu, anders oder auch fremd – was passiert hier?

Dann erkenne ich dich wieder und wiederum doch nicht. Du weißt Sachen, die habe ich noch niemals gehört, du benennst Dinge, die ich nicht kenne. Du verlangst nach Sachen, die es gar nicht gibt oder die für mich keinerlei Zusammenhang ergeben. Und ganz nebenbei siehst du mich an, als hättest du mich jahrelang nicht gesehen, zeigst eine Sehnsucht nach mir, die mir Angst macht. Schatz, was ist das?«

Ich schlage die Augen auf, möchte mich kurz sammeln und weiß, er macht sich Sorgen, ich muss ihm berichten, muss ihm erzählen und weiß doch nicht wie. Ich werde ihm erklären, warum alles in mir nach ihm schreit, so sehr, dass ich nachts verschwitzt und zitternd aufwache und total verängstigt bin. Doch kann ich alles erzählen, was ich bisher erlebt habe? Sicherlich würde er es nicht verstehen, deshalb werde ich abwägen müssen und zu verhindern versuchen, was Schreckliches geschehen wird.

Seine Wärme, seine Umarmung geben mir Halt und so beginne ich, leise zu erzählen, berichte von meinem Leben im 21. Jahrhundert, in meinem Jetzt, berichte von Trancen und Visionen und von all dem Wissen, das ich so erworben habe, ich lasse nichts aus – besonders nicht die Sehnsucht nach ihm, nach unseren Kindern, nach meinem zu Hause und der Heimat.

Er wird zunehmend blasser, unterbricht mich nicht, nickt nur hin und wieder und ich beende meine Geschichte. Er räuspert sich, sagt jedoch nichts und ich spüre unwillkürlich die Versteifung in meinem Gliedern, werde zurückgezogen in meine Zeit in die Praxis zu Steffen und Paul.

Verdammt, warum immer, wenn ich der Lösung meines Problems näherkomme, komme ich allein zurück oder werde von den Ärzten aus der Trance geholt? Das muss ich unterbinden.

Erbost schlug Kendra die Augen auf und begann, gleich darauf zu wettern.

»Warum holt ihr mich aus der Trance? Ich war der Lösung so nah. Jedes Mal, wenn ich Antworten auf meine Fragen finde, beendet ihr die Session! Warum?«

Die Doktoren sahen sich an und Steffen Waller versuchte, beruhigend auf sie einzuwirken.

»Kendra, Sie werden unruhig, Ihre Atemfrequenz wird bedrohlich hoch, Sie hyperventilieren fast, Sie beginnen zu murmeln und wir hielten es für medizinisch bedenklich, Sie weiter in der Trance zu halten. Es macht medizinisch einige Probleme, und wir wollen nicht, dass Sie in diesem Leben Schaden nehmen. Das haben wir Ihrem Mann versprechen müssen.«

Kendra räusperte sich, sie verstand die Sorge hinter den Worten und sah Paul, ihren Ronan, stirnrunzelnd an.

»Aber es ist keine Lösung, wir müssen das durchziehen, wir müssen herausfinden, was da geschieht. Soll ich den Zeitverlauf verändern, soll ich Arics Tod verhindern? Wenn ja, scheint es sowieso nicht zu funktionieren, denn seinen Tod sehe ich immer wieder. Ich stehle nur kurze Momente des Glücks, mit dem Wissen, was geschehen wird, geschehen ist. Lasst es mich versuchen, holt mich nur zurück, wenn Lebensgefahr besteht, bitte!«, flüsterte sie inständig.

LEBEN ODER TOD

Z wanzig, neunzehn, achtzehn, siebzehn!«

»Bäh, was ist das?«, entfleucht es mir. Ich muss ein heftiges Würgen unterdrücken, ekelhaft, was ist das? Ich rieche Rauch, aber es brennt nirgends. Ich sehe mich um. Es ist halb dunkel und viele Betten stehen dicht an dicht um mich herum. Es riecht medizinisch, nach Fichtennadelrauch, nach Schweiß, nach Urin, nach Krankheit, widerlich.

Mir wird bewusst, dass ich an einem Bett sitze und mit einem feuchten Lappen über eine Stirn streiche. Was ist das? Vor mir liegt Aaryn, seine Stirn glüht, er windet sich im Fieber. Was zum Teufel ist hier los?

Ich stehe rasch auf, gehe am Brunnen das Wasser erneuern. Augenblicklich beginne ich, heftig zu schlottern. Eisige Luft und halbgefrorenes Brunnenwasser lassen mich erkennen, dass tiefster Winter ist. Sofort ereilt mich ein heftiger Gedanke. Das wird doch nicht eine von diesen widerlichen Husten- und Schnupfenkrankheiten sein? In diesem Ausmaß, das ist ja gruselig.

Ich muss was tun, denke ich so bei mir, aber zuerst muss ich die Symptome genauer in Augenschein nehmen, muss sehen, was ich wie tun kann und womit.

Vor unzähligen Monden, ich erinnere mich komischerweise daran, hat mir mein Bruder Ronan auf meine Bitte und Beschreibung hin ein Rohr geschnitzt, einen hohlen Ast an beiden Seiten abgerundet, den ich dazu nutzen kann, zu horchen, was in der Brust eines Menschen vorgeht. Ein Hörrohr. Das fiel mir in einer Nacht ein, eines meiner Kinder hatte Husten und ich dachte innig darüber nach, was es für Dinge gab, die Unhörbares hörbar machen könnten. Das Hörrohr kam mir in den Sinn, mochte meine Seele mir irgendetwas sagen? Mich an etwas erinnern? Das hat nur insoweit funktioniert, dass ich das Rohr zu nutzen weiß.

Ich kehre zurück in die Krankenhütte. Das Hörrohr hängt an der Wand links von mir, neben Messern und Beuteln voll mit Kräutern.

Offensichtlich habe ich bereits eine Isolation vorgenommen. Die ganze Hütte scheint nur voll mit Kranken zu sein. Gut, ich bin damals medizinisch offenbar fit gewesen. Gut gut.

Ich sehe mich um, an der Tür entdecke ich eine Holzschüssel, »Bah, was ist das für Zeug?«, rufe ich angeekelt aus. Es riecht so bissig, dass mir die Augen zu tränen beginnen. Der Begriff *uisge beatha* fällt mir ein. Meine Chemikernase, denn das Wissen aus meiner Zeit ist zwar ein wenig nebulös, aber da, sagt mir zumindest, dass es fast reiner Alkohol mit Kräutern ist, der da vor mir steht. Widerlich, aber hilfreich. Diese klaren Brände mit Kräutern kenne ich schon seit Langem. Wenn man ihnen verfällt, kommen Schmerzen und Leid über die Familie. Wie mir berichtet wurde, gibt es diesen Fichtennadelbrand, den ich hier wahrnehme, schon viele Generationen. In dem Moment bin ich erfreut und tauche meine Hände hinein. Uiiii, das brennt auf der Haut, ich will gar nicht wissen, was das Zeug mit einem Hals anrichtet, wenn man es trinkt. Egal, ich erinnere mich, dass es irgendwie sauberer macht als Wasser. Wie genau das funktioniert, vermag ich jetzt nicht zu sagen, doch dass es irgendwas mit Wundbrand auf sich hat, dessen bin ich mir sicher. Hinter mir höre ich ein belustigtes Kichern. Radha steht mir zur Seite. Ich freue mich, sie zu sehen, und drücke sie ganz fest an mich. Sie guckt skeptisch, scheint zu verstehen – Visionen – und lacht mich an: »Arathea, du hättest dein Gesicht sehen sollen, dabei ist das stinkige Zeug in der Schüssel dort von dir, du hast das von irgendwoher mitgebracht. Ich weiß, es ist eklig, aber du meintest, wir sollten uns die Hände darin waschen. Nun gut, da du mehr weißt, als du je erklären könntest oder anscheinend auch willst, halte ich mich daran, aber komm nicht auf die Idee, dass ich irgendwann das Zeug trinken soll.«

Ein perlendes, lautes Lachen kommt über ihre Lippen, während sie die Wadenwickel bei einem Kind erneuert. Das Fieber muss runter.

Nachdem ich meine Hände in die komische Alkoholbrühe getunkt, sie darin gewaschen habe, gehe ich hinüber zu Aaryn. Ich tupfe ihm die Stirn ab, er röchelt und pfeift fürchterlich bei jedem so anstrengenden Atemzug. Das Hörrohr auf seine Brust drückend, schallt auch schon das Rasseln seiner Lungen an mein Ohr.

Verdammt, das Geräusch kenne ich von meinen Kindern in der anderen Zeit, das ist eine Bronchitis, wenn sich das auswächst, wird es eine Lungenentzündung. In der Zeit, in der ich mich gerade befinde, ist das ein absolutes Todesurteil.

»Mist, Mist, Mist!«, flüstere ich nervös. Antibiotika gibt's hier noch nicht. Ein kleines Aufblitzen des Wissens meiner Seele nehme ich wahr. Was gäbe ich für Antibiotika. Das hier sind zweifelsohne, wie hießen die doch gleich?

»Bakterien«, murmle ich vor mich hin. Radha sieht mich kopfschüttelnd an.

»Bak… was?«, hakt sie irritiert nach.

Ich bleibe ihr die Antwort schuldig, denn es ist mehr als siebenhundertfünfzig Jahre zu früh für dieses Wissen, lächle sie lediglich gequält an. Herstellen kann ich ein Antibiotikum nicht so einfach ohne ordentliches Labor und Ausgangsstoffe. Chemiker hin oder her, das hilft mir hier nicht weiter. Ich muss nachdenken, ich muss etwas finden!

Plötzlich kommt mir eine Idee. Ich habe da doch mal was gelesen, vor Jahren über eine Art Tinktur, die im Mittelalter angewendet worden ist. Nun, ich bin im frühesten Mittelalter, ich bin die Heilkundige hier, die einzige Heilkundige, ich habe keine Wahl, ich weiß, nur Spitzwegerichtee wird Gael und Aaryn und den anderen, die hier fiebernd, hustend, rasselnd und sehr krank liegen, nicht helfen. Die Hälfte von ihnen, wenn wir Glück haben, die Hälfte von ihnen, wird diesen Husten überleben.

Noch während ich den Bestand aufnehme, mich an das Buch zu erinnern versuche, was ich damals las, schweifen meine Augen ab und ich entdecke in einer hinteren Ecke drei mir sehr vertraute kleine Gesichter. Hochfiebrig, krank und mit glasigen Augen.

Noch während ich dorthin eile, dringen die zarten Stimmen meiner Töchter an mein Ohr.

»Mama, hilf uns bitte!«

Zutiefst geschockt sehe ich die drei Mädchen an, es sind meine Caileigh, meine Noirin, und meine kleine Jirieal hats auch erwischt. Angst durchfährt mich. Ich darf sie nicht verlieren, nicht an eine solch einfache Krankheit, die achthundert Jahre später – ich darf gar nicht daran denken, nicht abschweifen!

Vielmehr muss ich helfen, muss mich erinnern, was man tun kann, es geht um das Leben meiner Töchter, um das Leben von Gael und Aaryn. Viele Kinder und Jugendliche liegen hier in der Hütte. Ich zähle fünfzehn Betten dicht an dicht in dem kleinen Raum. Tränen schießen mir in die Augen. Ich spüre mein Zittern und kann doch nicht anders, ich kann nicht aufgeben, ich muss helfen. Meine Gedanken rasen und ich gehe zu meinem Kräuterregal. Das Leben meiner Kinder, und dass der anderen Kinder ebenfalls, liegt in meinen Händen, das wird mir von Minute zu Minute bewusster!

Zeit! Zeit, die für mich keine Bedeutung zu haben scheint, ist hier unermesslich wichtig, ich muss mich beeilen, die Kinder haben unter heftigen Hustenattacken und Atemnot vielleicht nur noch wenige Tage zu leben. Angst ist mein vorherrschendes Gefühl, nackte, elementare Angst. Diese muss ich überwinden. Ich straffe meine Schultern und handele intuitiv.

Zuerst koche ich Wasser auf und füge getrockneten Quendel hinzu, dann Salbei, der löst ebenfalls den Husten und nicht zu wenig getrocknete Weidenrinde gegen das hohe Fieber. Die Kinder glühen regelrecht. Weidenrinde senkt Fieber immer effektiv. Lange Erfahrung. Die meisten Kräuter züchte ich seit Jahren selbst. Als der Tee fertig ist, seihe ich ihn durch ein Tuch, stelle ich ihn zum Abkühlen beiseite. Die Kinder werden durstig sein, mit einem bisschen Honig, ebenfalls in meinen gut sortierten Vorräten zu finden, werde ich ihn, nachdem er sich abgekühlt hat, süßen, so werden die Kinder das Bittere tolerieren. Zumindest hoffe ich dies.

Ich rufe Radha zu mir, bitte sie, jedem Kind weiterhin so schnell wie möglich, so kalte Wadenwickel zu machen wie möglich. Das Fieber muss runter, das ist es in erster Linie. Sie verspricht es und holt rasch eine neue Schüssel Eiswasser.

Ich greife Apfelessig, den braut mir Eilieth jedes Jahr aus den Äpfeln der Küstenregion. Der hilft bei so allerhand Wehwehchen im Magen-Darm-Bereich, aber auch gegen Ungeziefer, wie Läuse. Es ist immer besser, wenn man dieses Gebräu zur Hand hat.

Ich gieße diesen in einen Kupferkessel, fast halbvoll, rühre um, gehe in Gedanken zurück, versuche das Buch vor mir zu sehen, versuche, mich an das Rezept zu erinnern, das ich mal las, damals irgendwo, vermutlich in meinem anderen Leben. Meine Seele scheint sich zu erinnern, mir helfen zu wollen!

Knoblauch und Zwiebeln, nun, das gibt's hier reichlich, also bin ich nicht zimperlich und hacke zehn Knollen Knoblauch, das nimmt dem Raum zumindest den Uringestank und übertüncht ihn mit seinem eigenwilligen Geruch. Das Gleiche erledige ich mit Zwiebeln, zehn große Knollen schneide und hacke ich winzig klein. Das Ganze kommt in den Kessel zum Apfelessig. Ich habe in einem Beutel, den mir seefahrende Händler im Hafen von Nairn verkauft haben, eine scharfe Wurzel, sie riecht und schmeckt nach Waschzeug für die Hände, nach Seife und ein kleiner Teil meines Hirns erkennt das getrocknete, geschnetzelte Wurzelzeug als Ingwer.

Ich interessiere mich für alles Neue, was die fahrenden Händler bringen. Liebe es, den Düften im Hafen zu folgen, zu fragen, zu berühren, zu kosten.

Interessiere mich für die neuartigen Gewürze, die von den Kreuzzügen mit in das Germanenreich und über den Seehandel bis zu uns transportiert werden. Dabei sind allerhand nützliche Dinge, Kräuter und Gewürze, die in den Gebieten im Orient wachsen und hier aufgrund von Wind und Kälte niemals gedeihen würden.

Diesen Ingwer, eine komisch anmutende Wurzel, das weiß ich, verwenden die Klostermönche seit angeblich über vierhundert Sommern nur zu gerne. Der Händler berichtete, die Mönche hätten ihm erzählt, diese Knolle könnte die Pest heilen, deshalb kauften sie nahezu alle Bestände der Seefahrer auf. Ich hätte also Glück, noch diesen Beutel zu ergattern. Es kostete eine horrende Summe. Dann muss es ein Zaubermittel sein, so hoffe ich.

Nun Ingwer, so sagte damals der Händler, soll auch gegen allerlei andere Krankheiten als die Pest helfen und ich meine, mich zu erinnern, dass es bei den Krankheiten, mit denen sich die Kinder infiziert haben, wirken kann. Also rein damit in den Bottich zum Essig. Aus dem Topfe riecht es schon so scharf, dass es einem das Wasser in die Augen treibt.

Anschließend greife ich zu einem gefetteten Holztöpfchen. Ich muss vorsichtig sein, das ist gepresster eingedickter Rettichsaft, gekocht mit Honig.

Pfui, das Zeug ist unglaublich scharf. Zwei große Löffel voll gebe ich in den Essig.

Dazu kommt nochmals unglaublich scharfes Zeug, geriebene Beißwurzel, auch die habe ich reichlich, schließlich wächst die in unserem Garten.

Eine innere Stimme, die ich als meine erkenne, flüstert mir zu: »*Senfölglykoside Sinigrin und Gluconasturtiin, Allicin, Flavone – antibiotisch* – natürlich *gegen Bakterien, versuch es, nimm ganz viel davon!*«

Boah, was war das? Woher kam das denn? Woher weiß ich das denn? Das muss ich in der anderen Zeit … achja Chemiker … ein Kichern entfleucht mir.

Besser zu viel als zu wenig, also gebe ich drei große Schöpfkellen der geraspelten Wurzel mit in den Essig. Umrühren und erwärmen, ziehen lassen, aber nicht kochen.

Das Zeug riecht fürchterlich! Mich würgt es schon beim Rühren. Knoblauch und Zwiebel!

Es schmeckt noch schlimmer, als es riecht.

Wenn es nicht hilft, zusammen mit dem hustenlösenden Kräutertee, dann weiß ich nicht mehr weiter, und das möchte ich mir zu diesem Zeitpunkt nicht eingestehen.

Ich rühre und rühre, lasse ziehen, rühre weiter und nach mehr als einer Stunde ergibt sich eine sämige Struktur, ein Dicksaft, den ich für richtig erachte. Wenn er so schmeckt, wie er riecht, mag ich mir gar nicht vorstellen, wie viele Kinder sich übergeben werden. Wieder packt mich Würgereiz, den ich jedoch erfolgreich bekämpfen kann. Ich werde vorsichtshalber einen Eimer mitnehmen.

Vielleicht ist es eine gute Idee, den Kindern gleich einen Löffel Honig in den Mund zu schieben, wenn sie das Gebräu geschluckt haben. Honig hilft gegen kratzigen Hals. So werde ich es versuchen. Angestrengt überlege ich, wie viel ich ihnen davon verabreichen sollte. Ich entscheide, je größer das Kind, desto mehr. Die Älteren erhalten drei Mal zwei Löffel am Tag, die Jüngeren drei Mal einen Löffel pro Tag, dazu eine Menge Tee. Wenn alles so ist, wie ich es mir erhoffe, sollte es schon binnen weniger Tage besser werden.

Ich bitte alle Götter um Beistand. Doch besonders denke ich an Brigit – die Muttergöttin, Göttin des Feuers, des Frühlings, der Wahrheit und der Heilung.

Brigit, Göttin der Heilung, bitte hilf mir, dass hier zu einem guten Ende zu bringen. Bitte stärke meine Kräfte, hilf mir heilen, rette die Kinder.

Ich werfe einen Scheit in das Feuer und murmel ergeben: »Brigit, Göttin des Feuers, Dir zu Ehren. Bitte hilf mir!«

Ich fülle den faulig scharf riechenden Sirup in eine große Ton-flasche ab. Die gallertartige Masse fließt mit einem widerlichen Schmatzen in den Krug. Ein Spritzer landet auf meiner Wange und ich muss hart schlucken, um dem heftigen Würgen in meiner Kehle entgegenzuwirken.

Hoffentlich geht das gut!

Ich gehe von Kind zu Kind. Reiche ein ums andere Mal einen Löffel der glibberigen Brühe. Nach einigen erfolglosen Versuchen mit sofortigem Erbrechen und Weinen der Kinder, stelle ich fest, wenn ich sofort nach dem Schlucken einen Löffel mit Honig hin-terherschiebe, bleibt die Pampe tatsächlich drinnen. Guter Plan. Die Kinder weinen, denn im gereizten Hals muss das brennen wie Feuer, eben Essig in einer offenen Wunde. Der Honig hingegen wirkt beruhigend.

Ein ums andere Kind schluckt den Sirup, behält ihn im Körper und lutscht zufrieden den Honig auf. Anschließend reichen wir, Radha immer an meiner Seite, Becher um Becher vom honiggesüß-ten Tee herum, den die Kinder dankbar annehmen und schluck-weise trinken.

Nun können wir nur noch abwarten und – ich muss schmun-zeln – Tee trinken.

Ich bin geschafft und sinke auf dem Stuhl zusammen – aus-ruhen, einfach ausruhen. Radha sitzt völlig geschafft neben mir und scheint einzunicken. So vergehen die Stunden und Tage. Immer wieder gehen wir herum, wechseln verschwitzte Hemden, trocknen die Kinder ab, decken sie zu, reichen Weidenrindentee mit Quendel und Salbei gegen Fieber und Husten, ermuntern die Kinder, viel zu trinken, leeren die Notdurfteimer. Eilieth kommt hin und wieder vorbei, nimmt die Hemden mit zum Auskochen. Darum bitte ich sie. Nur Waschen hilft nicht gegen den Schmutz aus Schweiß und Krankheit. Ich erlebe alles im Zeitraffer noch einmal, das ist mir voll bewusst und ich hoffe, ich hoffe, dass alles einen guten Verlauf nimmt!

Immer wieder reiche ich den Kindern den Tee, das Fieber sinkt und steigt immer wieder an. Ich reiche hartnäckig immer wieder den Sirup und hoffe auf Besserung. Blass, fast durchscheinend, liegen die Kinder in den Betten. Schwach, appetitlos und still. Die Kinder sind so still. Angst macht sich breit und ich rechne jede Minute damit, mich von den ersten Seelen verabschieden zu müssen, immer in der Hoffnung, meine eigenen Kinder nicht zu verlieren. Ein Schluchzer entringt sich meiner Brust, aber Schwäche kann ich mir nicht leisten.

Am vierten Tag, die Weidenrinde hat bei allen Kindern das Fieber zumindest gesenkt, höre ich die leisen schwachen Stimmen von Noirin und Caileigh, meine beiden älteren Mädchen, wie durch Watte nach mir rufen. Müde wanke ich zu ihnen hin, gefasst darauf, dass das Fieber wieder gestiegen ist. Tränen schießen in meine Augen, ich bin völlig fertig, unruhig und weiß einfach nicht mehr weiter.

Als ich ihre Betten erreiche, erschrecke ich bis ins Mark. Die Mädchen – mir stockt der Atem.

Sie sitzen offenbar fieberfrei, mit großen Augen und leicht eingefallenen Wangen in ihren Betten. Sie haben abgenommen und sind immer noch fast weiß im Gesicht durch die Krankheit. Caitlin flüstert leise in meine Richtung »Hunger Mama, ich habe Hunger«. Ein tiefempfundenes Seufzen entringt sich meiner Brust. Was für ein Glück! SIE HABEN HUNGER!

Ich sinke zu Boden, lache, weine, schluchze und lache wieder, während ich die Mädchen an mich drücke. Meine Mädchen haben es überstanden und werden leben. Jirieal, meine Jüngste, schläft noch und sieht so viel besser aus als noch gestern. Ich schwöre bei allen heiligen Göttern, das Sirupzeug schreibe ich auf, es hat geholfen, eklig, stinkig, scharf und widerlich, aber wirksam. Ich werde versuchen, es haltbar zu machen.

Schnell bringe ich beiden Mädchen nochmals von dem Sirup, den sie eher widerwillig schlucken. Rasch beschließe ich, ihnen das Zeug noch zwei weitere Tage einzuflößen. Danach reiche ich beiden Honigbrot.

Ich sehe mich vorsichtig um und mein Blick trifft auf Radha. Sie sitzt in der Ecke, ihre Schultern beben. Oh mein Gott!

Ich renne zu ihr, greife nach ihr und erkenne … Vor ihr liegt blass, fast durchsichtig der kleine Alasdair. Seine geschlossenen Lider schimmern blau und seinen kleinen Körper durchzieht keine Regung. Kein Röcheln oder Husten hebt seine Brust, ein friedlicher Gesichtsausdruck liegt auf dem schmalen Gesicht. Ich sinke auf die Knie. Er hat es nicht geschafft, sein Körper war zu schwach, das Fieber zu hoch, die Infektion zu groß.

Tränen überströmen meine Wangen, ich nehme Radha in den Arm, gemeinsam weinen wir um den kleinen zarten Jungen. Ein Opfer! Ein Opfer ist bereits zu viel. Furchtbar.

Ich hatte gehofft, die Hälfte durchzubringen, nur ein Opfer ist in diesem Sinne ein großartiger Erfolg und doch weint mein Herz um einen kleinen Jungen, dessen Lachen nie wieder über den Strand von Nairn klingen wird. Ich weiß nicht, was ich fühle, es ist fast wie schweben, so unwirklich. Radha flitzt durch die Reihen, verteilt wieder den Sirup und anschließend Brote. Sie lüftet kurz durch, lässt die kalte, frische Winterluft herein. Sobald die Fensterläden wieder geschlossen sind, Wärme wieder durch den Raum zieht, wechselt sie die Tücher von den Betten und die Hemden der Kinder.

Ich stehe einfach da, bin perplex, geschafft und unheimlich glücklich sowie furchtbar traurig. So viele Gefühle, alle im Wechsel. Alles beginnt sich zu drehen, ich sinke zu Boden und …

»Kendra, wachen Sie auf! Verdammt, Kendra wachen Sie endlich auf, Sie weinen, was ist passiert? Kendra aufwachen.«

Doktor Waller rüttelte an Kendra immer wieder und hoffte, sie bald aus der Trance zurückgeholt zu haben.

Nachdem Kendra die Augen aufschlug und Erleichterung die Herren erfasste, begannen die Fragen, wurde Kendras Gemurmel von »Spitzwegerich und Meerrettich gehobelt« ausgewertet, besprochen und ein ums andere Mal murmelte Paul etwas von Hustenepidemie.

Kendra hatte großes Unheil, den Tod vieler Kinder abgewendet. Ein Strahlen erfasste Kendras Gesicht, selbst wenn die Erschöpfung beinahe so groß zu sein schien, als hätte sie tatsächlich unmittelbar tagelang gegen Fieber und Husten gekämpft. Ein unbändiger Stolz erfasste sie und gleichzeitig eine große Trauer um Alasdair. Sie beschloss, mehr zu lesen, mehr zu erfassen über Heilmethoden und Möglichkeiten. Wer würde jemals wissen, wozu es einmal nützlich werden könnte. Nie wieder wollte sie auch nur ein Kind sterben sehen.

Die Ärzte berieten, diskutierten tagelang. Kendra dachte ebenfalls nach, telefonierte mit den Herren und hörte lächelnd die Entscheidungen. Könnte man ihr in den nächsten Tagen noch eine Trance zumuten und würde es Aufklärung bringen? Was galt es noch herauszufinden? Sie war gespannt.

Klar war, es musste sein, es musste so lange sein, bis alle Fragen geklärt wären, bis ganz eindeutig auf der Hand lag, weshalb sie so gestraft war, oder sollte man besser gestraft durch begnadet ersetzen? Es wurde immer klarer, dass die Fähigkeiten und das Wissen Kendras einen entscheidenden Grund lieferten, warum diese Seele wohl regel- und systemlos aus dem aktuellen Leben auf ein vorangegangenes zugreifen kann, ohne das Wissen zu verlieren.

Es musste Gründe geben, warum es Kendra unbewusst möglich war, die Raumtemperatur zu beeinflussen.

Es tauchten Fragen über Fragen auf. Fragen, auf die man keine Antwort fand, die die Ärzte und auch Kendra mehr und mehr verunsicherten. Dennoch ließen sie sich nicht beirren. Es brannte ihnen heiß unter den Nägeln, welche Rolle Ronan oder auch Paul in diesem Leben spielten. Warum war er der einzige Mensch, den Kendra erkannt hatte, in diesem und in dem vorherigen Leben?

Welche Bedeutung spielten das Herz und die Liebe für die Anziehung zwischen den Seelen?

Vielleicht, nur vielleicht wäre es möglich, eine Doppeltrance für Paul und Kendra zu initiieren, so überlegte Steffen Waller still. *Vielleicht waren Antworten gar nicht so fern, wie gedacht, wenn zwei Beteiligte berichten würden.*

Er besprach diese Gedanken mit beiden, jedes Für und Wider wurde in einer Liste niedergeschrieben. Alles wurde gemeinsam diskutiert und man kam zum Ergebnis, dass es sinnvoll wäre, Kendra und Paul, der offensichtlich Kendras vorheriges Leben geteilt hatte, die Möglichkeit zu geben, nach Schottland zurückzukehren.

Steffen Waller verspürte einiges Unwohlsein, zwei Trancen zu überwachen, er schwor sich jedoch durch das Berühren der Schultern, beide aus der Trance zu reißen, wenn es gefährlich oder wunderlich wurde. Der Rückruf an Ort und Zeit dieser Praxis wurde vereinbart und beide, Kendra und Paul sollten sich Gedanken machen, welche Fragen sie in der Vergangenheit stellen wollten.

»Zwanzig, neunzehn, achtzehn, siebzehn…«

Ich sehe auf und liege auf einer wunderschönen Sommerwiese. Die Luft ist klar, in der Ferne rauscht das Meer, Schafe blöken und ich bin glücklich. Es ist warm und still und sofort kommt mir wieder mein Gedanke – ich bin zu Hause.

Hey, wo ist Paul? Sollte er nicht ebenso in Trance sein? Sollte er nicht als mein Ronan mitreisen in die Welt vor rund achthundert Jahren? Diese kleinen Gedanken durchstreifen mich, allerdings ohne mich tiefgründig zu beunruhigen. Vielleicht hat es bei ihm nicht geklappt oder er ist in seiner eigenen Welt oder früheren Identität abgetaucht – wer weiß?

Ein kleines Seufzen entringt sich mir und fast zeitgleich spüre ich, dass meine Hand genommen und gestreichelt wird.

Ohne den Kopf zu drehen, vernehme ich die Stimme, auf die ich insgeheim gehofft hatte.

»Arathea, es ist wunderschön hier, wie ich das vermisst habe, wie ich dich vermisst habe.«

Ich lächle, Ronan, mein Ronan.

Offenbar haben unsere Seelen einen gemeinsamen Weg gefunden. Wie weiß ich nicht, das ist aber auch nicht wichtig. Ich sehe zur Seite, er sitzt neben mir, genauso, wie ich ihn zum ersten Mal sah. Groß, wild, mit Zöpfen, in Kilt und über der Schulter der breite Ledergurt, mit dem hinten der Bogen befestigt ist. Die Haare sind braun, die Augen ebenfalls und sie haben die bekannten, goldgelben Sprenkel. Wir scheinen beide um die vierzig Sommer alt zu sein. Eine große Herzenswärme strahlt zu mir herüber. Ich bin glücklich, einfach glücklich.

Gemeinsam überlegen wir, ins Dorf zu gehen und uns umzuhören, wen wir befragen können, wo Antworten zu erwarten sind. Ronan beschließt, mit den Kriegern zu reden, ich werde die Frauen des Dorfes befragen, ohne zu viel von mir preiszugeben, vielleicht ohne zu erkennen zu geben, dass ich wieder »anders« bin.

Ronan will mit Ragnar, mit Rogan und mit einigen anderen Freunden und Kriegern sprechen.

Ich schlendere entspannt durchs Dorf, möchte mit Radha, Eilieth und Rautgundis reden, hoffe, Antworten zu finden, die ich bisher übersehen habe.

Plötzlich erkenne ich Kensi, die mit wehenden Haaren auf mich zueilt. Sie keucht und ehe ich es mich versehe, zieht sie an meinem Arm und bugsiert mich zu ihrer Hütte. Ihr Mund steht nicht still, sie redet auf mich ein. Die rumpelnde, harte Sprache verstehe ich und doch fällt es mir schwer, herauszufinden, was genau passiert ist. Denn dass sie etwas in fürchterliche Aufregung versetzt hat, ist unschwer zu erkennen.

Ich betrete ihre Hütte und da wird mir schon bewusst, was los ist. Aaryn sitzt, grün-grau und fahl im Gesicht, leidend auf einem Eimer und hat eine Schüssel in der Hand. Er sieht nicht gut aus und plätschernde, gurgelnde Geräusche in seinem Bauch und im Eimer lassen nicht lange im Geheimen, was ich hier vor mir habe.

Der vermaledeite Bengel hat entweder eine Vergiftung oder sich was eingefangen. Ich muss unwillkürlich schmunzeln, wie er da so grünlich sitzt und es fröhlich aus ihm herausblubbert.

Obwohl es nicht zum Lachen ist, entwischt mir ein Kichern. Dieses treibt mir allerdings der üble Geruch schnell wieder aus. Es riecht süßlich. Nach Verwesung und Tod, ein wenig nach Alkohol und irgendwie faul. Mir ist sofort klar, eine Magenverstimmung aufgrund schlechten Fleischs riecht völlig anders.

»Verdammt, Aaryn, was ist es diesmal, was hast du gegessen und vor allem wann?«, frage ich ihn grinsend.

Er grummelt und lässt mich deutlich wissen, dass er das gar nicht witzig findet.

»Es waren nur ein, zwei wenige Beeren, die roten an dem Busch vorn im Wald, aber die waren nicht lecker, die schmeckten nicht, daher habe ich nur ein paar wenige gegessen.«

Er wird rot und senkt den Blick, während es schon wieder übelriechend aus ihm herausplätschert.

Mich erfasst ein tiefes Grinsen, dieser Bengel, er macht seit seiner komplizierten Geburt Stress. Mal sind es kaputte Knie, mal sind es Splitter im Hintern, mal sind es Verbrennungen, weil er in der Schmiede unbedingt helfen wollte.

Er zieht Verletzungen magisch an. Und nun futtert er auch noch irgendwelche Beeren, die er nicht kennt. Aber irgendwie mag ich ihn, er ist niedlich und lieb, hilfsbereit und stark, er wird ein fantastischer Krieger werden.

Ich lasse mir genau beschreiben, wie die Beeren aussahen und schmeckten, die er gegessen hat und mir wird schnell klar, der Bengel hat an der *Roten Heckenkirsche* genascht. »Herrje, das Zeug ist hochgiftig«, entfleucht es mir.

»Aaryn, wie viele Beeren genau, Aaryn sag die Wahrheit, ich werde auch weder schimpfen noch lachen, aber es ist wichtig«, erkläre ich ihm.

»Nur vier, die waren eklig, aber ich hatte schon wieder Hunger«, flüstert er.

»Er futtert ständig und wächst so schnell, wird wohl seinen Vater bald einholen«, seufzt Kensi unterdessen.

Ich kann das Mutterherz jedoch beruhigen, das ist normal, er ist vierzehn Sommer alt, er wird zum Mann und die können aus unerfindlichen Gründen unerklärliche Mengen Essen verdrücken und halten zudem recht wenig von Gemüse und Brot. Fleisch soll es sein.

»Allerdings mein kleiner Held, sich alles in den Mund zu stecken, was man findet«, so erkläre ich, »ist keine so gute Idee.«

»Die Beeren sind wirklich giftig«, ich richte mich auf, und sehe Aaryn direkt in die Augen.

»Du hast zum Glück nur wenige davon gegessen und spürst nun schon die Wirkung so heftig, dass es dich fast umhaut. Hättest du mehr verdrückt, könntest du sterben. So werden der Durchfall und die Übelkeit binnen eines Tages nachlassen, das verspreche ich.«

Gleich darauf drehe ich mich erneut zu Kensi.

»Komm nachher kurz zu meiner Hütte, ich gebe dir getrocknete Heidelbeeren, die helfen gegen den Durchfall und das Bauchblubbern. Und was ihr vielleicht gegen seinen permanenten Hunger tun könntet, ohne dass ihr verarmt, ist Trockenfleisch, das sättigt ungemein und lange. Es enthält viele wichtige Stoffe für seine Muskeln. Die Menschen auf den Schiffen essen so was oft, schmeckt wohl ganz gut. Ich sag Dir nachher, wie Du das herstellen kannst. Mach bloß viel davon, es wird schwierig, ihn im Winter sattzubekommen. Er futtert Euch die Haare vom Kopf. Ich sag nachher Ronan, er soll Euch einen Hirsch oder ein Schwein schießen.«

Kensi lächelt mich dankbar an und verspricht, die Heidelbeeren zu holen.

Ich drehe mich derweil nochmals zu Aaryn und ermahne ihn eindringlich, niemals alles in den Mund zu stecken, nur weil es essbar aussieht. Schließlich ist er kein Baby mehr. Als ich sehe, wie er nickt, denke ich, er wird eine Lehre draus ziehen.

Lächelnd verlasse ich die Hütte, während ich höre, wie Aaryn sich erneut in den Eimer entleert. Ohhh, er wird es sich merken. Ein herzhaftes Lachen entkommt mir.

»Ohhh, dieser Bengel«.

Ich schlendere über den Dorfplatz, grüße hier, schwatze da und merke, wie ich an der Schulter berührt werde und aus meiner Trance geleitet werde.

Als ich die Augen aufschlage, erschrecke ich.

Warum holt man mich zurück? Es ist doch nichts Schlimmes passiert.

RONAN UND CHAR

D r. Waller schaute Kendra an und zeigte, ohne ein Wort zu verlieren, erschrocken auf Paul, der wie ein Häufchen Elend auf seiner Liege saß, zitterte und aussah, als hätte er ein Gespenst gesehen.

Was war passiert? Kendra blickte zwischen Paul und Dr. Waller hin und her, erkannte sofort, dass ihre Erzählung hier nicht wichtig war. Paul war wichtig.

Dieser war völlig durcheinander, ja tief verstört.

»Paul, was ist in deiner Trance geschehen?«, flüsterte Steffen fragend und sah bestürzt auf seinen Freund und Kollegen.

Pauls Gesicht schien zur Maske erstarrt, er bebte so fürchterlich, dass Kendra aufsprang, eine Decke griff und Paul fest darin einwickelte, ihn im Arm hielt. Er machte in diesem Moment den Eindruck, er würde in seine Einzelteile zerfallen und nur Kendra könne in zusammenhalten. Tief innen drin ahnte sie, was geschehen war …

»Ich ging, wie mit Arathea verabredet, um mit den Männern zu reden, über das, was sie wussten, in Richtung der Werkstätten. Ich sprach mit Rogan dem Schmied und auch mit Ragnar über dies und das.«, wisperte Paul leise, einem Windhauch gleich.

Wie selbstverständlich verwendete Paul alle Namen, die auch Kendra im Kopf hatte und genau zuordnen konnte. Er war also tatsächlich in der Zeit vor rund achthundert Jahren an ihrer Seite gewesen. Klarer konnte das Bild dazu gar nicht werden.

»Zuerst passierte nichts Aufregendes und ich wollte meine Schritte schon ins Dorf zurücklenken«, sprach Paul weiter. Er knetete seine Hände, war unruhig und blickte sich um, als würde er verfolgt werden. Es musste ihm Schlimmes oder extrem Verwirrendes widerfahren sein.

Er hatte Angst, das war ihm deutlich anzusehen.

»Nachdem ich bei Rogan und Ragnar fertig war, ging ich noch auf einen Sprung zum Bogenmeister. Ihr wisst schon, der, der immer die Bögen schnitzt und bespannt für die Jagdpfeile.«

Kendra nickte bestätigend und formte leise mit den Lippen das Wort »Char«.

Ein ganz sanftes feines Schmunzeln zupfte an ihren Mundwinkeln, war ihr doch in diesem Moment absolut sonnenklar, was geschehen war. Die Spannung fiel von ihr ab.

Doktor Waller nickte.

»Okay, Bogenmeister, Char, na und weiter? Das ist kein Grund für eine derartige Verstörtheit.«, polterte er laut in den Raum.

Psychotherapeut pffff, dachte Kendra, *eher Elefant im Porzellanladen ...*

Kendras Blick und eine beschwichtigende Geste der Hände zeigten Waller, dass es etwas Besonderes mit diesem Char auf sich haben musste, dass er vorsichtig und behutsam mit Paul umgehen musste.

»Also, ich ging zu Char, man konnte ja mal nach einem neuen Bogen Ausschau halten«, flüsterte Paul weiter. »Char sprach mit mir über einen neuen Langbogen zur Hirschjagd und sah mich dabei groß an. Seine Augen waren so grün, wie die Wälder im Sommer, sein Haar hell wie die Sommersonne und seine Nase voll mit diesen süßen Pünktchen.«

Ein tiefes Räuspern von Dr. Waller erfüllte den Raum, die Stirn gerunzelt, sah er zu Kendra. Diese gluckste ganz leise. Sie schien zu verstehen, er hingegen nicht. Wie lange kannte er Paul jetzt? Anscheinend nicht lange genug.

»Süße Pünktchen?«, fragte Steffen seinen Freund Paul, wieder ein wenig zu laut, während seine Augenbrauen fast unter den Haaransatz wanderten. Paul nahm schlagartig die Farbe einer reifen Tomate an, zuckte zusammen und nickte.

»Ich versteh es doch auch nicht, Char kam auf mich zu, sah mich mit diesen unglaublichen Augen an und …«

Paul strich sich mit der Hand über die Lider und saß ganz still. Lediglich ein leichtes Beben seiner Schultern zeugte von seinem inneren Kampf, seiner Verwirrung.

Kendra kicherte und fragte dann genauer nach.

»Paul, was passierte dann? Beschreib einfach deine Gefühle, was ging dir durch den Kopf? Ich kenne deine Verunsicherung und ich kenne Char, den Bogenmeister. Bitte sag uns, was in dir vorging und noch vorgeht. Es ist niemand hier außer uns.«

Paul sah auf, blickte Kendra tief in die Augen.

»Du weißt es, oder?«, hakte er nach.

Kendra nickte sanft und verstehend, nahm ihn wortlos fester in den Arm.

Wer nicht verstand, war Doktor Steffen Waller, den allmählich die Angst packte. Was war hier passiert, warum war Paul so durcheinander und was hatte dieser Char damit zu tun? All das musste dringend aufgeklärt werden.

Er räusperte sich vernehmlich.

Paul sah auf: »Char kam auf mich zu, sah mich an, die Augen allein raubten mir den Atem. Sprachlos, bewegungslos stand ich da und … Mensch Steffen, ich verlor völlig die Fassung. Das ist mir noch nie passiert. Ich war wie eingefroren. Dieser Mann, dieser unglaublich süße Mann, kleiner als ich und doch so stark, so vertraut und er duftete so gut!« Pauls Blick schien direkt in die Vergangenheit zu sehen. »Ich kannte ihn, erkannte ihn, seine Seele. Er war mein Mann, *mo chridhe, mo bheatha.* Und Char nickte nur verstehend und grinste. Ich glaube, er wusste von deinen Visionen, Kendra, oder besser von Arathea, und vermutete das nun auch von mir!«

Paul sah Kendra um Erklärung heischend an, doch sie zuckte lediglich mit den Schultern und nickte sanft.

»Char«, raunte Paul leise, drehte sich dabei direkt zu Steffen und sah ihm in die Augen, »wusstet ihr eigentlich, dass Char keltisch ist und Geliebter bedeutet?«

Steffen war durcheinander, brachte nur ein Kopfschütteln zustande.

»Jedenfalls sah Char mich an, so voller Liebe, Vertrauen, Wärme, Güte. Er hatte eine solche Anziehungskraft, eine solche Macht über mich, über meinen Körper, meine Seele, ich konnte nicht anders, als ihn an mich zu ziehen und zu küssen.«

Wie ein Wispern drangen diese Worte über Pauls Lippen.

»Ich küsste ihn, wie ich noch niemanden vorher geküsst hatte, als ginge es um mein Leben. Und statt mit einer Ohrfeige zu antworten, zog mich Char weiter an sich und küsste mich zurück und flüsterte immer wieder ein »*Tha mi gad ghràdh*« in mein Ohr. »*Tha mi gad ionndrainn*« und ich erwiderte dieselben Worte!«

Paul, dessen Augen eben noch voller Liebe beim Gedanken an Char gestrahlt hatten, zeigten nun eine derartige Traurigkeit, dass es Kendras Herz zusammenzog.

»Paul, was hast du empfunden?«

Kendra streichelte sanft seine Tränen von seinen Wangen.

»Liebe«, drang es ganz zart aus Pauls Mund, »Liebe und …«, er sah Kendra so verständnisvoll an, dass diese schlucken musste, »… und zu Hause!«

»Aber das geht doch nicht«, fuhr er gleich darauf lauter fort. »Ich war ein Krieger, ein Jäger, ein großer stolzer Mann, ich kann doch nicht schwul gewesen sein, oder? Und wie ist es uns ergangen? Was ist passiert? Durfte ich Char auf diese Weise lieben? Offensichtlich begehrte er mich, denn ich sah ebenfalls ausschließlich reine Liebe in seinen Augen. Was dachten die anderen Krieger? Wurden wir verstoßen oder konnten wir die Liebe geheim halten?«

Er regte sich immer mehr auf, seine Worte hallten immer lauter durch die Praxis. Er fuchtelte sich aus seiner Decke, sprang auf und lief in der Praxis hin und her.

»Oh Gott«, schnaufte Paul, »Ich war schwul.«

Kendra konnte sich ein Kichern nicht verkneifen.

»Paul ganz ruhig«, grinste sie und strich sanft über seinen Arm.

»Ja, du bist«, sie räusperte sich schnell, »warst schwul und es war nichts Schlimmes. Char und du, soweit ich das bisher gesehen und erlebt habe, habt ihr euch nie versteckt, seid immer offen miteinander und eurer Liebe umgegangen. Ihr habt euch ebenso geküsst, wie Aric und ich es taten und niemand, wirklich niemand nahm daran Anstoß oder verurteilte euch deswegen.«

Plötzlich jedoch lächelte sie Paul schelmisch an. Sie hob verschmitzt die Augenbrauen.

»Es gab eine Ausnahme – da gab es Gemurre. Als es ums Blütenspringen ging – da müssen die Frauen zur Sommersonnenwendfeier für ihre Liebsten über ein Blumenmeer springen – und da wollte Char für dich springen und ganz ehrlich, das war unfair, er war viel stärker und konnte viel weiter springen als wir Frauen.« Kendra lachte plötzlich aus vollem Halse, sie erinnerte sich daran, als wäre es gestern gewesen.

Drangen nun auch noch kleine Erinnerungen aus der Zeit vor achthundert Jahren in ihr Gedächtnis oder hatte sie es während einer Trance gesehen und sich deswegen erinnert? Nun, das tat jetzt nichts zur Sache. Zuerst galt es, Paul zu beruhigen, dass Homosexualität nicht annähernd so verpönt gewesen war, wie es in der heutigen Zeit der Fall zu sein scheint.

»Paul«, Kendra sprach nun wieder leise und ganz liebevoll, »man nannte euch *daoine gaolach* – liebende Männer – und das war sehr respektvoll. Ihr wart etwas ganz Wundervolles, etwas Besonderes, von unglaublicher Kraft und Stärke, so voller Liebe und Respekt füreinander!« Kendra flüsterte nun fast. »Ihr habt geholfen, wenn es Probleme gab, habt Kinder in Pflege genommen, wenn es den Eltern schlecht ging, Char war der beste Bogenmeister, den es je gab und du ein angesehener Krieger und Jäger. Eure Liebe war stark und rein!«

Kendra seufzte kellertief und fuhr gerührt fort: »Die Umstände damals konnte man keinesfalls mit den heutigen vergleichen. Homosexualität wurde nicht als schlecht angesehen, nicht einmal überhaupt bewertet. Es war Liebe. Es spielte in unserem Dorf, unserer Gemeinschaft keine Rolle. Unsere Göttin Brigit verlangte immer, dass man an allen Wesen und in allen Belangen so handeln solle, wie Du an Dir gehandelt haben möchtest.

Frag mich nicht, woher ich das jetzt weiß, es ist so.

Der Umgang damals war liebevoll, respektvoll und natürlich gegenüber allen Menschen, Tieren und Pflanzen.«

Paul und Steffen staunten nur noch mit offenen Mündern über diesen Enthusiasmus.

Kendra hatte Recht, er war ihr Bruder, warum sollte sie ihn verurteilen, nur weil er liebte? Pauls Überlegungen nahmen plötzlich eine ganz neue Wendung.

Er wurde blass und unruhig. Kendra bemerkte es sofort und sah ihn groß und fragend an.

»Kendra, dein kleiner Versprecher, dass ich nicht schwul war, sondern bin, das war kein Versprecher, oder? Denkst du das von mir? Ich bin völlig verwirrt, muss nachdenken, vielleicht ist das der Grund, warum ich bisher keine Frau an mich ranlassen konnte und nicht nur mein Beruf, auf den ich das bisher geschoben habe. Ich dachte, ich kann nicht lieben, habe die richtige Frau noch nicht getroffen. Auf die Idee, es könnte ein Mann sein ...«, er räusperte sich. »Dabei suche ich vielleicht unbewusst nur nach der einen Seele, vielleicht dem Einen?«

Ganz leise und unsicher, mit einem angstvollen Blick auf seinen Studienfreund, lehnte sich Paul zurück und murmelte kaum hörbar mit unterdrückten Tränen in der Stimme weiter: »Das wirft mein ganzes Leben durcheinander, ich will doch dir helfen Kendra, und nun füllst du die Lücken in meinem Herzen und meiner Seele.«

Nun tropften einzelne Tränen auf seine knetenden Hände. »Danke Kendra.«

Doktor Waller und auch Kendra erkannten, dass es Zeit war, zu gehen. Paul musste verarbeiten, was geschehen war, das Erkennen, Wiederfinden und sofortige Verschwinden seiner großen Seelenliebe.

Kendra wusste genau, wie es ihm ging, sie erinnerte sich lebhaft an die innere Zerrissenheit und Verstörung, den unglaublichen

Schmerz ihrer Seele, als sie Aric zum ersten Mal wiedersah und gleich darauf schon verlassen musste. Sie küsste Paul, der für sie längst der Bruder war, nicht mehr der Doktor, auf die Stirn und verließ leise seufzend mit Steffen Waller den Raum.

Wie sollte es nun weitergehen? Sollte man abbrechen, alles infrage stellen? Sollte man Ruhe einkehren lassen? Wären Kendras Träume vorbei? Könnte man so jemals in Frieden leben?

Steffen Waller und Kendra unterhielten sich noch eine Weile im Nebenzimmer und beschlossen erst mal, wieder einzeln vorzugehen. Die Fragen würden sich nicht so einfach klären lassen und Kendra konnte nicht glauben, dass sich alles in Wohlgefallen auflösen würde. Die Zusammenhänge waren unklar, es würde weitergehen mit den Träumen und sie würden schlimmer werden, mehr Tod und Verderben beinhalten. Dessen war sich Kendra sicher. Und doch würde man Paul im Moment nicht zeitgleich in Trance schicken wollen. Er würde so viel zu verarbeiten haben, dass eine Trance bei ihm ebenfalls nicht ausreichen würde, um aufzuarbeiten, welche Aufgaben, Wünsche, Schmerzen seine Seele hatte. Zunächst war jedoch Kendra die Hauptperson und vielleicht lichtete sich so auch irgendwann das Dunkel um Paul.

Kendra ging nach Hause, wollte über sich, über das Leben davor, über ihre Familie und ihren Mann nachdenken. Was verband sie so sehr mit dem Leben in Nairn, was hielt sie in diesem Leben?

Liebte sie ihre Kinder hier genauso wie in Nairn oder gab es Unterschiede? Noch während sie den Gedanken zu Ende spann, überkam sie ein heftiges Schütteln.

Was für eine Frage! Natürlich liebte sie ihre drei Töchter unglaublich, genau wie damals. Da gab es keinen Unterschied, dessen war sie sich hundertprozentig sicher.

Doch was machte das Leben hier lebenswert, was machte es damals sinnvoll? Fragen, für die sich keine Antwort fand.

Die Trancen schienen zunächst zwar zu erklären, aber nicht völlig aufzuklären, was Kendra für einen entscheidenden Unterschied hielt. Nun, in diesem Leben hatte sie ihren Bruder von damals wiedergefunden. Doch wo waren die anderen Personen aus der damaligen Zeit? Ragnar und Eilieth schien sie in Maik und Marie gefunden zu haben, das sollte sie noch mal erforschen. Die grau-blauen Augen waren Hinweis genug.

Aber wo war Aric, wo ihre Töchter, wo waren ihre Freunde Radha und auch Rogan?

Reinkarnierten alle Seelen, wenn ja in welchem Zeitraum und warum? Was sollte sie tun oder hatte sie es gar schon getan? Sie wusste keine Antwort.

FAMILIE

Mehrere Tage waren seit der letzten Trance mit Paul alias Ronan ins Land gegangen. Sie hatten telefoniert und besprochen, wenigstens eine Woche verstreichen zu lassen, damit jeder zu sich finden konnte.

Kendra blieb unruhig, die Träume drehten sich mehr oder weniger um Wiederholungen der Trancen, die sie bereits erlebt hatte. Doch auch einige unbedeutsame Episoden waren dabei mit Tanz und Feuer, mit Feiern und Freuden.

Was blieb, waren die erschreckenden Szenen des Angriffs einer Kriegerflotte, der Tod vieler ihrer Freunde und das Alleinsein mit Ragnar. All das machte ihr ziemlich zu schaffen.

Dennoch beschloss sie, endlich zu sich zu kommen und wieder eine aufmerksamere Hausfrau und Mutter zu sein. Ihre Kinder brauchten sie, ihr Mann brauchte sie. Dieser Mann, Anton, brauchte sie, nicht Aric, der war tot, das wusste sie mit einer Bestimmtheit im Herzen, die sie seufzen ließ.

Die kleine Anna, ihre jüngste Tochter, kam auffallend oft kuscheln, aß zuweilen schlecht und schlief unruhig. Kendra machte sich große Sorgen, sie vernachlässigt zu haben, und gelobte Besserung. Nur in den Trancen eine gute Mutter zu sein, ging gegen ihre Ehre. Sie kuschelte und herzte ihre Familie ganz bewusst wieder tagtäglich und bestand darauf, Kino und Schwimmbad aufzusuchen. Die Stimmung wurde von Tag zu Tag besser, doch ihre schlimmen Träume blieben. Sie versuchte alles, um es vor Anton und den Kindern geheim zu halten.

An einem Samstag, es war etwa zwei Uhr in der Früh, gellte

ein lauter Schrei durch das Haus. Eine Kinderstimme. Anton und Kendra sprangen auf die Füße, denn es war definitiv ihre Jüngste, die geschrien hatte. Beide Eltern stürmten ins Kinderzimmer.

Anna, acht Jahre jung, saß mit schreckweiten Augen auf ihrem Bett und war völlig erstarrt.

Sie reagierte weder auf Berührungen noch auf Ansprache, zitterte und sah mit leeren Augen in die Dunkelheit. Ob das ein Nachtschreck war? Das befiel zuweilen kleinere Kinder. Diese waren dabei nicht wach und meist war es nur ein kurzer Spuk. Doch hier schien es anders. Das Schreien und das bewegungslose Sitzen im Bett waren anders, als Kendra es aus frühester Kinderzeit ihrer Mädchen kannte.

Es glich eher … Kendra schauderte …

Was ging in dem Kind vor? Ein Gedanke durchzog Kendra wie ein eisiger Pfeil. Sollte ihre Tochter ebensolche Flashbacks haben wie sie? Sollte sie Erinnerungen an ein Leben vor langer, sehr langer Zeit haben? Das wäre furchtbar, es drängte also immer mehr, eine Klärung der Situation herbeizuführen.

Anna legte sich wieder nieder und schlief augenblicklich erneut ein, ohne einen Ton zu sagen. Kendra beschloss, der Sache am nächsten Morgen auf den Grund zu gehen.

»Anna, Schätzchen, was war heute Nacht mit dir los? Du hast geschrien, du hast geweint und geträumt. Was hat dich so verunsichert?«, fragte sie ihre Tochter beim Frühstück.

Die Kleine erzählte ihrer Mutter von einem bösen Traum.

»Husten Mama, sooo böser Husten, ich bekam keine Luft mehr, meine Brust und der Bauch taten so weh, einmal habe ich sogar ins Bett gemacht, so habe ich gehustet. Und ich habe soooo gefroren, es war so kalt und ich habe trotzdem geschwitzt wie verrückt. Du warst bei mir, immer. Aber ich musste ein so ekelhaftes Zeug trinken, das du mir gegeben hast, ich musste brechen Mama. Das war ganz furchtbar.«

Annas kleine, zarte Stimme brach und ein Würgen schüttelte ihren kleinen Körper.

»Und trotzdem musste ich das trinken, immer wieder, Mann oh Mann, das war aber sooo eklig sauer und scharf und iiiigitt. Mama, tu das nie wieder. Ich möchte das nicht wieder schlucken müssen.« Kendra blinzelte, schüttelte den Kopf und fragte weiter.

»Anna, wie sah denn die Mama aus in deinem Traum?«

Ihre Tochter lächelte.

»Mama, na so wie immer in meinem Traum, du kannst ja Fragen stellen.«

Altklug blickte sie mit ihren blauen Augen in die Welt.

»Du hattest so schöne lange Haare, golden wie eine Wiese oben in den Bergen im Sommer. Und Mama, ein wunderschönes dunkelrotes Kleid hast du immer an, wenn ich träume, das geht bis auf den Boden und hat so einen breiten, ganz festen Ledergürtel. Da hängen dann immer so komische Sachen dran, ein Messer und so ein kleines, wie heißt das? Hackebeil?« Der Schalk blitzte aus Annas Augen.

Kendra stutzte.

»Du meinst eine Axt? Und sag mal, hatte ich auch irgendwie Beutelchen am Gürtel, aus denen es nach Tee duftete?«

Anna grinste.

»Axt, Mama! Ja, so heißt das Ding, damit zerhaust du immer diese komischen Weidenäste, du hast gesagt, ich soll darauf herumkauen, das ist aber gar nicht lecker. Aber immer muss ich das, wenn ich krank bin. Und du hast nicht nur Kräutersäckchen am Gürtel, sondern in einem auch immer diese leckeren Honiglutscherlis.«

Heftig nickte das Kind und verdrehte genüsslich die Augen »Und Mama, das Kleid und die langen Haare stehen dir viel besser als die kurzen Strubbelhaare und die Hosen. Das Kleid solltest du wieder anziehen. Ach ja, und Tante Radha war auch da, aber mal ehrlich, die hatte auch diese saure Pampe und wenn du mir das nicht gegeben hast, dann wars Tante Radha. Boah, ihr seid so eklig, aber der Honig hinterher, der war lecker. Mama, kann ich mal wieder Honig schleckern?« Große Kinderaugen blitzten sie an.

Kendra war geschockt. Tante Radha? In diesem Leben gab es keine Tante Radha. Saures Zeug? Husten? Kendra schüttelte immer und immer wieder ungläubig den Kopf. Lange, blonde Haare, statt roter, kurzer Haare. Kleider statt Hosen?

Oh mein Gott. Kendra schnaufte tief durch. Allerdings schien es Annas einziges Problem zu sein, dass es so ekliges Zeug gab, sie es trinken musste. Sie machte in diesem wachen Zustand absolut keinen verstörten Eindruck oder schien irritiert. Auch Angst zeigte Anna nicht. Kendra beruhigte sich etwas und beschloss, Näheres zu erfragen.

»Anna, Kleines, was träumst du denn noch so? Kannst du dich an mehr erinnern?«

Anna sah sie mit einem Feixen an und begann zu berichten.

»Mama, du nanntest mich immer Jirieal.«

Kendra erblasste schlagartig, denn Anna sprach den Namen mit der richtigen Betonung korrekt aus, was sehr schwer war, denn es handelte sich um einen gälischen Namen.

»Aber ich heiße Anna, das habe ich dir aber auch gesagt im Traum, da gucktest du immer ganz komisch. War das mein früherer Name?«

Kendra schluckte und nickte kurz. Anna plapperte jedoch bereits fröhlich weiter.

»Mama, das klang gut, warum heiß ich nicht mehr so? Und wo ist das Meer? Wir fahren doch wieder ans Meer, ja?«

Kendra versuchte krampfhaft, ihre Tränen zurückzuhalten. Das Meer – oh sie vermisste das Rauschen der Wellen an der schottischen Küste, ihr fehlte der Geruch nach Salz und Tang, sie wollte so gern mal wieder den Sand und die Steinchen unter ihren Füßen spüren. Ja, sie würden bald wieder ans Meer fahren. Vielleicht sogar im nächsten Sommer – nach Schottland – nach Hause. Eine tiefe Sehnsucht erfasste ihr Herz.

Nach Hause! Kendra wollte versuchen, Anton davon zu überzeugen.

»Mama, weißt du, der Aaryn, der ist schon ein komischer Junge oder? Der fängt mir im Traum immer die Mäuse weg. Letztens wollte er ernsthaft eine lebende Maus essen! Uaaah, das war eklig. Wann seh ich Aaryn wieder, Mama?

Und Onkel Ronan und Onkel Char, sag mal, wo sind die denn

hin? Die haben mir einen Bogen gebastelt und Onkel Ronan will mir das Schießen beibringen. Mama, kann ich dann einen Hasen schießen, den du mir brätst? Ganz für mich allein? Ich mag Fleisch und so knusprig mit diesen Kräutlein musst du ihn machen. Dann dürfen aber Caitlin und Noirin mir nichts weg-essen, ja? Und Mama weißt du, wenn der Papa fertig ist, mit den Jungs das Kämpfen zu üben, kann er mir dann auch zeigen, wie man kämpft? Das große Schwert ist immer so schwer, das schaff ich noch gar nicht richtig zu schwingen. Meinst du, ich kann das irgendwann genauso gut heben wie Aaryn?«

Vertrauensvoll heischte das Kind um Zustimmung. Tiefe, reine Liebe erfasste Kendras Herz.

Die Stimme der Kleinen überschlug sich fast vor Aufregung und ihre Augen glitzerten, während sie mit einer Inbrunst, einem Enthusiasmus berichtete, was sie träumte.

Sie schien die Realität, also ihr Leben hier tatsächlich komplett mit ihrem Leben damals zu verknüpfen, ohne dabei ihre kindliche Leichtigkeit zu verlieren und irritiert zu wirken. Sie nahm an, dass es zusammengehörte, sie erkannte es nicht vollständig als Traum, sondern nahm lediglich wahr, dass sich einiges verändert hatte und das einige geliebte Personen fehlten. Aber es schien sie nicht zu be-trüben. Wusste sie mehr als Kendra? Die Kleine nahm alles so leicht hin, zerdachte es nicht, vielleicht war sie zu verspielt. Interessant, aber dennoch wundervoll.

»Anna, sag mal, kannst du mir beschreiben, wie Papa aussieht und wie Onkel Ronan aussieht in deinen Träumen? Und wenn du es noch weißt, Onkel Char, hatte der einen Zopf?«

Annas Augen begannen zu glitzern, ein spitzbübisches Grinsen trat in ihr Gesicht.

»Der Papa war groß, viel größer als jetzt«, und ihre kleinen Hände zeigten fast zur Decke, »Mama, der Papa war riesig, fast so groß wie ein Schrank.«

Sie zeigte fröhlich auf den Kleiderschrank in ihrem Zimmer, der fast zwei Meter hoch war.

»Der Papa war schön, Mama, er hatte genauso lange, helle Haare wie du und jetzt, jetzt hat er wie du auch nur noch so kurze Borsten.«

Ganz enttäuscht schüttelte sie ihren kleinen Kopf.

»Der Papa hatte auch einen ganz harten Bauch, nicht wie heute, so eine Kuschelmurmel«.

Ein lautes Lachen überfiel Kendra, da ihre Kleine das so wundervoll beschrieb, Anton hatte wirklich ein kleines Feinkostgewölbe mit ein bisschen Fell, das er vor sich herschob. Kendra liebte jedes Gramm an ihm. Aber wie ihre kleine Tochter das so treffend formulierte, Kendra kicherte, einmalig süß.

»Und Mama, Papa hatte Zöpfe, so wie ich manchmal, so seitlich am Kopf und oben drauf auch, manchmal durfte ich sie ihm flechten. Das mag ich, die Haare sind so schön weich und riechen immer nach Kräutern. Mama, wann kann ich die Haare von Papa mal wieder flechten?«

Kendra staunte erneut darüber, mit welcher Selbstverständlichkeit ihre Tochter Vergangenheit und Gegenwart verknüpfte, mal in der Vergangenheitsform, mal im Hier und Jetzt sprach. Anna war erst acht, zweite Klasse. Sie wusste nichts von Präteritum und Präsens in der deutschen Sprache. Hatte das eine tiefere Bedeutung? Bevor Kendra nachdenken und fragen konnte, kicherte das Mädchen und sprach weiter: »Mama, kann der Papa sich die Haare nicht wieder wachsen lassen und warum sind die jetzt braun?«

Kendra wusste darauf nichts zu sagen. Anton sah eben aus wie Anton.

»Der Papa«, so philosophierte das Kind weiter, »der hatte immer einen lustigen, karierten Rock an und ich durfte nie drunter gucken. Aber weißt du, Mama, er hat auch so einen tollen Gürtel. Daran hängt immer ein Schwert, oben am Knauf«, sie formte mit den Händen eine Kugel, die Augen glänzten und sie sprach schon wieder in verschiedenen Zeitformen, »da oben am Knauf ist eine Blume geformt. Ich darf das manchmal halten. Das ist so schwer, ich kann das aber schon schwingen mit zwei Händen. Nur dass Papa dann lacht und mich *lucha beag* nennt, das ist gar nicht schön, das ärgert mich immer.« Anna grummelte.

Kendra musste herzhaft lachen, winziges Mäuslein, ja das passte hervorragend zu dem zarten Kind.

»Anna, mach dir keine Sorgen, bestimmt wirst du den Papa wiedersehen und auch mit ihm spielen können, da bin ich mir sicher.«

Kendra sprach diese Worte voller Sehnsucht nach ihrem Aric aus und hoffte sehr, dass Anna nur gute Träume aus ihrem vorhergehenden Leben blieben, sie Leid und Elend umgehen konnte.

Anna schien genauso eine empfindsame Seele zu sein, wie sie selbst. Sie würde nachforschen müssen, vielleicht, nur vielleicht war Anna auch so besonders wie sie?

Anna sah sie komisch an und flüsterte dann ziemlich erschrocken: »Kommt Papa denn heute nicht nach Hause?«

Kendra durchlief ein Schaudern.

»Doch, Maus, Papa Anton kommt heute natürlich nach Hause, mach dir keine Sorgen, du kannst nachher mit ihm spielen.«

Anna schüttelte ihren kleinen Kopf und murmelte leise: »Seit wann Papa Anton? Ich sag doch auch nicht Mama Kendra! Aber sag mal, Mama, warum seht ihr denn nun so anders aus? Der Papa ist zwar immer noch groß, aber er hat dunkle Haare und du, du siehst ganz anders aus, auch der Leberfleck an Deiner Oberlippe ist nicht da. Ich verstehe das nicht. Na vielleicht muss ich da doch mal *Draoidh Kyna* fragen, die weiß bestimmt Rat, die kann ich immer fragen.«

Zufrieden lächelnd und vor sich hin nickend, als bestätigte sie ihren Gedanken selbst, tapste Anna in ihr Zimmer und spielte friedlich mit glücklichem Gesichtsausdruck mit ihren Pferden. Kendra beobachtete sie eine Weile gebannt. Vielleicht bewusst oder unbewusst gab Anna ihren Pferden in diesem Moment gälische Namen. Sie hießen wie ihre Onkel Char und Ronan, Rogan und Ragnar, aber auch Kensi, Eilieth und Rautgundis. Das hatte sie bisher noch nie getan, oder Kendra hatte es nicht bemerkt.

Ihr wurde zutiefst bewusst, Anna war Jirieal, sie hatte neben Ronan eine weitere Seele aus ihrer Zeit »zu Hause« gefunden, die zu ihr zurückgekehrt war, die sie durch Zeit und Raum lieben durfte.

Jetzt galt es, herauszufinden, warum die Träume Anna in dem einen Moment erschreckten, sie aber das Leben zwischen den Zeiten völlig anstandslos akzeptierte. Waren Kinderseelen anders? War Seelenwanderung bei Kindern selbstverständlich? Erinnerten sich die Seelen in jungen Jahren an vorherige Leben. Waren die sogenannten imaginären Freunde, die viele Kinder hatten, vielleicht solche Erinnerungen an frühere Leben?

Annas Seele war ruhig und schien weder Ängste noch Unwohlsein zu verspüren. Kinder waren viel klüger, viel empfindsamer, als man ihnen zutraute.

Aber wer war *Draoidh Kyna*, die Anna so selbstverständlich erwähnte? Sie erinnerte sich nicht an eine Kyna.

Draoidh Kyna, da klingelte bei ihr nichts, der Name war ihr völlig unbekannt. Nicht gut, gar nicht gut. Draoidh … sie musste Google befragen.

Druidin. Sie zuckte zusammen und nahm sich vor, Ronan, jetzt Dr. Maynardt, zu befragen, vielleicht bestand eine Chance, dass der sich an eine Kyna erinnerte.

Das nahm sie sich für das nächste Treffen ganz fest vor. Irgendwie rasten ihre Gedanken zwischen Zeit und Raum hin und her, Konzentration fiel schwer, aber ihr blieb keine Wahl.

WER IST KYNA?

P aul, Ronan, ach, es war ja auch egal wie sie ihn ansprach, zeigte große Verwirrung, als sie ihn in der nächsten Sitzung auf Kyna ansprach und den Herren Doktoren über die Erkenntnisse und Gespräche mit ihrer Tochter berichtete. Sie waren beide sehr erstaunt, dass die Kleine damit so angstfrei und selbstverständlich umging.

Beide Ärzte hegten den schon oft geäußerten Verdacht, dass sich Kinder an vorherige Leben erinnern konnten und diese Fähigkeit mit dem Erwachsenwerden als Fantasiefreunde abgetan und damit verdrängt würde. Es war nicht gesellschaftskonform. Zu schnell konnten Andersdenkende als psychisch ungesund abgestempelt werden, so war es häufig besser, sich nicht eingehend dazu zu äußern, was einem im Traum passierte. Kendras Fall war anders, hier nahmen Träume Einfluss auf ihr waches Leben, so war es normal, dass man sich Hilfe suchte. Schließlich wollte man ein gesundes Leben führen.

Paul druckste herum, er wollte nicht so recht raus mit der Sprache und zeigte durch dieses Verhalten Kendra ganz genau, dass der Name Kyna eine Emotion, ein Wiedererkennen, ein Wissen oder eine Ahnung hervorrief, die hilfreich sein könnte.

Dennoch wollte er nicht darüber reden, murmelte nur irgendwas davon, dass die Frau gefährlich war und dazu etwas Unverständliches, was mit »nicht ganz richtig im Kopf« endete.

Kendra sah ihn daraufhin erbost an.

»Paul, hältst du mich mit meinen Visionen, auch nachdem, was du erfahren, erlebt hast, auch für nicht richtig im Kopf? Hast du darüber nachgedacht, dass diese Kyna vielleicht als Druidin mehr Wissen hatte, als der menschliche Verstand in jener Zeit zu erfassen vermochte? Ist dir klar, dass alles, was nicht den Normen entsprach, und das ist heute noch so, den Normen nicht entspricht, als krank oder verrückt abgestempelt worden ist und noch wird? Grade du als Psychodoc solltest da offener sein. Nicht alles, was anders ist, ist verrückt. Gerade du solltest das wissen.«

Kendra redete sich richtig in Rage. Solches Verhalten war irrational, grade in Bezug auf sein Wissen und die bisherigen Erfahrungen mit ihrer Geschichte.

Betreten schaute Paul auf den Boden, schien ganz in Erinnerungen versunken und rührte sich nicht mehr. Hatte sie ihn nun verletzt mit ihren Worten?

Eine ganze Weile saß er ruhig da, doch plötzlich straffte er sich, drückte den Rücken durch, schien seine volle Größe zeigen zu wollen. Nicht die, die er als Paul hatte, sondern die damalige Größe als Ronan mit fast zwei Metern. Die braunen Augen strahlten mit einer Entschlossenheit, die schon fast an eine Kampfansage erinnerte, als er zu berichten begann.

Kendra sah dieses Aufrichten mit einigem Erstaunen und sie erkannte mit Faszination, das nicht Paul sprach, sondern Ronan, oder vielleicht auch, wenn man mal die Hülle außer acht ließ, die Seele selbst die Kommunikation übernahm.

»Kyna, oder auch *Draoidh Kyna* war eine weise, sehr, sehr alte Frau, bestimmt schon an die neunzig Sommer, die an den Ufern des Loch Ness umging. Sie war Druidin, Heilkundige, Hexe, Prophetin, Wissende, Reisende. Niemand wusste ganz genau, ob sie lebte oder ein Geist war, jeder verspürte Angst. Manche froren in ihrer Gegenwart, andere begannen unkontrolliert zu schwitzen. Wohl fühlte sich niemand bei ihr. Rat bekam jedoch jeder, der um Hilfe ersuchte. Deine Besuche bei ihr waren immer länger als normal. Du schienst dich in ihrer Gegenwart immer wohlzufühlen. Bliebst oft tagelang an den mystischen Ufern.«

Paul, oder früher Ronan, schoss diese Erklärung heraus, als

müsste er sich vor dieser Frau fürchten, die vor so vielen Jahrhunderten lebte.

»Immer, wenn du bei ihr warst, Arathea«, jetzt sprach offensichtlich Ronan, »immer, wenn du bei ihr warst, hast du dich für Tage zurückgezogen, schienst ängstlich, verwirrt und unruhig. Du brachtest neues Wissen, neue Heilmethoden mit, die gelinde gesagt, die Menschen in unserem Dorf verwirrt und geängstigt haben.

Du sprachst von Dingen, die keinen Sinn ergaben. Du erwähntest solche Dinge, wie Desinfektion oder Bakterien. Du erzähltest von Spritzen, Tabletten und so genannten Medikamenten. Heute, ja heute und hier ergibt das Sinn, aber damals waren das fremde Begriffe, fremde Worte, die so wunderlich klangen, dass man deine geistige Gesundheit anzweifelte und Aric, Rogan, Ragnar und ich alle Hände voll zu tun hatten, die Leute von dir zu überzeugen, davon zu überzeugen, dass das alles noch nützlich sein würde. Diese Beweise hast du dann auch angetreten, sei es bei Aaryns Geburt als auch bei der Hustenseuche. Erst da ließ die Angst nach, da die Menschen sahen, dass du helfen konntest.«

Er sah Kendra tief in die Augen.

»Kyna jedoch machte den Menschen große Angst. Weißt du, Arathea«, dieser Name verwirrte Kendra zunehmend aus Pauls Mund, Zeit per se schien in diesem Moment bedeutungslos, »nicht jeder durfte zu ihr reisen, ich habe es versucht, wollte herausfinden, was es mit deinen Visionen auf sich hatte. Ich konnte sie nicht finden, obwohl du den Weg genau beschrieben hast. Ich denke, sie wollte nicht gefunden werden. Das berichteten auch Ragnar und Aric. Auch sie suchten oft vergeblich nach ihr. Wir hatten Angst um dich.«

Kendra schaute ihn verwirrt an. Sollte diese Kyna des Rätsels Lösung sein, sollte es möglich sein, in Trance nochmal zurückzureisen und sich mit ihr zu unterhalten?

Sollte es möglich sein, dass sie damals als Arathea schon wusste, was es mit allem auf sich hatte, warum das alles geschah, geschieht oder geschehen wird und sie sich nicht erinnern konnte? Dieses Hin und Her in der Zeit war nervenaufreibend, gestand sie sich ein. Doch was so anstrengend war, passierte bestimmt nicht ohne Grund. Wie war das zu erklären? Eine tiefe Unruhe erfasste sie.

Weitere Trancen sollten folgen, weitere Träume machten Kendra das Leben schwer. Anna erzählte nichts Aufregendes mehr, fragte nur ab und zu nach Radha, Ronan und Char. Sie musste erfahren, herausfinden, was Kyna wusste, doch alles schien wie blockiert. Die Trancen plätscherten dahin mit dem alltäglichen Leben im Dorf, die Träume wurden auch nicht konkreter. So zogen Wochen ins Land. Alle gaben die Hoffnung auf eine Lösung bereits auf, bis …

DIE FLUCHT
VOR DEN NORDMANNEN

Kendra ließ sich wieder, mittlerweile hoffnungslos, in Trance versetzen. Sie versuchte, die Trancen zu beeinflussen, indem sie ganz bewusst bei der Zählerei an Kyna dachte. Nur war das sehr schwer, weil sie selbst keine Erinnerungen an die Frau und damit auch kein Bild vor Augen hatte.

»Zwanzig, neunzehn, achtzehn!«, hörte sie Steffen Waller zählen, dieselbe Stimmlage wie immer, alles ruhig und gemächlich, drifte sie in die Trance hinüber, hoffte sich wenigstens auf der Blumenwiese wiederzufinden und Aric zu sehen. Das war es, was ihre Sinne beruhigte, sonst hätte sie längst aufgegeben.

»Siebzehn, sechzehn, fünfzehn!«

Ein Kreischen ließ sie hochschrecken.

Ein Schrei, der durch Mark und Bein geht, jagt mir das Blut eiskalt durch die Adern. Ich spüre, wie ich zusammenzucke, mich sofort ganz klein mache, mich verstecke. Wer schreit denn so furchtbar, denke ich noch bei mir, als mich die Angst um meine Kinder packt. Ich renne los, Richtung Hütte, achte nicht auf meine Mitmenschen. Alle scheinen verwirrt zu sein, genau wie ich. Alle rennen durcheinander, versuchen zu ihren Familien zu gelangen. Was ist hier los? Wo sind die Männer, was passiert hier?

Noch in diesem Gedanken gefangen, höre ich die Männer schreien, dass die Nordmänner schon an der Küste seien. Sie rufen nach unseren Bogenschützen, aus dem Augenwinkel sehe ich Ronan das riesige Zweihandschwert bedrohlich über dem Kopf schwingend, Richtung Strand stürzen, den Bogen auf dem Rücken.

Ich muss weg! Mein Gedanke, ich muss mit den Kindern in den Wald, in die Verstecke flüchten.

Ich muss weg! Ich muss hier weg!

Ich renne, schnappe mir Jirieal, die auf ihren kleinen Beinchen noch zu langsam ist, schwinge sie auf meinen Rücken, wo sie sich einer Kiepe gleich festklammert, schnappe Caitlin und Noirin an den Händen und renne, wie nie zuvor, um unser Leben. Das haben wir alles oft geübt, die Kinder wissen, wir müssen weg, weil wir angegriffen werden. Alles lasse ich zurück, die Luft wird knapp, und doch renne ich weiter und tiefer in den Küstenwald hinein. Dort haben wir im Schutz der Hügel Hütten gebaut, getarnt an den Hängen, die uns Unterschlupf gewähren, wenn die Nordmänner angreifen. Diese wilden Kerle mit den langen Bärten, die uns in regelmäßigen Abständen den Kampf ansagen, manche Jahre nicht, dann wieder öfter. Ich weiß nicht, was sie hier zu holen gedenken, wir sind nicht reich, haben weder Gut noch Gold, haben ein paar Tiere, die sie jedoch meist getötet liegenlassen.

Sie scheinen nur zerstören zu wollen.

Oder sie haben bisher nicht gefunden, was sie zu rauben gedenken. Die Männer hegen den Verdacht, dass die vielleicht Interesse an uns Frauen hegen, da wir mit den zumeist blonden oder rötlichen Haaren als überaus schön gelten. Wir wissen es nicht. All diese Gedanken schießen durch meinen Kopf. Tief in mir hoffe ich, dass meine Männer, die Männer, die ich liebe, Aric, Ronan, Ragnar und Char unverletzt bleiben, überleben. Wie oft müssen wir das noch ertragen?

Angst breitet sich in meinen Eingeweiden aus, es schnürt mir den Hals zu und ich muss kurz verschnaufen. Endlich sind wir außer Reichweite der Bögen, außer Sichtweite der Nordmänner.

Ich lasse Jirieal runter, atme durch und gleich darauf rennen wir gemeinsam weiter in die Berge hinein, die Kinder laufen jetzt alle drei selbst.

Die Hütte erreicht, verschließe ich die Tür. Auch das ist so vorgesehen. Sollten die Männer siegen, werden sie uns hier holen, wir haben Klopfzeichen vereinbart. Bis dahin werden wir tief versteckt hier warten. Trockenfleisch, Wasser und Äpfel werden regelmäßig erneuert und hier gelagert, da die Angriffe immer zu erwarten sind, die Pflege der Hütten somit überlebenswichtig ist. Auch habe ich jede Menge Heilkräuter und andere Heilutensilien hier gelagert, falls Verletzungen zu behandeln sind. Es ist ein zweites Zuhause, man weiß nicht, wie oft oder wie lange man hierbleiben muss.

Die Kinder sind erschöpft, sitzen aneinander gekuschelt auf dem Strohlager. Nach einer Weile sind sie vor Müdigkeit eingeschlafen. Ich habe Angst, horche auf jedes Knistern des Waldbodens. Höre auf jedes Eichhörnchen, jeden Vogel und schicke Worte gemurmelt gen Himmel, die Götter mögen unsere Männer unversehrt zu uns zurückführen. Tränen bahnen sich langsam einen Weg meine Wangen hinab. Immer und immer wieder lausche ich, bis auch ich in einen leichten Schlaf gefallen zu sein scheine. Ein leises Knistern, kaum hörbare Schritte schrecken mich auf, ich halte den Atem an, hoffe die Kinder schlafen weiter und machen keinen Mucks. Ein Keuchen. Draußen vor der Tür. Ich bekomme es mit der Angst zu tun.

Dann jedoch höre ich ein leises Flüstern.

»Arathea mach auf, mach schnell auf, ich bin es Aric!«

Das vereinbarte Klopfen kommt sehr schwach. Ich renne zur Tür und öffne.

Was ich zu sehen bekomme, lässt alle meine Farbe aus dem Gesicht weichen. Aric sieht fürchterlich aus, geschunden, blutig, zerzaust und er hält mit dem linken Arm Ronan, dem ein Pfeil aus der linken Bauchseite ragt, aufrecht. Im rechten Arm quält sich Char, zwei Schwerthiebe zeichnen seinen Körper. Einer an der Schulter, stark blutend, einer am rechten Oberschenkel, tief, das Blut rinnt ihm am Bein entlang. Ein Teil von mir erkennt sekundenschnell, dass die Beinschlagader zum Glück unbeschädigt ist, sonst würde er nicht mehr leben.

Ich greife zu, scheuche die Kinder aus dem Schlaf hoch und lasse Ronan und Char sich auf dem Strohlager niederlegen. Mein Blick geht zu Aric, er versichert mir zum wiederholten Male, er sei nur erschöpft und verschrammt, nicht wirklich tief verletzt. Ich solle mich zuerst um Ronan und Char kümmern. Die Nordmänner wären vorerst besiegt und abgezogen. Alle Männer seien am Leben, wenn auch schwer oder sehr schwer verletzt. Die Frauen kümmern sich um sie. Allerdings solle ich, wenn ich hier fertig wäre, mal nach ihnen sehen.

Angst verwandelt sich in Entschlossenheit. Kühl versuche ich zu analysieren. Chars Wunden müssen versorgt werden. Ich bitte Caitlin, die mittlerweile fünfzehn Sommer zählt, den *uisge beatha* aus dem Krug zu holen und damit Chars Wunden zu reinigen. Die Tücher – ich zeige oben auf das Regal – sollten das Grobe erst mal abdecken. So, wie ich es sehen kann, sind keine wichtigen Organe und Adern verletzt, die Blutungen lassen nach und Char schläft vor Erschöpfung. Noirin bitte ich, Weidenrindentee gegen die Schmerzen aufzusetzen. Sie tut gleich, wie ihr geheißen. Jirieal sitzt ängstlich zitternd in der Ecke, bis Aric sie bittet, ihm ein feuchtes Tuch zu reichen und ihm zu helfen, sich zu säubern. Ein Schnaufen kündet von der Erleichterung Jirieals, ebenfalls helfen zu dürfen.

Ich sehe mir Ronans Verletzung an. Kalter Angstschweiß kriecht mir tröpfchenweise den Rücken hinunter.

Der Pfeil steckt in der linken Bauchseite. Mein erster Gedanke – die Leber – nein, die ist rechts! Der Pfeil muss raus, aber die Spitzen haben Widerhaken, oh Mann, das wird hier eine Operation. Im Wald, bei Bewusstsein, ohne Skalpell und vor allem ohne jede chirurgische oder anatomische Vorbildung. Oh, mein Gott! Ich beginne zu hyperventilieren, möchte am liebsten raus aus der Trance. Das erste Mal möchte ich fliehen. Aric scheint das zu sehen und er flüstert leise: »Arathea, nicht aufgeben, er ist dein Bruder, hilf ihm.« Er steht keuchend und langsam auf, kommt zu mir, drückt meinen Arm und sieht mich mit seinen blauen Sternen an:»Atme, mein Herz, ein und aus, atme, Du schaffst das, hilf ihm.«

Mir wird sonnenklar, jammern und aufgeben ist keine Option, ein Aufwachen wäre jetzt absolut das Letzte, was ich wollen würde.

Ich lege Ronan mit der Hilfe von Aric, dem es nach einem Schluck Wasser und einem Apfel schon etwas besser geht, auf den großen Tisch in der Mitte der Hütte. Der Mann ist so riesig, dass die Füße auf einem Stuhl stehen müssen. Aber das ist nicht weiter wichtig, der Bauch muss grade liegen.

Zuerst schütte ich ebenfalls *uisge beatha*, diesen widerlichen Kräuterbrand auf die Eintrittsstelle. Ronan stöhnt schmerzerfüllt auf. Dann bete ich zu Göttin Brigit, möge sie meinen Bruder schützen, möge sie mir helfen, diesen Pfeil, ohne noch mehr Schaden anzurichten, entfernen zu können. Genau taste ich die Eintrittsstelle ab, fühle das Blut, was sich unter Haut gesammelt hat, und taste weiter.

Sollte ich wirklich ein solches Glück haben? Ich spüre die beiden Widerhaken der Pfeilspitze, nicht allzu tief unter der Haut. Der Pfeil scheint nicht in voller Länge in seinen Leib eingedrungen zu sein. Der Blutungsmenge nach zu urteilen, soweit ich es mit meinem Laienwissen nachvollziehen kann, dürften weder die Milz noch der tiefer liegende Darm oder was sich sonst noch auf dieser Seite im Bauch befindet, verletzt sein. Trotzdem, verdammt, ich muss schneiden. Mir bleibt hier aber auch nichts erspart. Eine Operation. Angst überfällt mich so jäh, dass ich zu Boden sinke und mich ein starker Schwindel erfasst.

Doch es ist keine Zeit für Gefühle. Ich muss ihm helfen, er ist mein Bruder. Ich liebe ihn und ich liebe Char, Char liebt ihn von ganzem Herzen. Einer soll ohne den anderen nicht sein.

Ich schnaufe durch, hebe den Blick, rapple mich hoch, straffe die Schultern und öffne Ronans Kilt, seinen Gurt, lege ein ausgekochtes Tuch auf seine untere Hälfte und tupfe nochmals die Stelle rund um den Pfeil mit diesem widerlichen Kräuterschnaps ab.

Genau zwischen dem linken Rippenbogen und dem linken Beckenknochen, direkt in die Seite, nicht auszudenken, wenn es zwei Hand breit weiter mittig gewesen wäre, dann hätte der Pfeil genau den Bauchraum getroffen. Ronan knurrt und stöhnt vor Schmerzen. Aric hält seine Hand. Ich schiebe ihm schnell einen dickeren Weidenrindenzweig zwischen die Zähne und hoffe, ihn umfängt eine schmerzbefreiende Ohnmacht. Noch ist er bei vollem Bewusstsein. Das wird hart.

Ich bitte Noirin, mit Jirieal in die hinterste Ecke der Hütte zu gehen und nicht zuzusehen. Das führt nur zu Albträumen. Caitlin hilft mir schon öfter mit, interessiert sich selbst für die Heilkunde und ich brauche sie jetzt hier. Sonst übernimmt Radha den Job, nun ist sie aber nicht da. Caitlin bringt kochendes Wasser und ein scharfes Messer, dass sie bereits, so gut wie möglich, gereinigt hat. Ich habe ihr mehrfach von den kleinen Fäulniserregern erzählt, die allem anhaften, auch wenn man sie nicht sehen kann. Ich weiß nicht, ob sie mir Glauben schenkt, jedenfalls folgt sie gewissenhaft meinen Anweisungen. Das Messer ist sehr scharf und sauber. Die Tücher ebenfalls. Also los. Die Klinge angesetzt, mein Gott, meine Hände zittern wie Espenlaub, so geht das nicht.

Ich nehme selbst einen größeren Schluck von dem Ekelzeug, ich konnte Alkohol noch nie leiden, aber er scheint meine Nerven zu beruhigen. Nachdem es mir fast die Eingeweide weggebrannt hat, beruhigen sich auch meine Hände und ich setze den ersten Schnitt. Ich schneide durch die obere Haut und durch die harte Muskelschicht der seitlichen Bauchmuskeln. Ronan ist sehr trainiert, die Muskeln hart und gespannt. Er krampft. Das ist nicht gut. Ich bitte Aric, trotz seiner Erschöpfung, ihn gerade zu halten, sich notfalls auf seine Brust zu setzen. Aric hilft wundervoll und sieht dabei aus, als würde er augenblicklich schlafend vom Tisch rutschen. Aber er hält durch. Noch wenige Minuten.

Ich schneide tiefer, komische Geräusche, plötzlich ein Schaben. Die Messerklinge trifft auf das Metall der Pfeilspitze. Ich erweitere die Wunde sanft, Ronan stöhnt.

Plötzlich sinkt sein Kopf zur Seite, die gnädige Ohnmacht kommt zum Glück noch rechtzeitig. Langsam, um nicht noch mehr Gewebe zu zerstören, ziehe ich den Pfeil heraus. Es blutet nur wenig und soweit ich es sehen kann, scheint er direkt in einer extrem festen tieferen Muskelschicht hängen geblieben zu sein. Offensichtlich war der Trainingszustand der Bauchmuskeln Ronans Rettung. Ich schnaufe laut auf, den Pfeil in meiner Hand. Aric kippt mir fast vom Tisch, sodass ich mich beeile und Ronans Bauch schließe.

Dazu nutze ich eine starke Fischgräte und ein fein gezwirbeltes Stück vom Lammdarm, den ich in Alkohol ausgewaschen habe. Damit nähe ich vorsichtig die Wunde zu und schütte nochmals Alkohol auf die Wunde. Ronan muss nun schlafen und Aric ebenso. Char hat von allem nichts mitbekommen und schläft bereits auf dem Strohlager. Schnell bitte ich Caitlin, zwei weitere Strohmatten auszubreiten und Aric hilft mir noch, Ronan vom Tisch zu legen. Anschließend legt er sich selbst nieder und ist sofort eingeschlafen.

Mir zittern jetzt noch nachträglich die Knie und ich genehmige mir noch einen Schluck von dem Teufelszeug für meine viel zu angespannten Nerven. Bäh, ist das fürchterlich, das brennt gleich dreimal im Bauch. Aber es beruhigt mich. Ein Kichern entfleucht mir. Ob ich jetzt Feuer spucken kann? Ups.

Ich stehe auf, sehe mir jetzt Chars Wunden genauer an, tiefe Schnitte, offensichtlich von festen Schwerthieben. Besser ich nähe diese auch noch. Ich schütte ihm Alkohol über die Wunden und schiebe auch ihm einen Weidenrindenzweig zwischen die Zähne, nehme eine neue Fischnadel, denn die sind schärfer als die geschmiedeten für die Stoffe, nehme neuen Lammdarm und nähe seinen Oberschenkelschnitt sowie seinen Schulterhieb so vorsichtig wie möglich. Er stöhnt vor Schmerzen und doch blicken seine verschleierten Augen mich sanft und liebevoll an. Char gehört zu Ronan, zu uns, wie ich zu Aric. Er liebt meinen Bruder, mein Bruder liebt ihn. Mehr muss ich nicht wissen. Er wird immer zu uns halten, so wie wir zu ihm. Ich flüstere ihm leise zu, dass Ronan es überstanden hat, wieder gesund wird. Eine kleine Träne rinnt über seine rechte Schläfe. Sein Blick sagt mehr als tausend Worte. Dankbarkeit und Liebe.

»Ich habe dich auch lieb, kleiner Bogenmeister, jetzt schlaf«, murmele ich leise.

Auf einem Strohsack, den die Mädels vorsorglich für mich, für uns, in der Ecke ausgebreitet haben, sinke auch ich in heilsamen, leichten Schlaf, meine Mädchen fest an mich gepresst.

Ein lautes Poltern reißt mich wenig später aus dem vermeintlichen Schlummer. Bin ich immer noch in Trance, immer noch in Nairn in unserer Waldhütte?

Es scheint fast so.

Während mein verwirrter Kopf immer noch die Situation zwischen Trance, Vergangenheit und Gegenwart analysiert oder es zumindest versucht, geht mein Blick zu meinen drei Männern, die auf den Strohsäcken schlafen. Vielleicht habe ich das Poltern nur geträumt. Beruhigt sinke ich zurück, strecke mich aus.

Plötzlich vernehme ich jedoch erneut ein lautes Geräusch! Verdammt, die Nordmänner haben uns gefunden, geht mir durch den Kopf. Diesmal springt auch Aric auf, greift nach seinem Schwert, bereit, für unser Leben zu kämpfen.

Auf das Poltern folgt ein schweres Stöhnen, ein Schmerzenslaut und verdammt, die Stimme kenn ich doch. Das ist Sven. Kensis Mann. Ein Hüne von Kerl mit schokoladenbraunen Augen. Ein winziger Teil meines Hirns protestiert, Schokolade gibt es hier gar nicht, woher kenne ich die Farbe? Egal. Schnell reiße ich die Tür auf, draußen schwankt tatsächlich Sven hin und her. Und er sieht nicht gut aus. Schnell schnappe ich seine Schulter, ziehe ihn herein und platziere ihn auf dem Tisch. Ein Becher Weidenrindentee drücke ich ihm alsbald in die Hand.

Er beginnt mit matter Stimme fast flüsternd zu berichten. »Die haben angegriffen, überall waren Nordmänner. Aric ist verletzt, Ronan hat einen Pfeil abbekommen und Char wurde vom Schwert getroffen. Ich weiß nicht, ob sie noch leben.« Alles sprudelt in Sekundenschnelle aus ihm heraus, dann bricht seine Stimme. Er ist völlig erschöpft.

Meine Hand hebt sich, streicht über seine Wange und zeigt dann langsam in Richtung der Strohsäcke, auf denen meine Männer bereits ihrer Genesung entgegenschlummern.

Ein tiefes Seufzen entkommt Sven. Er hat sich solche Sorgen um mich gemacht, dass er, nachdem er Kensi und Aaryn sein Leben bestätigt hat, losgelaufen ist, um mir zu Hilfe zu eilen, um meine Männer zu retten. Ein wundervoller Mann. Vielleicht sogar einer der wundervollsten auf diesem Planeten, neben meinen Männern der Familie.

Schnell versorge ich seine Wunden, wische seine Schwerttreffer mit Alkohol aus und gebe ihm zu essen. Eine Wunde am Oberarm nähe ich ebenfalls. Das heilt besser und schneller.

Seine Hütte ist einige hundert Meter von unserer entfernt, ich werde ihn hierlassen, bis die Sonne wieder aufgegangen ist, er sich etwas erholt hat.

Schnell bugsiere ich ihn auf ein Lager. Davon gibt es reichlich für genau solche Situationen, dass mehrere Menschen diese Schutzhütte benötigen. Wieder einmal rettet uns die weise Voraussicht. Wem das wohl eingefallen sein mag? Ein leises Kichern entkommt mir, als mir das Wort Partisanenkampf in den Kopf kommt, ja, solche Hütten haben wir hier versteckt.

Ein sanftes Streicheln an der Schulter holt mich weg aus der Hütte, zurück ins 21. Jahrhundert.

»Kendra, was ist passiert? Du warst lange weg, sehr lange, mehrere Stunden. Diesmal waren Atmung und Puls zwar erhöht, jedoch schienst du dich nach einem kurzen Anfall wieder beruhigt zu haben. Deine Hände bewegten sich, als würdest du nähen. Und du hast gekichert, als wärest du beschwipst. Kendra, was zum Henker ging da ab?«

Kendra sah in die Augen beider Männer, sah, wie Pauls Lippen vor Aufregung vibrierten, und begann von den Angriffen der Nordmänner, von der Schutzhütte von den Verletzungen zu berichten.

Sie ließ nichts aus, erzählte jedes Detail ihrer Versuche, zu helfen, erklärte genau, bei wem sie was, womit, getan hatte. Erklärte, wie sie Char genäht und Ronan operiert hatte.

Nur ein winzig kleines, aber nicht zu verachtendes Detail berichtete sie nicht. Nämlich die Körperseite auf der Ronan getroffen worden war. Sie beschrieb den Pfeil und dass die Muskelschichten ihn aufgehalten hatten. Die genaue Stelle verschwieg sie bewusst. Vielleicht wollte ein Teil von ihr Paul testen?

Bei Erwähnung der Verletzungen von Ronan sah sie Paul in sich zusammenzucken. Blässe überzog sein Gesicht, er schien unter Schmerzen zu leiden.

Man konnte insgesamt fast eine leichte Grünfärbung erkennen. Kendra schmunzelte in sich hinein und nahm sehr bewusst zur Kenntnis, dass sich Paul die linke Seite, exakt eine Handlänge über dem Beckenknochen hielt und leicht vorn übergebeugt saß. Offensichtlich versank er öfter in den Flashbacks, als er jemals zugeben würde. Aller Wahrscheinlichkeit nach hatte Kendra hier etwas in Gang gesetzt, das nicht nur sie, sondern auch Pauls Leben, vielleicht sogar Annas oder gar ihr aller Leben beeinflussen würde.

Ganz von selbst gab Paul damit zu erkennen, dass ihm bekannt war, was geschehen war.

Die drei redeten noch eine ganze Weile von der Trance, auch von Kyna, die immer noch nicht näherkam und man deshalb immer noch keine Antworten auf alle Fragen erhalten konnte.

Tage zogen ins Land, Kendra verlebte einen völlig normalen Alltag, die Träume kamen und gingen wie immer, waren ähnlich oder gleich und auch sonst passierte nichts von Bedeutung. Sie ging jeden Tag in die Schule, die Ferien waren längst vorbei. Hingebungsvoll betreute sie ihre Kinder, arbeitete in ihrem Job, lebte mit und für ihre Familie. Auch Anton beruhigte sich, nachdem ihm Kendra hin und wieder einige unbedeutsamere Episoden ihrer Trancen erzählte. Er schien nicht allzu besorgt zu sein, fragte lediglich hin und wieder, wie es ihr ging, ob noch einmal etwas mit Anna aufgetreten war und ob die Ärzte fachgerecht arbeiteten.

Ein bisschen fühlte sich Kendra von ihrem Mann missverstanden, andererseits war sie froh, dass Anton keine Staatsaffäre aus der ganzen Sache machte, denn sie war ganz und gar nicht bereit, ihm Näheres von Aric zu erzählen, ihm von ihrem Krieger vorzuschwärmen. Sie wollte keinesfalls, dass er sich schlecht oder gar hintergangen fühlte. Aric war tot, seit vielen hundert Jahren, es bestand kein Grund zur Eifersucht. Die beiden waren so grundverschieden und doch liebte Kendra beide von Herzen. Ihr war nur nicht klar, ob auf die gleiche Weise.

Aber andererseits verunsicherte das von ihm zur Schau gestellte Desinteresse an ihren Träumen und Entscheidungen und ihrer Behandlung bei den Therapeuten Kendra zunehmend. Sie spürte, es war nicht echtes Desinteresse, sondern nur die Ruhe vor einem Sturm.

Dennoch wollte sie abwarten und keine schlafenden Hunde wecken.

Tage zogen dahin, Wochen vergingen, aber Kyna, die offensichtlich des Rätsels Lösung war, schien wie aus dem Gedächtnis verschwunden. Kendra las in dieser Zeit sehr viel, recherchierte Details zu alten Heilkünsten, zu Möglichkeiten, ihren Männern in der Zeit vor siebenhundertfünfundsiebzig Jahren zu helfen. Sie las eine Menge über Kräuter, Sud und Aufgüsse und sorgte so für solide Kenntnisse in dem Bereich.

SAMHAIN

Nichts änderte sich, nichts geschah, bis zur Nacht vor Samhain, dem keltischen Fest am ersten November.

Halloween. Kendra freute sich auf die Party, wie jedes Jahr.

Sie trank ein paar ordentliche Tassen Glühwein und nach einer zünftigen Feier, mit ordentlich Fleisch vom Grill, einem Nudel- und einem Kartoffelsalat, singenden, verkleideten Kindern und einer Menge ergatterter Süßigkeiten, traten alle geladenen Gäste sehr zufrieden und beschwipst den Heimweg an. Nachdem die Kinder im Bett waren, das Grobe aufgeräumt und der Geschirrspüler bestückt war, denn jeder brachte etwas zu solchen Feierlichkeiten mit, sank auch Kendra ziemlich frierend in ihr warmes Bett. Der letzte Gedanke war noch, dass sie in der Nacht nicht träumen wollte.

Bitte keine Träume heute Nacht!«, hauchte sie leise vor sich hin, bevor sie ihre Augen schloss.

Nun, das schien ein frommer Wunsch zu sein, denn keine Stunde später begann Kendra sich herumzuwälzen, wurde unruhig und murmelte vor sich hin.

Anton bekam es genau mit und beschloss dieses Mal, die Rolle von Doktor Waller und Doktor Maynardt zu übernehmen. So schwer konnte das psychologische Herumgedoktere nicht sein, wenn es monatelang zu keinem richtigen Ergebnis geführt hatte. Er wollte es genauer wissen.

Denn, obwohl er Kendra gegenüber uninteressiert schien, beschäftigte ihn das Geschehen viel mehr, als er jemals zugegeben hätte. Es klang etwas in ihm an, wenn Kendra von Ronan erzählte, von Char oder auch das Erlebnis mit Anna, was ihn sehr beunruhigt hatte.

Also begann er leise zu fragen.

»Arathea, wo bist du? Erzähle mir, was du siehst, berichte mir, mo chridhe.«

Mit keiner Faser seines Herzens war es ihm bewusst oder dachte er nach, welche Worte er dort fand. Es verwirrte ihn keinesfalls, sie Arathea zu nennen und auch die Floskel mo chridhe hatte er oft von ihr gehört. Kendra wurde ruhiger unter seiner Stimme, der Atem ausgeglichener.

Ich stehe an einem kleinen Sandstrand. Dieser ist zu drei Seiten mit Steilküste umgeben, nur an einer Stelle hinter mir scheint ein schmaler Gang nach oben zu führen. Der Himmel ist blau, die See vor mir ist recht ruhig. Lediglich kleinere Schaumkrönchen verzieren die kleinen Wellen wie eine Puderzuckerschicht, die in ungefähr fünfzig Metern Entfernung vom Strand in flacheren Gewässern gebrochen werden. Vor mir links ist eine Höhle, die jedoch eher einem Durchgang gleicht. Hier geht's lang, hier war ich schon einmal. Ich sehe mich um, neben mir steht Aric und ich greife unwillkürlich seine Hand.

»Wir müssen dadurch«, flüstere ich ihm ins Ohr.

Er nickt und geht voraus.

Rechts und links ragen steile Felswände auf, grau, massiv und scheinbar unüberwindlich. Wasser tropft von den Wänden. Die Luft ist moderig und abgestanden, riecht nach Tang und Brackwasser. Wir müssen über Felsvorsprünge hangeln und von Stein zu Stein steigen, wie Bachstelzen. Nachdem wir die Höhle durchquert haben, uns die Füße nass gemacht haben, wird uns bewusst, dass man diese Höhle nur bei Ebbe durchqueren kann. Noch scheint nicht der Tiefstand der Ebbe zu sein, also bleiben uns noch ein, zwei Stunden, bis sich das Wasser zurückzieht. Wir stehen vor einer weiteren, höher gelegenen Höhle, in der ein wunderbares warmes Feuer flackert. Die Wände sind hier ebenso aus grauem Granit. Es finden sich immer wieder kleinere Absätze und Steinbrocken, die so geschickt eingefügt sind, als wäre alles mit Absicht so eingerichtet. Die Höhle ist, im Gegensatz zur durchquerten Eingangshöhle, trocken und warm. Eine Frau sitzt davor. Sie ist alt. Graues Haar ist zu einem sehr dicken, langen Zopf geflochten und fließt ihren Rücken hinab. Ein wettergegerbtes Gesicht, braun und mit vielen Falten, die von mindestens achtzig Sommern zeugen, umrahmen ihre Augen. Diese Augen sind unglaublich. Ich sehe graue Seen, mit so viel Tiefgang, so viel Wissen und einer alles überspannenden Güte. Keine Minute kommt Angst auf. Diese Frau ist mir so vertraut, weckt eine große Liebe in mir, sie ist für mich wie eine Mutter. Neben dem Feuer, in unmittelbarer Nähe der Flammen, backen einige kleine Fladen auf einem runden glatten Stein. Es duftet nach frischem Brot und Kräutertee.

Ich sehe mich um, fühle mich sofort wohl, weiß, hier droht uns keine Gefahr, hier war ich schon oft. Bevor ich darüber nachdenken kann, höre ich mich flüstern.

»Kyna, schön, dich endlich wieder zu sehen. Ich habe dich so vermisst, ich habe so unendlich viele Fragen, kannst du mir helfen?«

Die grauen Augen sehen mich erst erstaunt, dann wissend an. Ein Lächeln umspielt die Mundwinkel und ein Strahlen erfasst ihr ganzes Gesicht.

»Arathea, mein Engel, schön dass du mich besuchst, Aric, mein Freund, sei willkommen, setzt euch zu mir.

Der Tee wird gleich fertig sein, die Fladen auch. Dazu habe ich unlängst aus den blauen Früchten der kleineren Bäume ein Mus mit ein paar Kräutern gekocht. Der schmeckt süß und wir können es zu den Fladen genießen.«

Sie scheint sichtlich zufrieden zu sein, zeigt keinerlei Angst oder Unwohlsein. Im Gegenteil, sie scheint sich wahrlich zu freuen, mich zu sehen.

Ich sehe auf die Fladen und in das Töpfchen mit dem besagten Mus. Ein Seufzen entkommt mir.

»Pflaumenmus, oh wie ich das liebe, danke Kyna, das schmeckt immer so wunderbar. Ich freue mich darauf und auf unser Gespräch. Doch sag mir, so viele Fladen und so viel Tee, wusstest du, dass wir kommen?«

»Arathea, sei nicht verwundert, ja ich wusste, dass ihr kommt, so wie ich alles weiß, was war, was ist und was sein wird.«

Ich sehe sie so verwundert an, dass sie sich ein kleines, glucksendes Lachen nicht verkneifen kann.

»Arathea, ich bin Druidin. Als solche wird man geboren, man kann es nicht lernen. Ich zähle genau achtundachtzig Sommer und mindestens achtzig davon weiß ich Sachen, Dinge, die ich nicht wissen kann, sollte, dürfte. Erfahrungen musste ich machen, auf die ich gern verzichtet hätte, aber auch Wissen konnte ich sammeln, welches vielen Menschen, einschließlich deiner Person, unheimlich wichtig und wertvoll sein kann.

Wisse, Arathea, die Natur folgt ganz bestimmten Regeln. Diese sind unumstößlich und ich sag es mal so, egal was wir tun, was wir wissen, versuchen zu ändern, diese Naturregeln bleiben immer bestehen. Verstehst du das?«

Sanft nicke ich ihr entgegen.

»Du meinst solch unumstößliche Naturregeln, wie eben, dass Wasser niemals bergauf fließt? Oder dass ich Aric liebe und lieben muss, einfach, weil es so richtig ist?«

Tief in mir spüre ich ein Zittern. Ja, so ist es richtig. Richtig ist gut, richtig ist richtig gut.

»Genau, Arathea. Solche Naturregeln, später werden sie mal Naturgesetze genannt, gibt es in allen Bereichen unseres Lebens. Nehmen wir das Wasser, das du angesprochen hast. Es fließt immer aus den Highlands an die Küste. Niemals wird es auf die Berge zufließen, den Strom umkehren. Daran ist Mutter Erde schuld. Du wirst lernen, woran das liegt und es wird dir bewusst sein, du wirst dies irgendwann nutzen können.

Darum, Arathea, wusste ich, du kommst immer zu mir zurück, selbst, wenn du mich vergessen zu haben schienst, dich nicht erinnertest. Auch als Kendra, liebes Kind, widerfahren dir Dinge, die du nicht deuten kannst, nicht verstehst, habe ich Recht?«

Vor Erstaunen fällt mir fast das Kinn auf die Brust und mir entweicht ein »pfffff«. Kendra, sie hat mich Kendra genannt, hier an der Küste von Inverness. Woher weiß sie meinen Namen in der fernen Zeit? Woher kennt sie mich?

Fragen über Fragen, und statt weniger werden es sekündlich mehr. Gedanken rasen so schnell durch mich hindurch, ich kann mich weder sammeln noch das Durcheinander sortieren.

Ich muss zuhören, alles Wissen aufsaugen und versuchen, es in meinem Kopf zu bewahren, es mit in die andere Welt in achthundert Jahren nehmen. Denn dass das hier entweder Trance, Flashback oder Traum ist, ist mir vollkommen bewusst und so klar wie nie. Was geschieht hier? Was verflicht sich hier und was kann ich tun oder muss ich lernen?

»Arathea, ich wurde bestimmt, dich so vieles zu lehren, doch dazu musstest du zunächst deinen Weg zu mir finden. Das hast du getan und ich möchte dir alles erklären, was ich weiß. Sei nicht scheu, stelle alle Fragen, halte nichts zurück. Doch zuerst lass mich dir etwas zu dir erzählen.

Kendra, oder wie dein aktueller Name ist, Arathea, bedeutet in unserer keltischen Sprache nichts anderes als Wissende oder Prophetin. Du bist eine Druidin und, wie ich vermute, eine sehr mächtige. Lediglich der Schleier des Vergessens hält Teile deiner Selbst gefangen, verhindert die Nutzung allen Wissens in beiden Leben. Du hast bereits bemerkt, es sind zumindest zwei Leben, die sich hier verknüpfen. Eines als Arathea und eines als Kendra. Liege ich da richtig? Berichte mir über beide Leben, Arathea.«

Ich sehe sie lange an, beginne unbewusst zu zittern, fühle mich überrumpelt, unvollständig, unwissend, geradezu dumm. Aric nimmt mich in den Arm. Seine bloße Anwesenheit beruhigt mich.

Ich, eine Druidin, das ist schon ein wenig verrückt.

»Ich heiße Arathea Dearbhàil von Inbhir Nàrann, in diesem Leben, in dem anderen heiße ich Kendra Meyer-Snelinski. Dort bin ich dreiundvierzig Jahre alt, hier zähle ich dreiundvierzig Sommer, genau weiß ich das nicht. Was mir mittlerweile klar wurde, ist, dass zwischen diesen beiden Leben ziemlich genau siebenhundertfünfundsiebzig Jahre liegen. Ich bin als Kendra im November 1974 geboren, als Arathea, wenn ich von den dreiundvierzig Sommern ausgehe, etwa 1199 im elften Monat des Jahres kurz vor dem ersten Schnee. Ich denke, dann schreiben wir derzeit das Jahr 1242, ist das in etwa richtig?«

Ich sehe Kyna und Aric an, Unruhe erfasst mich tief im Innern. Plötzlich wird mir bewusst – Kyna lächelt und nickt.

»Das ist richtig, Arathea, wir schreiben das Jahr 1242. Bitte berichte weiter.«

Sie ruckelt sich auf ihrem Kissen zurecht, wissende Augen sehen mich an, mit einem Lächeln auf den Lippen macht sie eine einladende Handbewegung und reicht sowohl Aric als auch mir einen Pflaumenmusfladen mit einem Becher Tee. Genüsslich schlürfe ich ein Schlückchen des heißen aromatischen Getränks und beiße in den wundervollen, warmen Fladen mit dem wohlschmeckenden Mus.

»Nun, wie ich sagte, bin ich in beiden Leben etwa dreiundvierzig Jahre alt und wie ich feststellen konnte, habe ich in beiden Leben drei Töchter. Nun ist mir bewusst geworden, dass Anna oder Jirieal auch träumt, irgendwie zu mir gehört und auch in zwei Leben lebt. Was mich wundert, ist, warum ihr das so wenig ausmacht, sie Personen, die sie hier kennt, dort nicht so schmerzlich vermisst, wie ich meinen Aric.«

Kyna macht eine auffordernde Handbewegung und sagt nichts dazu. So berichte ich weiter, nicht ohne Fladen zu genießen und Tee zu trinken. Meine Lebensgeister werden wieder etwas munterer.

»Ich fühle mich im Leben als Kendra in mancher Gesellschaft unwohl, nehme Gefühle anders wahr als meine Mitmenschen, viel intensiver, viel angreifender oder persönlicher, als es sein sollte. Ich habe Vorahnungen, scheine die Seele der Menschen wahrzunehmen, nicht nur deren Hülle. In diesem Leben als Arathea weiß ich Dinge, die ich hier nicht wissen kann, die es nicht geben kann. Warum weiß ich von Bakterien, warum weiß ich von Abkochen, Seife und Alkohol? Ich kenne Kräuter, von denen ich hier nie hörte, kann Mixturen brauen, die keiner kennt. Warum?«

Ich sehe Kyna mit großen Augen an.

»Ich kann Krankheiten heilen, bin in der Lage, Leben zu retten, wo eigentlich mehr als die Hälfte der Kinder hätte sterben müssen, woher habe ich das Wissen oder waren es Gottes Wille und ein Quäntchen Glück?«

Aufgeregt versichere ich mich, dass mein Aric noch neben mir sitzt. Er hält meine Hand, alles in mir bäumt sich auf, ist verwirrt, bebt bis ins Innerste.

Tief in mir keimt der Gedanke auf, dass das nicht gut ist für meinen Blutdruck. Da, schon wieder, Blutdruck, so was weiß niemand, der im Jahre 1242 lebt. Genau das berichte ich Kyna auch sofort. Aric runzelt die Stirn. Ich muss ihm vorkommen wie ein Außerirdischer, ein Monster.

»Wenn ich so eine große Druidin bin, wie du sagst, warum ist alles, was ich weiß, so vage und eine Vermutung? Warum weiß ich nichts ganz genau, vielleicht sogar so genau, dass ich Geschehnisse in der Zukunft verhindern kann? Warum Kyna? Ich weiß von den Angriffen der Nordmänner, nur nie die genaue Zeit, weiß, was geschehen wird, kann es aber nicht ändern.« Ich rede mich so in Rage, dass ich immer lauter werde.

»Kyna, in der Zukunft, als Kendra, passieren merkwürdige Dinge. Ich kann oft nicht schlafen, träume immer vom Arics Tod.«

Mit Tränen in den Augen sehe ich meinen Mann an, er streichelt beruhigend meinen Arm.

»Ich bin oftmals verstört und so wütend und zerbrochen in mir drin und dann«, tief schnaufe ich durch, »dann passieren eigenartige Dinge. Die Temperatur in Räumen verändert sich, die Luft heizt sich auf, Menschen in meiner Umgebung fangen an zu schwitzen.«

Kyna bemerkt meine Aufregung und doch sehe ich ein weises Nicken, ein kleines Lächeln umrahmt ihre Augenwinkel.

»Arathea, was ist das, wenn du in manchen Räumen bist, was passiert in dem anderen Leben mit dir?«

Worte plätschern nur so aus mir heraus.

»Ich fühle mich kaum irgendwo zu Hause, bin unruhig und durcheinander, wie ein Wanderer, ein Wallfahrer. Räume strahlen Wärme oder Unheil aus, Menschen ängstigen mich oder sie verbreiten Liebe. Ich habe Vorahnungen, was geschehen wird, und muss aus der Situation heraus, flüchte beinahe. Menschen lachen mich deswegen aus, halten mich für verrückt. Ich kann aber nicht anders. Ich reise an Orte und habe Angst, alles streitet sich, Menschen werden bösartig. Dann wieder finde ich Orte, die Liebe ausstrahlen, nur reine Liebe. Ich verstehe es nicht. Kyna, hilf mir bitte, zu verstehen.«

Tief im Inneren wird mir klar, dass ich beide Leben verflechte, aber es ist mir egal, ich bin so aufgeregt, kann mich nicht zügeln, alles zittert, meine Hände flattern. Ich sehe Aric an, er grinst beschwichtigend und doch erreicht das Lächeln seine Augen nicht. Er streichelt mein Haar.

»Arathea, so sehr quält es dich? Das habe ich nicht gewusst.«

Er scheint ebenso überrascht, wie auch schockiert.

»Ich verstehe den Sinn nicht, Kyna, was kann ich, wer bin ich und was ist meine Aufgabe?«

Das erste Mal überhaupt bin ich damit in der Lage, exakt zu formulieren, was ich wissen möchte. Ich suche meine Aufgabe. Das ist es.

»Ich bin eine Druidin, eine weise Frau. Doch was bedeutet das?«

Noch während ich diesen Satz über die Zunge rolle, umfasst mich ein schwummeriges Gefühl. Ich höre die Stimme meines Mannes von zwei Seiten: »Arathea, bleib bei mir!«

»Kendra, wach auf, was ist mit dir? Kendra, du träumst und bist völlig aufgelöst, was ist mit dir? Kann ich dir helfen?«

Kendra runzelte die Stirn und blinzelte ihren Mann völlig verwirrt an. Eben saß sie noch in der Höhle mit Kyna, jetzt hockte sie hier im Bett, zu Hause bei Anton. Das war zu viel. Eindeutig zu viel für ihre angespannten Nerven.

Sie begann zu lachen, hysterisch fast und gleichzeitig flüsterte sie Anton immer wieder ein »Warum?« entgegen.

»Warum musstest du mich wecken? Ich war so nah dran. Warum Anton?«

Tränen stürzten aus ihren Augen, ein Schluchzen entkam ihrer Brust.

Er sah seine Frau schockiert an.

»Weil du geschrien hast, weil du unruhig warst und weil ich furchtbare Angst um dich hatte Schatz. All das wird mir langsam zu bunt, ich mache mir große Sorgen um dich. Du veränderst dich stetig, wirkst abwesend und in dich gekehrt, murmelst im Traum, dass du Aric liebst, aber verdammt noch mal, ich bin dein Mann! Ich will wissen, was hier vor sich geht.

Wir haben Kinder und wer ist Jirieal? Wer ist Kyna? Und was soll das alles? Warum hast du Angst in Räumen und warum wird es so warm um mich herum, wenn du dich aufregst? Warum, Kendra, was soll das Ganze? Bisher habe ich das noch als Spinnerei deinerseits abgetan, aber das kann ich nicht mehr. Du machst mir Angst, mo chridhe, ich muss wissen, was hier vor sich geht. Bist du krank? Du weißt doch – *Tha mi gad ghràdh, mo chridhe.*«

Kendra sah ihren Mann mit einem Blick an, der …

Das Wort Entsetzen beschrieb es nicht.

Verwirrt, ängstlich, aber auch irgendwie strahlend. Anton verstand nichts mehr, was war nun schon wieder? Was hatte er jetzt schon wieder falsch gemacht? So langsam passte nichts mehr zusammen.

»Was hast du gerade gesagt, Anton?«, flüsterte sie völlig erledigt, zittrig, verstört und blass. Ihre Finger krallten sich in sein T-Shirt, sodass er es mit der Angst zu tun bekam. Sie fixierte ihn ganz genau.

»Wiederhole das bitte!«

Anton sah sie an, konnte ihren Gedanken nicht folgen und wiederholte seine Worte mit absoluter Selbstverständlichkeit. Er nahm wahr, wie Kendra immer mehr erblasste, ihre Gesichtsfarbe ins Grünliche ging und ein Entsetzen in ihren Augen sichtbar wurde, welches selbst ihn furchtbar verstörte.

»*Tha mi gad ghràdh, mo chridhe*«, beeilte er sich zu sagen. »*Mo bhean* – meine Frau«, fügte er noch schnell hinzu, damit sie ihn auch nicht missverstand.

Kendra blickte ihn an, blass, grüner als grün im Gesicht, völlig am Ende mit ihren Nerven und mit einer Sehnsucht in den Augen, die er nie bei ihr gesehen hatte.

»*Tha mi a 'toirt gràdh dhut cuideachd*«, antwortete sie ihm.

Was sollte das heißen, wieso sprach sie eine andere Sprache? Das nahm in seinen Augen jetzt aber groteske Züge an und er beeilte sich, sie danach zu fragen.

»Kendra, warum sprichst du so komisch, was heißt denn das, was du gesagt hast?«

Er sah sie an.

Tränen schossen in ihr Gesicht. Jetzt weinte sie richtig. Oh je, falsch, immer machte er alles falsch, er verstand eben nicht, was sie gesagt hatte, man wird ja noch mal nachfragen dürfen.

Kendra begann leise zu flüstern: »Anton, du hattest gerade Tha mi gad ghràdh mo chridhe zu mir gesagt, ist dir das bewusst?«

Sie sah ihm direkt in die Augen, blau, aber nicht so tiefblau wie Arics Augen. Oder doch? Etwas war anders. Aber wenn siebenhundertfünfundsiebzig Jahre ins Land gegangen waren, weshalb sollten die Augen gleichbleiben?

Die Augen sind der Spiegel der Seele. Was wusste sie schon, durch welches Leid oder welche Geschehnisse eine Seele sich verändern kann?

Was wusste sie schon, wie viele Leben er durchlebt hatte oder ob er es überhaupt tatsächlich war, ihr Mann, ihr Aric oder ob sie hier einer Täuschung oder nur ihrer Hoffnung aufsaß? Sie wusste es nicht zu sagen.

Anton antwortete ihr ganz selbstverständlich.

»Ja, habe ich, das sag ich doch immer zu dir, ich liebe dich, mein Herz. Ich verstehe deine komische Reaktion gar nicht, warum bist du ganz grün geworden, ist meine Liebe so schrecklich?

Und in welcher Sprache hast du geantwortet, mir wird das sehr unheimlich, was geht hier vor?«

Kendra beschloss, ihn soweit nötig einzuweihen, aber soweit nötig, nicht so weit wie möglich. Sie wollte nicht ins Detail gehen, um Anton nicht noch mehr zu verstören.

»Anton, du hast eben nicht wie immer *Ich liebe dich, mein Herz* gesagt, du sagtest wörtlich *Tha mi gad ghràdh mo chridhe*. Das ist gälisch und genau diesen Satz sagte mein damaliger Mann jeden Morgen und jeden Abend zu mir. Ich habe Dir geantwortet ›*Tha mi a 'toirt gràdh dhut cuideachd*‹, das heißt, ich liebe Dich auch. Gälisch Anton. Das ist Gälisch.

Anton, ich träume nicht, ich habe Flashbacks in ein früheres Leben.«

Sie sah ihm an, dass er verwirrt war und kurz davor, ihr ihre geistige Gesundheit abzusprechen. Also beeilte sie sich mit Ihrem Bericht.

Sie sprach von ihrem Leben in Nairn, erzählte ihm von Ronan, von Char, von Radha und Rogan, auch von Sven und Kensi sowie in Kurzfassung von der Geburt von Aaryn. Sie berichtete von ihren Töchtern Caitlin, Noirin und Jirieal, ließ auch nicht aus, welche Hustenepidemie grassierte, aber sie verschwieg die Angriffe der Nordmänner.

Sie berichtete auch nicht davon, Ronan schon wieder gefunden zu haben und erwähnte noch mal kurz die »Gleichheit« von Anna und Jirieal.

Anton wurde immer blasser, minütlich unruhiger, verwirrter. Er schnaufte und plötzlich brach es laut aus ihm heraus.

»Verdammt und du meinst, ich bin Aric, oder du hoffst es? Ich weiß es nicht, ja, ich träume komische Sachen, aber mich stört daran nichts. Es ist alles im Lot, es sind Träume. Und deshalb warst du vorhin so durcheinander? Ich spreche gälisch? Seit wann das denn? Ich wusste gar nicht, dass ich eine andere Sprache spreche und Gälisch kann ich schon gleich gar nicht. Was geht hier vor? Ich verstehe das nicht.«

Jetzt war er zittrig und schon fast ein wenig wütend.

»Beruhige dich, mo chridhe, ich verstehe deine Verwirrtheit, deine Ängste, deine Sorgen. Mir geht es nicht anders. Ich habe auch Angst. Ich war in meinem Traum bei Kyna, einer weisen alten Druidin, und in dem Moment, als ich endlich in Worte fassen konnte, was mich bewegt, welche Grundfragen es zu lösen gibt, hast du mich aufgeweckt. Ich versuche seit Monaten über Trancen und Träume herauszubekommen, was hier los ist, was ich erreichen soll, was ich womöglich verhindern, ändern oder heilen soll.

Jeder holt mich zurück, wenn ich unruhig werde. Die Ärzte wissen nicht weiter, ich weiß nicht weiter und soeben tun sich neue Fragen auf. Welche Rolle spielst du hierbei und wie komme ich wieder zu Kyna?«

Ganz außer Atem ob der langen Rede sah sie ihren Mann an.

»Anton, ich muss herausfinden, was kann ich, wer bin ich, warum bin ich und was ist meine Aufgabe? Verstehst du das?«

Ja er verstand es, und nichts würde ihn aufhalten, sie zu unterstützen. Ihm war in diesem Moment sehr klar, dass er sie verlieren würde, würde er die Vorgänge und Geschehnisse belächeln, doch tief in seinem Magen grummelte es bedrohlich.

Er fühlte sich, als hätte er zwei Schüsseln zu scharfes Chili gegessen, es brannte in seinem Inneren. Er musste herausfinden, was hier los war. Es betraf ihn genauso, das wurde ihm von Minute zu Minute klarer.

Sie redeten noch eine ganze Weile, bis beiden, Arm in Arm gekuschelt, die Augen zufielen.

Ein unruhiger Schlaf folgte für Anton, Blitze zuckten vor seinen Augen, ein Kind schrie, Blut, Tod und Verderben sah er, aber auch seine Frau. Sie sah anders aus, blond mit langen Haaren, aber es war eindeutig seine Kendra. Die Träume verblassten irgendwann und er sank tiefer in einen erholsameren Schlaf.

Kendra bekam davon nichts mit, sie schlief seit langer Zeit mal wieder sehr ruhig im Arm ihres Liebsten.

Tage gingen ins Land, Träume folgten, die nicht von Bedeutung schienen, die einfach immer wieder schon bestandene Situationen und Aufgaben widerspiegelten. Kendra sah erneut den Tanz ums Feuer, sah ihre Hochzeit, sah den Angriff, bei dem Ronan so schwer verletzt worden war. Sie traf wieder dieselben Entscheidungen und erinnerte sich daran, dass es so sein musste, wie es war. So war es richtig, es fühlte sich zum ersten Mal richtig an.

Kendra konnte nicht in Worte fassen, was sie empfand. Sie war einerseits unruhig, sehnte Kyna herbei, andererseits beobachtete sie im Hier und Jetzt ihren Mann, der mit jedem Tag verstörter schien, mehr kuscheln wollte, wo er sonst eher der »stachlige« Vertreter war, für den Kuscheln nicht nötig war.

Er kümmerte sich auffallend oft um die Kinder, die sich zuweilen schon belästigt fühlten. Teenager eben. Nur Anna genoss die Zuwendung sehr.

Alles in allem hätte man es so belassen können, wenn nicht eine Aufgabe bestanden hätte, die es erst mal zu verstehen galt.

Kendra wusste, dass sie es für sich herauszufinden hatte. Nur Kyna konnte ihr dabei helfen, deshalb musste sie zurück in die bewusste Höhle. Dort und nur dort befand sich die Lösung.

Tage zogen ins Land. Kendra träumte unaufhörlich. Dieses Jahr schienen die Träume nicht nachzulassen. Der Sommer war längst vorbei, der Herbst mit seinen kalten Stürmen zog vorüber, der Winter stand vor der Tür. Mittlerweile war Dezember. Es folgte Traum auf Traum, Trancen wurden gehalten und zum Teil verschoben, weil sich Kendra einfach zu erschöpft fühlte.

Es kam, wie es kommen musste. Der unruhige Schlaf, die Träume, die Arbeit, die Familie.

Alles wurde zu viel und Kendra erwischte es dieses Jahr richtig. Eigentlich bekam sie in den frühen Wintermonaten normalerweise lediglich einen kleinen Schnupfen, der sie nicht unbedingt in die Knie zwang, in diesem Jahr jedoch war es anders.

DAS FIEBER

Es war Sonntag, sie saß mit Anton am Frühstückstisch. Ein Frösteln überfiel sie, sie fühlte sich richtig elend. Kalt. Der vorherrschende Gedanke war kalt, sooo kalt. Noch während sie das dachte, bemerkte sie Aufregung um sich herum.

› Was ist los?‹, dachte sie bei sich und versuchte, sich umzusehen. *Nanu, die Perspektive hat sich verändert. Warum liege ich auf dem Boden?*

Mit großen Augen sah sie in das verwirrte, verängstigte Gesicht ihres Mannes, der über sie gebeugt, das Handy in der Hand hielt und zu telefonieren schien. Sie verstand ihn nicht, in ihren Ohren rauschte es wie ein tosender Orkan. Sie fror fürchterlich, zitterte unaufhörlich und krächzte nur noch: »Decke bitte – kalt, so kalt!«

Anton, der mittlerweile aufgehört hatte in das Telefon zu brüllen, hob sie hoch, als wöge sie nichts und ehe sie sich versah, lag sie mit eingeschaltetem Wärmeunterbett zwischen drei Bettdecken wieder in ihrem Ehebett. Anton sah sie weiterhin verängstigt an. Dann begann er zu sprechen. »Kendra, du bist umgefallen. Eigentlich bist du in Zeitlupe vom Stuhl gerutscht. Du glühst und hast hohes Fieber. Warum bist du nicht liegen geblieben, wenn es dir schon schlecht ging?«

Kendra sah ihn verwirrt an.

»Es geht mir doch gar nicht schlecht, ich bin schwach, ja, und mir ist so kalt, aber ich bin doch nicht krank, ich kann nicht krank sein, ich muss doch waschen, kochen, bügeln, aufräumen. Morgen muss ich zur Schule.«

Sie sah ihn mit großen, fiebrigen Augen an.

»Ich bin nicht krank. Nur ein bisschen ausruhen, ein bisschen schla...«

Noch während sie sprach, fielen ihr die Augen zu und sie sank in einen unruhigen Schlummer.

Anton lief im Haus hin und her, wo blieb denn nur der Arzt? Den hatte er vorhin angerufen und er wollte sich sofort auf den Weg machen. Gott sei Dank hatte an diesem Sonntag ihr Hausarzt Notbereitschaft. Das beruhigte Anton ein wenig. Wenn er doch nur auftauchen würde. Noch in diesem Gedanken gefangen, klingelte es an der Tür.

Anton sprang förmlich, um zu öffnen. Doktor Wiedmann stand davor mit dem üblichen Arztköfferchen und er bat ihn schnell herein. Nach kurzer Schilderung der Geschehnisse bat er, zur Patientin vorgelassen zu werden.

Er sah Kendra an und erschrak. So hatte er seine Patientin sonst nicht vor Augen. Blass, eingefallen, unruhig und vor allem fiebrig. Das sah der Arzt auf den ersten Blick.

Er nahm das von Anton bereits vorsorglich in der Achsel versteckte Thermometer heraus und erschrak nochmals.

Fast einundvierzig Grad.

Das war ordentliches Fieber, schon hoch für einen Erwachsenen. Nach weiteren Untersuchungen, die der Arzt sehr gründlich durchführte, stand schnell fest, dass nichts feststand.

Er konnte mit Gewissheit sagen, dass es sich um Bakterien handeln musste. Viren verursachten weniger Fieber, dafür größere Schwäche, Kendra hätte früh nicht zum Frühstückstisch gelangen können. Er vermutete den üblichen Stamm der Streptokokken, die verantwortlich waren für Halsentzündungen wie Angina oder auch Nasennebenhöhlenentzündungen, Bronchitis und auch Lungenentzündungen oder Hirnhautentzündungen.

Der Arzt befragte Anton zu weiteren Symptomen, wie Husten, Schwindel, Schleim, Schniefen und Schnauben, aber nichts davon konnte Anton bejahen. Er hatte nicht einmal gemerkt, dass seine Frau litt. Er schämte sich in diesem Moment sehr.

Dr. Wiedmann beruhigte ihn, indem er ihm erklärte, dass eine solche Infektion binnen Stunden ausbrechen konnte. Vermutlich war seine Frau am Abend noch mehr als fit gewesen, es waren keine Anzeichen vorhanden, die auf eine Infektion hinwiesen.

In Absprache mit Anton, den der Arzt auch schon mehrere Jahre betreute, spritzte er Kendra eine große Ladung Penicillin, das Mittel erster Wahl bei solchen Erkrankungen. Dazu verabreichte er ihr noch ein fiebersenkendes Schmerzmittel. Wenn das nicht binnen Stunden zu einer Besserung führen würde, kämen noch andere Mittel wie Clarithromycin oder Erythromycin zum Einsatz. Noch während er ihr die Spritze in den Allerwertesten setzte, begann Kendra im Fieberwahn zu murmeln.

Der Arzt, der sich schon sehr lange für Naturheilverfahren interessierte, wurde sofort hellhörig. Er vernahm die Worte Weidenrinde, Tee, Fieber, Honig, Knoblauch!

Schnell nahm er seinen Notizblock aus der Tasche und notierte.

»Zwiebeln, viele Zwiebeln, in Apfelessig heißmachen, eklig, widerlich, Ingwer, Meerrettich, scharf, so scharf, Kupferkessel nicht kochen, unbedingt Kupferkessel, keine Tontöpfe, KUPFER«, Kendra brüllte das Wort hinaus. Dann murmelte sie weiter. »Wein, geht auch ohne Ochsengalle, Senföle. EKELHAFT. Zwei große Löffel voll essen, dreimal am Tag. Nicht brechen, so eklig scharf, aber hilft gut, sofort Honig lutschen!«

Ein leichtes Würgen und Hüsteln folgten.

Doktor Wiedmann schaute Anton an, als hätte er einen Geist gesehen. Er erkannte das Rezept sofort.

Man sah ihm an, dass er nicht glauben konnte, was er da gerade hörte.

Es handelte sich um ein sehr berühmtes Mittelalterantibiotikum gegen Streptokokken, die freilich damals noch keiner kannte und es half wohl auch gegen die im Moment gefährlicheren Staphylokokken, die vielen Krankenhäusern heutzutage zu schaffen machten.

Er sprach Anton darauf an, woher Kendra dieses profunde Fachwissen der Kräutermedizin hatte. Anton war hin und her gerissen.

Er erzählte schließlich dem Doktor, was er erfahren hatte, berichtete über Kendras Recherchen, ihren unermüdlichen Lerneifer.

Die Träume waren Dr. Wiedmann nicht neu, das verstärkte Lernen und Erlangenwollen von Wissen hingegen schon.

Dr. Wiedmann nickte zunächst scheinbar zufrieden mit der Erklärung und fragte nicht tiefer nach. Man sah ihm jedoch deutlich an, dass er grübelte, nachdachte und zweifelte. Einen Teil der Geschichte kannte er, hatte er Kendra doch nach ihrem Hilfeersuchen an Dr. Maynardt verwiesen. So wie Anton jetzt berichtete, hatten sich die Geschehnisse ausgeweitet und weiterentwickelt.

Spannend, sehr interessant. Leider war seit der Überweisung an den Kollegen kein Bericht über die weiteren Geschehnisse an ihn geleitet worden. Sehr mysteriös.

Er kratzte sich den Drei Tage Bart, brummte vor sich hin und versprach, am Abend nach seiner Bereitschaft nochmals nach Kendra zu sehen und Anton das Buch zu zeigen, in welchem das »Antibiotikum von damals«, wie er es nannte, niedergeschrieben war. Er verließ in der Hoffnung, seine Patientin ohne hohes Fieber wiederzusehen, das Haus.

So verstrichen der Vormittag, der Mittag und der Nachmittag. Kendra schlief fest, murmelte Unverständliches und Anton sah alle fünfzehn Minuten nach ihr, da ihn eine unerklärliche Unruhe erfasst hatte. Unruhe. Nein das war es nicht. Er hatte Angst, er hatte große Angst um Kendra.

Der Tag verging ohne weitere Vorkommnisse, Kendra schlief und schlief und rührte sich kaum.

Anton versorgte die Kinder und saß dann, nachdem er nach Kendra gesehen hatte, vor dem Fernseher. Doch in Gedanken versunken, bekam er vom Film nichts mit. Lediglich ein paar Hintergrundgeräusche dudelten aus der Kiste.

Ein Schrei, schon wieder, diesmal gepaart mit einem schmerzvollen Wimmern, gellte durchs Haus und fuhr Anton durch Mark und Bein. Er stürzte zu Kendra ins Schlafzimmer, riss sie an sich, versuchte, sie zu beruhigen.

Kendra glühte vor Fieber, war schweißgebadet, unruhig und redete im Schlaf. Anton beschloss, zuzuhören, zu notieren, aber nicht, sie zu wecken. Diesmal sollte sie keinesfalls geweckt werden. Vielleicht – er schüttelte unwillkürlich den Kopf. Wer weiß, wozu es gut war.

Er maß nochmals ihre Temperatur. Immer noch über vierzig Grad. Viel zu hoch, das Antibiotikum schien nicht zu wirken. Er zog ihr, ohne dass sie erwachte, ein frisches Nachthemd an und legte ihr seine trockene Bettdecke um den Körper. Dann wechselte er die durchgeschwitzte Bettwäsche.

Zum Glück wollte Doktor Wiedmann nochmals nach ihr sehen. Er schrieb Temperatur und Zeit auf ein Notizzettelchen, um dem Arzt berichten zu können. Nachdem er Kendras Gesicht mit kaltem Wasser abgewaschen und ihr einen feuchten Waschlappen auf die Stirn gelegt hatte und sich sicher war, dass die Kinder ebenfalls gut versorgt waren, setzte er sich bequem auf seine Seite des Bettes und lauschte seiner Frau.

Dem Gemurmel ließ sich entnehmen, dass sie in ihrem Traum in ein Gespräch vertieft war. Oder war es nur ein fiebriges Durcheinander?

Sie murmelte von Aric, von Tee, von Fiebersaft, von – und hier wurde Anton dann hellhörig – von Kyna und Druiden.

Er lauschte genau Ihren Worten. Kendra sprach mittlerweile leise, aber sehr deutlich.

»Ich verstehe den Sinn nicht Kyna, was kann ich, wer bin ich und was ist meine Aufgabe? Ich bin eine Druidin, eine weise Frau. Das sagtest du mir. Doch was bedeutet das?«

Kendra oder Arathea schien genau da zu sein, wo Anton sie damals geweckt hatte. Die Worte waren exakt dieselben, die sie murmelte. Doch warum dort, wie war das möglich?

Noch während er darüber nachdachte, klingelte es.

Doktor Wiedmann.

Er ließ den Doktor ein, teilte Temperatur und Verhalten der Patientin mit und hoffte, dem Doktor fiele etwas ein, was noch helfen könnte. Weitere Symptome schienen nämlich nicht dazu-gekommen zu sein.

Der Doktor untersuchte Kendra nochmals gründlich, es war tatsächlich so, dass nichts hinzugekommen war. Weder ein eitriger Hals, der auf Angina schließen ließ, noch Husten, Röcheln oder Hautirritationen. Nur hohes, sehr hohes Fieber. Sollte es in zwei Tagen trotz Penicillin nicht sinken, würde Doktor Wiedmann Kendra in ein Krankenhaus einweisen lassen. Die Höhe der Tem-peratur ließ nichts Gutes ahnen, es könnten sich innere Eiterherde gebildet haben. Beide Männer beschlossen, dass der Doktor noch eine Dosis Penicillin spritzen sollte und sie beide lauschten, was Kendra im Fieberwahn erzählte.

Währenddessen zog Doktor Wiedmann ein großes, sehr altes, zerfleddertes Buch aus der Tasche, schlug eine markierte Seite auf und zeigte sie Anton. Dieser erschrak so sehr, dass ihm ein lautes Fiet-schen entfleuchte und das Buch beinahe von seinen Beinen rutschte.

Was dort schwarz auf weiß stand, schickte beiden Männern einen Eisschauer über die Rücken.

Naturrezepte gegen lästigen Husten (Bronchitis) oder eitrige Halsentzündungen (Angina) mit hohem Fieber.

Hustentee, hitzesenkend und wohltuend für Hals und Brust

1. Einen großen Topf voll Wasser aufkochen und kochen lassen, es muss sprudeln. Dann füge bitte getrockneten Quendel hinzu, reichlich zwei Hände voll.

2. Dann füge Salbei dazu, ebenfalls reichlich zwei Hände voll.

3. Die wichtigste Zutat gegen das Fieber ist die Weidenrinde, hier füge vier volle Hände hinzu.

4. Das Gemisch lasse zehn Zählzeiten gut durch-
sprudeln, dann nimm es vom Feuer und lasse
es abkühlen. Es darf nicht mehr heiß sein, das
verträgt der Honig nicht.

5. Wenn du behutsam einen Finger in den Tee
halten kannst, ohne zu verbrennen, dann füge
sechs große Löffel Honig hinzu, das macht
den Tee halsschonend und er schmeckt besser.

6. Lasse nun den Kranken davon stündlich einen
Becher trinken. Das Fieber wird sinken.

Medizin gegen hohes Fieber und bösen Husten

1. Bedingung: Nur geben, wenn der Kranke wirklich sehr krank ist, liegen bleibt und wirklich
glüht.

2. Nimm einen Kupfer- oder Messingtopf (je
nach Anzahl der Kranken brauchst du viel
mehr, denn fast immer gibt in einer Zeit davon viele Kranke mehr als einen) und fülle ihn
zur Hälfte mit Apfelessig oder Wein. Dann
erwärme den Kessel. Nicht kochen!

3. Wenn du welche hast, füge vier Löffel Ochsengalle hinzu. Damit hilft es schneller, aber
nicht besser.

4. Dann schäle und quetsche je nach Menge eine
bis zehn Knoblauchknollen, Knollen, nicht
nur Zehen und schiebe den Knoblauch ge-
hackt in den Essig. Lasse es ziehen.

5. Nun fahre genauso fort mit den Zwiebeln,
wieder eine bis zehn Knollen, schiebe sie ge-
hackt in den Topf.

6. Füge nun eine gehackte Ingwerwurzel hinzu, wenn du welchen besitzt. Dieser ist sehr teuer und wird nur von Seefahrern verkauft. Wenn du keinem habhaft werden kannst, nimm Galgantwurzel oder lass ihn weg.

7. Jetzt hacke vier große Meerrettichwurzeln ganz, ganz fein, bis Saft austritt und füge es dem Topf hinzu. Am besten, du pflanzt dir welchen in den Garten, den brauchst du immer.

8. Von Vorteil wäre das Hinzufügen von Rettichwurzelsaft, hier nimm reichlich. Diesen sollte eine gute Heilkundige immer vorrätig haben.

9. Dann lass das Gemisch vier Stunden sehr hoch über den Flammen ziehen, nicht kochen, nur eindicken lassen. Wenn es wie Sirup ist und äußerst scharf schmeckt, ist die Medizin fertig und du kannst dem Kranken davon – erwachsenen Menschen jeden Tag dreimal je zwei Löffel voll, Kindern jeden Tag dreimal je einen Löffel voll – verabreichen. Bitte beachte, dass der Saft sehr scharf ist und im Hals Schmerzen verursacht. Es verhindert sofortiges Erbrechen, wenn man dem Patienten befiehlt, es zu schlucken und, besonders bei Kindern, sofort einen Löffel voll Honig in den Mund schiebt.

Anmerkungen der Redaktion:
Naturantibiotikum gegen Streptococcaceae. Bakterien, die 1874 erstmals beschrieben wurden von Theodor Billroth und Paul Ehrlich. Festgehalten erstmals als Augensalbe in den angelsächsischen Originalschriften Balds Leechbook, einer Sammlung alter Rezepturen gegen vielfältige Erkrankungen aus der ersten Hälfte des 10. Jahrhunderts, verfeinert, abgewandelt und

aufgeschrieben um 1250 von Arathea Dearbhàil von Inbhir Nàrann, einer weisen Druidin und großen Heilkundigen aus dem heutigen Nairn/Schottland. Bitte beachten Sie die Wichtigkeit eines Kupfer- oder Messingkessels. Kochen zerstört die Wirksamkeit, nur simmern lassen. Wein und Ochsengalle können durch Apfelessig und Meerrettich oder Lauch ersetzt werden. Wirksamkeit medizinisch nachgewiesen gegen Streptococcaceae und zu neunzig Prozent gegen den multiresistenten Staphylococcus aureus. Achtung Vorsicht! Sehr scharf!

Anton zitterte sichtlich und auch der Doktor war verwirrt. Anton hatte berichtet, dass Kendra mit Problemen zu kämpfen hatte, schlecht träumte und er musste sicher auch den Namen Arathea verwendet haben. Der Doktor fragte nicht weiter nach, ließ Anton, soweit er wollte, erzählen, und bat lediglich, wenn sich alles aufklären würde, wüsste er gern die ganze Geschichte.

Das wollte Anton ihm nicht vorenthalten.

Er war ohnehin einigermaßen beruhigt, dass der Doktor, ein Naturwissenschaftler, den esoterischen Quatsch, der jetzt gar nicht mehr so lustig und abstrus erschien, nicht ins Lächerliche zog. Die Überraschung, dass der Doktor sich an das Rezept, das Kendra murmelte, erinnern konnte, wunderte ihn ebenfalls.

Nun, er würde es auf sich beruhen lassen. Man muss im Leben nicht alles erklären.

Er schlich, nachdem der Doktor das Haus verlassen hatte, zurück in das Schlafzimmer. Der Arzt hatte versprochen, morgen wieder nach ihr zu sehen. Kendra schlief immer noch tief und fest, schon fast den ganzen Tag. Es musste sie schwer erwischt haben. Auch murmelte sie wieder, sodass sich Anton völlig gespannt mit Diktierapp auf dem Handy und einem Zettelblock neben sie setzte. Er saß mucksmäuschenstill und lauschte aufgeregt auf das, was sie erzählte.

DER FIEBERTRAUM

K yna, es quält mich so sehr, was soll das Ganze? Ich schlafe kaum noch. Ich habe solche Angst, Angst um meine Kinder, um Aric, um Anton, um Ronan und Char.«
Ich sehe mich um, ich sitze in Kynas Höhle, habe einen Pflaumenmusfladen in der einen Hand, Tee in der anderen und zittere am ganzen Leib wie das Laub einer Pappel im Wind. Aric zieht mich in seine Arme und streicht mir sanft über den Rücken.

Ein klitzekleiner Bereich meines Hirns weiß, dass ich fiebrig im Bett liege und Anton neben mir sitzt – nicht Aric. Aber in diesem Moment schmiege ich mich an die große, breite, starke Brust meines wunderbaren, blonden Kriegers mit den hinreißenden Zöpfen, dem wunderschönen Mund, der mir auch sogleich einen Kuss abnimmt.

Ich hoffe, bleiben zu dürfen und auch, endlich zu erfahren, was hier passiert. Ich sehe in Kynas graue Sturmaugen, die eine Zuversicht ausstrahlen, mir alles erklären zu können, dass es mir augenblicklich warm ums Herz wird.

»Arathea, sieh mich an, was spürst du jetzt?«

Ich überlege kurz, ja, was spüre ich? Wärme, eine alles umspannende Wärme, Frieden, nein sogar Zufriedenheit hier an Arics Brust. Ich fühle mich warm, wohlig, einfach zu Hause.

Kyna sieht mich genau an und spricht schließlich weiter. »Arathea, du spürst Wärme und Zufriedenheit, richtig?«

Sagen kann ich nichts, aber ich nicke sehr heftig.

»Arathea, das bin ich, ich sende dir diese Wärme. Ich habe genau wie du die Fähigkeit, meine Umwelt zu beeinflussen.

Ich sagte dir bereits, dass Lebenskraft nicht entstehen oder verschwinden kann, du hast irgendwas gemurmelt von Thermodynamik, was auch immer das heißen mag. Aber genauso ist es. Du bist, genau wie ich, in der Lage, die Kraft der Luft, der Erde, des Wassers, der Sonne und der Lebewesen um dich herum, in deine Kraft umzuwandeln. Du kannst Liebe geben in einer Form, die andere nicht nur an ihren Auswirkungen wie Umarmungen oder ähnlichen Dingen wahrnehmen können, sondern auch anhand von Wärme. Du erzähltest mir, dass sich die Räume aufheizen, wenn du starke Gefühle hast. Nutze das Arathea, nutze dies!«

Kyna sieht mich auffordernd an, als erwarte sie sofortigen Zuspruch, doch ich muss das Gehörte erst mal verarbeiten.

»Du erkennst anhand deiner Gefühle, ob ein Treffen, ein Raum, ein Mensch gefährlich für dich und deine Lieben werden kann und handelst instinktiv richtig. Nutze es, es ist eine Gabe zu deinem Schutz.

Du riechst Gefahr, wie ein Tier des Waldes. Du nutzt die Kraft, um sie in Wärme umzuwandeln, um Menschen zu zeigen, wie sehr du sie liebst, du hüllst sie wie in einen warmen Mantel.

Oder du heizt die Umgebung auf, um sie aus der Gefahrenzone zu treiben. Egal, ob es für dich oder sie gefährlich wird. Es ist zu deinem Schutz. Nimm es einfach an, du kannst lernen, es zu beherrschen, aber du wirst es niemals unterdrücken können.«

Ich spüre, wie mir der Mund offensteht und Aric schafft es gerade noch, den Teetopf aufzufangen, der meinen zittrigen Fingern entgleitet. Ich versuche, zu verstehen. Liebe in ihrer reinsten Form, als Wärme, um zu schützen, zu umhüllen.

»Arathea! Du bist nicht nur eine einfache *slànaighear*, du bist eine heilende Druidin. Das heißt so viel mehr. Du kannst zwischen den Leben wandeln, bisher nur ungesteuert, ich weiß nicht, ob du es jemals steuern können wirst. Du überwindest Zeit und Raum und damit die von dir benannten Naturgesetze. Ich kann das nicht, ich kann nur Seelen aus anderen Zeiten empfangen, Du bist so viel stärker als ich. Du kannst heilen, helfen, lindern, lehren.

Akzeptiere und nimm es an. Lerne!«

Noch während sie spricht, merke ich, dass mir Tränen über die Wangen laufen. Lieben, ja das kann ich. Das kann ich als meine Aufgabe annehmen. Ein leichtes Nicken zeigt Kyna, dass ich verstanden habe und das animiert sie, weiterzusprechen.

»Deine Aufgabe ist, genau wie die meine, Arathea, das Heilen. Ja, ein bisschen Husten hier und da. Aber das meine ich nicht. Die Aufgabe ist das besondere Heilen und das Vorantreiben der Heilkünste. Warum weiß ich auch nicht genau, nur habe ich mir gedacht, das scheint so zu sein, um die Zukunft in eine Richtung zu lenken.

Es gab immer Druiden und wird sie immer geben. Wir sind Forscher, Entdecker, gern als Magier oder Zauberer verschrien, weil wir Dinge geschehen lassen können, die die Menschen nicht, noch nicht, verstehen.

Wenn du ein Kind rettest, das an einer Hustenkrankheit sterben sollte, obwohl es nur Heilkunst ist, dann wirst Du in ihren Augen immer eine Hexe sein.

Sorge mit Güte und Liebe dafür, dass sie Dich als gute Hexe wahrnehmen. Verstehst du mich, Arathea? Deine Seele hat sich Heilung zur Aufgabe gemacht, genau wie meine. Warum wir auserwählt wurden, verstehe ich auch nicht, nur, dass es so ist.

Ich schnaufe laut auf, nachdem Aric mich heftig gekniffen hat. Warum kneift er? Ich sehe ihn mit gerunzelter Stirn an, er grinst sein jungenhaftes Lächeln.

»Arathea, hin und wieder atmen wäre absolut hilfreich!«

Ich schüttle den Kopf, sehe zwischen Kyna und Aric hin und her und bin … Geschockt! Durcheinander!

Ja das trifft es. Ich darf helfen und heilen, aber verändere ich damit nicht die Zukunft?

»Warum bin ich dann in speziellen Visionen an der Seite Ragnars aufgewacht und konnte mich nicht erinnern, was passiert ist, was wir hier besprochen haben? Ich war eindeutig älter damals! Was geht hier vor? Ist es passiert, denn noch ist es zeitlich nicht passiert. Kann ich was ändern? Darf ich das? Himmel herrje.«

»Arathea, vielleicht hast Du es schon bemerkt, die Seele ist nicht an die Gesetze der Natur gebunden, sie fließt frei durch Zeit und Raum. Es gibt keine Grenzen und oft auch keine Erinnerungen, und doch lebt die Seele ewig.

Die Visionen aus der Zeit des einundzwanzigsten Jahrhunderts beeinflussen die Entscheidungen in diesem Leben hier in Schottland. Deine Seele beruft sich auf Wissen aus dieser anderen Zeit, ohne es genauer zuordnen zu können.

Das tut sie, weil sie eine Aufgabe spürt, einen Sinn sieht. Du sollst hier in dieser Zeit etwas heilen, etwas verbessern, ohne direkt in den Zeitenlauf einzugreifen.

Was, das kann ich Dir leider nicht sagen, das musst Du selbst herausfinden. Wenn es so weit ist, wird es Dich Deine Seele wissen lassen.

Du hast mir berichtet, dass Du im Leben in 775 Jahren schlecht träumst, Dich an dieses Leben hier zurückerinnerst.

Warum an dieses und nicht an die anderen mehreren hundert Leben?

In diesem Leben, hier in Schottland, kannst Du das Wissen, dass Dir dort zuteilwird, nutzen.

Deswegen gehe ich davon aus, Du sollst hier, jetzt, etwas bewirken, etwas heilen. Deine Seele kämpft, will sich nicht geschlagen geben. Du kannst es schaffen. Du kannst alles schaffen. Vertraue auf Dich.«

Ich muss sie so verwirrt ansehen, dass sie beginnt, mich zu streicheln.

Sie senkt ihre Stimme, flüstert jetzt ganz zart, wie ein Windhauch; »Zeit ist nicht gradlinig für Dich. Der Ort ist nicht wichtig für Dich. Liebe, vertraue und heile und alles wird sich offenbaren. Eines noch«, sie schnauft erschöpft auf, trinkt noch einen Schluck des mittlerweile kalten Tees: »Du solltest darüber – das gilt auch für dich, Aric – Stillschweigen bewahren, denn nicht jeder ist in der Lage, zu erfassen, welch wunderbares Geschenk du für einen Stamm wie euren bist. Es besteht immer Gefahr.

Du hast mir berichtet, dass du nicht weißt, was die Angriffe sollen, was die Männer des Nordens wollen. Nun, die Frage kann ich sehr leicht beantworten.

Die Angriffe der Nordmänner sind nicht willkürlich. Sie mehren sich, weil sie wissen, ich bin sehr alt, es muss eine neue *slànaighear* geben. Sie wollen mein und jetzt dein Wissen gegen euch und viele andere Stämme hier im Norden verwenden, wollen rauben, morden, unterwerfen. Das wäre mit den Erkenntnissen über Pflanzen, deren Gift und Verwendung viel einfacher.«

Kyna sieht mich mit großen Augen an. Das helle Sturmgrau ist mittlerweile zu einem sehr dunklen Gewittergrau geworden, man kann die Blitze fast zucken sehen.

»Arathea, ich habe deine Mutter gelehrt, Pflanzen zu nutzen, doch ich konnte sie nichts lehren, was ihr die Natur nicht mitgegeben hatte. Sie war eine einfache Heilkundige. Das soll nicht abwertend klingen. Sie war mein Kind, ich liebte sie mehr als mein Leben. Ich konnte sie nicht retten.«

Eine Träne rinnt verstohlen über ihre runzlige Wange und sie schnieft herzerweichend.

»Ich musste sie und deinen Vater verlassen, um euch zu schützen. Daher zog ich hierher, aus euren Augen. Du warst erst zwei Sommer alt. Ich wählte das Leben in Einsamkeit, meine Anwesenheit war zu gefährlich.«

Jetzt weint Kyna richtig.

Ich greife nach ihr, ziehe sie in meinen Arm und begreife, was sie mir dort zu sagen versucht. Gänsehaut erfasst mich. Ich halte die kleine, alte Frau in meinen Armen, während ich in Arics starken Armen lehne.

»Kyna«, flüstere ich, »Kyna, du bist meine Großmutter.«

Sie nickt leicht. Ihr zahnloser Mund verzieht sich zu einem Lächeln. Die Tränen rinnen und Kyna wirkt befreit. Wärme breitet sich aus. Ich scheine die gleiche Wärme und Liebe über meine *sheanmhair* – meine Oma zu legen, wie sie über mich. Es ist eine reine Liebe, ohne Worte spürbar.

Wir halten uns in den Armen. Die Seelen scheinen sich zu beruhigen. Ich habe meine *sheanmhair* gefunden.

Noch immer versuche ich, alles zu verstehen, doch muss ich das wirklich? Ja, ich habe noch Fragen und die würde ich gern stellen. Wer weiß, ob ich hierher zurückkehren kann, hierher zurückkehren werde? Wer weiß, ob meine Großmutter die Kraft haben wird, noch eine lange Zeit bei mir zu bleiben? Wer weiß das alles schon? Also muss ich fragen, alles loswerden, was mir auf der Seele brennt, kann nicht warten!

Leicht streiche ich über das schüttere, graue Haar meiner Großmutter, kuschele sie an mich und frage ganz leise: »*Sheanmhair*, sag mir bitte noch, ich habe Ronan in meinem Leben in ferner Zeit wiedergefunden, du kennst meinen Bruder?«

Kyna erstarrt.

»Du hast einen Bruder? Das wusste ich nicht, ist er ... ist er ...?«

Ihr scheinen die Worte zu fehlen. Erneut verlassen heiße Tränen die Augen und rinnen die alten Wangen hinab.

Ich weiß jedoch, was sie meint.

»Ja, Ronan ist ein wundervoller, großer, starker Krieger, wie Aric, sogar etwas größer und er weiß nichts Genaues von alledem hier, hat gelegentlich Träume und auch kleinere Erinnerungen, beginnt grade zu verstehen, beginnt bewusst zu erkennen, aber er weiß von dir. Er ist 3 Sommer jünger als ich.

Wundervoll ist, er ist glücklich mit seinem Char, dem Bogenmeister. Du musst dich nicht sorgen. Er trägt seine dunklen, langen Haare ähnlich geflochten wie Aric, seine Augen sind braun mit goldenen Sprenkeln.«

In Gedanken sehe ich meinen riesigen Bruder vor mir, den ich sehr liebe. Ich lächle.

Kyna lächelt ebenfalls.

»Also hat er doch was abbekommen von unserem Erbe, oder?«

Ich weiß nicht genau, was sie meint. Sie spricht jedoch gleich weiter.

»Er ist offenbar nicht wie alle Männer, du sprachst von Char, dem Bogenmeister. Das heißt, er liebt einen Mann?«, ihr Lächeln klingt sogar aus ihrer Stimme, der Schalk blitzt in den grauen Augen.

»Arathea, das bedeutet Großartiges.« Vor Aufregung scheint sie ganz aus dem Häuschen zu sein.

»Seine Seele ist ebenso besonders und rein wie deine. Er fühlt wie du, eine ganz reine, wundervolle Liebe, eine Liebe zu einer anderen Seele, die nicht auf Fortpflanzung, auf Kinder ausgerichtet ist. Verstehst du? Er liebt der Liebe wegen, nicht der Zeugung von Nachwuchs wegen. Er ist besonders, auch wenn er keine Heilkräfte hat. Sag mir, ist er in deinen Augen besonders? Du kannst ihn sehen, wie er ist, siehst in seine Seele.«

Große graue Sterne voller Vertrauen schauen mich an.

Ich erinnere mich an Ronan und an Char, sehe ihre verstohlenen Küsse vor meinem geistigen Auge und eine Wärme durchströmt mich, als könne Kyna sehen, was in mir vorgeht.

»Ja, Kyna, er hat mich immer beschützt, er hat immer den Schwächeren geholfen, hat Liebe und aufgrund seiner Größe Schutz gegeben, jedem, der welchen brauchte. Er liebt mit ganzem Herzen und seine Seele gehört zu Chars.«

Kyna räuspert sich, bevor sie tief empfunden seufzt: »Zwei Seelen, die zueinander gehören, wie die weißen Flügel eines Engels, werden sich immer wiederfinden. Sie werden ihren Weg immer gemeinsam gehen. Liebende Seelen erkennen sich, egal in welcher äußeren Gestalt.«

Ich nicke: »Er ist, nein beide, Char und Ronan sind etwas ganz Besonderes, wachsam und feinfühlig. Wenn ich beiden eine Farbe zuordnen müsste, wären sie für mich in der reinsten Form weiß. Es sind wundervolle Menschen. Sie strahlen Liebe aus. Ehrliche, tiefe Liebe.«

Kyna sieht mich wissend, aber auch ein wenig beobachtend an. »Arathea, du sagtest gerade, du würdest sie weiß sehen, siehst du Farben, Arathea?«

Ich schüttele betrübt den Kopf, nein, keine Farben, keine Auren. Genauso berichte ich es Kyna.

»Aber ich fühle Farben, ich ordne in beiden Leben unwillkürlich den Menschen Farben zu, ordne sie für mich in eine Farbdatei ein.« Ich grinse, Kyna weiß nicht, was eine Datei ist.

»Kyna, wenn ich zehn Kisten in der Hütte hätte, jede in einer anderen Farbe, könnte ich jedem Menschen in unserem Dorf eine Farbe zuordnen. Nicht alle haben eine reine Farbe, manche gehören in mehr als eine Kiste«.

Ich überlege, ich müsste eine helle, bunte und eine dunkle, bunte Kiste dazustellen. So würde es passen.

Da mich Kyna unverwandt und ein wenig verständnislos ansieht, beginne ich, ihr zu erklären.

»*Sheanmhair*, alle Menschen haben Farben für mich, vielleicht fühle ich so ihre Seelen, ich weiß es nicht. Du selbst bist ebenso weiß wie es Ronan, Char und Aric für mich sind. Das bedeutet für mich Reinheit in seiner vollendeten Form. Einfach liebende Seelen. Meine Kinder sind sonnig gelb bis hell leuchtend orange. Unschuldig, unwissend, wärmend wie die Sonne, rein wie das Licht. Ich liebe sie sehr.

Es gibt aber Menschen, die sind blutrot, das ist nicht gut, gar nicht gut.

Gefahr ist dann immer das Wort, was mir aufzwingt, sofort mit meinen Lieben zu verschwinden. Blaue Menschen sind kalt, unfähig zu fühlen, sie sind ebenso gefährlich wie die roten, denn sie sind skrupellos. Die Nordmänner sind für mich immer dunkelblau. Dann gibt es grüne Menschen, das sind Freunde, liebe Seelen, die ich mag, die ich verehre, aber nicht liebe. Freunde im Herzen eben.

Lila Menschen sind krank, fühle ich lila, versuche ich zu ergründen, wie sie wieder grün oder orange werden können. Meist schaffe ich das.«

Ich seufze auf und hole tief Luft, hoffe, dass Kyna versteht, was ich ihr erklären möchte.

Als ich sie nicken sehe, freue ich mich.

»Das ist eine gute Sache Arathea«, murmelt sie. »Deine Seele zeigt dir die Farbe der Seele der anderen Menschen, um es dir zu erleichtern, deine Aufgabe zu erfüllen. Bitte versprich mir, wenn du rot oder blau siehst, geh, flüchte, nimm deine Lieben mit dir. Ich habe davon gehört, meine Großmutter sah die Menschen in diesen Farben, sie beachtete das immer und wurde mehr als neunzig Sommer alt. Es kann nicht schaden, zu hören, wenn deine Seele schreit.«

Ich nicke und verspreche es ihr.

»Großmutter, bitte erkläre mir noch, warum treffe ich im Leben als Kendra Menschen von hier wieder, also ihre Seelen und warum zeigen sich mir diese Seelen durch ihre Spiegel, geben sich mir zu erkennen, andere scheinen für immer verschwunden. Warum? Finde ich alle Seelen wieder?«

»Arathea, wen hast du wiedergefunden?«, fragt sie mit wieder äußerst wachem, offenem Blick.

Ich sehe zu ihr herab, sie kuschelt immer noch in meinen Armen, scheint es zu genießen, liebt nach so vielen einsamen Wintern die Wärme unserer menschlichen Seelen, mag sich nicht lösen. Nun, das muss sie auch nicht. Ich halte sie noch fester, drücke ihr einen kleinen Kuss auf die Stirn. Ein Seufzen entkommt ihr und ich wiederhole den Kuss. Es ist so einfach, eine Seele zu beruhigen. Manchmal reicht ein wenig Wärme und Liebe.

»Ich habe Ronan getroffen, er versucht, mir durch die schwere Zeit der Erkenntnis zu helfen. Im Leben als Kendra ist er mein Heiler, man nennt es Psychiater.«

Ich muss grinsen, denn Psychiater weist auf eine Krankheit hin, ich bin aber nicht krank, nur besonders, anders eben, das muss ich den Herren Doktoren schnellstmöglich berichten.

»Seine Augen spiegeln seine Seele wider, ich habe ihn sofort beim ersten Treffen als weiß eingestuft, aber erst später erkannt, wer er wirklich ist. Wir haben beide erkannt, wie nahe wir uns stehen, er verarbeitet es noch immer. Auch, dass er in dieser Zeit hier einen Mann liebt, ist für ihn nicht so einfach zu verstehen, auch wenn es so scheint, dass der Gedanke in der fernen Zeit gar nicht so abwegig ist. Vielleicht sollte ich ihm von unserem Gespräch berichten«, kurz zögere ich, »natürlich nur von dem Teil mit seiner Liebe.«

Kyna seufzt erleichtert auf.

»Zumindest eine Seele hast du erkannt Arathea. Nicht alle Seelen wandern durch Raum und Zeit, reinkarnieren. Kommen zurück. Finden sich wieder. Bedingung dafür ist immer eine reine unerschütterliche Liebe, also ein Grund, um zurückzukehren. Gib nicht auf, viele deiner Seelen, die du hier in dieser Zeit liebst, liebst du auch im Leben als Kendra. Jedoch ist nicht jede Seele in der Lage, sich an vorhergehende Leben zu erinnern, oder erkennt diese Erinnerungen in ihrer ganzen Umfänglichkeit.

Die Seelen blenden den Schmerz oft aus, der mit Verlust einhergeht, sie schützen sich. Verstehst du?

Was ich dir vielleicht noch sagen sollte, ist, dass nicht alle Seelen im gleichen Körper wiedergeboren werden. Sie verändern sich.

Du sagst, du hast Ronan wiedergefunden, und es scheint tatsächlich ein ER zu sein.

Arathea, das ist nicht selbstverständlich. Eine Seele ist die Gesamtheit all dessen, was einen Menschen außerhalb seiner fleischlichen Hülle ausmacht. Die menschlichen Körper sind alle gleich, ein bisschen kleiner, ein bisschen größer, dicker, dünner, älter, jünger, aber gleich.

Der Unterschied ist die Liebe, die der Mensch gibt, die Wärme, das Verständnis von Dingen und Vorgängen. Ohne Seele bleibt eine leere Hülle. Jeder Mensch gibt sich anders, warum sollte das so sein, wenn es keine Seele gäbe?

Seele ist das, was bleibt, Arathea, wenn der Körper stirbt. Du verstehst, was ich damit sagen will?

Seele und Körper trennen sich im Tode und vielleicht sucht sich die Seele einen neuen Körper für ein weiteres irdisches Leben.

Ist eine Seele männlich oder weiblich? Ist die Seele wie ein Kind, neu formbar? Hat eine Seele immer Erinnerungen? All das kann ich klar mit nein beantworten.

Arathea, Seele ist eine Kraft, neutral, geschlechtslos, reine Liebe, reines Sein.

Der Hauch des bewussten Lebens sozusagen. Sie ist vorgeformt durch Erlebnisse und durchaus lernfähig.

Erinnerungen? Ja, aber nicht immer. Denn schön wäre es.«, grinst Kyna plötzlich verschmitzt. »So langsam hätte dein Groß-vater wieder da sein müssen und mich finden können.« Sie lächelt bei diesen Worten.

»Liebes, hast du den Verdacht, noch jemanden zu erkennen in deiner Nähe?«

Erst möchte ich den Kopf schütteln, doch dann fällt mir die Selbstverständlichkeit ein, mit der Anna, meine kleine Anna aus dem Leben mit Anton nach Onkel Char und Onkel Ronan gefragt hat. Und ich beginne zu berichten. Mit jedem Wort strahlt Kyna mehr.

»Was ist los?«, frage ich sie ohne Umschweife.

»Arathea, Deine Tochter nimmt das Leben an, das heutige als Jirieal und das in der Zukunft als Anna, ganz selbstverständlich. Ihre Seele scheint Dir jung, doch sie ist sehr, sehr alt, ich vermute mehrere tausend Jahre. Sie akzeptiert die Wiedergeburt bedingungslos, es ist für sie normal. Sie hat dich erkannt, deine Seele erkannt und sie weiß, wer sie ist. Der Körper ist dazu nur optisch schmückendes Beiwerk.

Sie sieht dich an und erkennt ihre Mutter, nicht deine Hülle drum herum, sondern ihre Mutterseele. Ich denke, du solltest sie ebenfalls lehren und vielleicht ist sie die nächste Generation der Druiden. Wäre doch möglich, oder?«

Ja, der Gedanke ist nicht abwegig, Anna ist genau wie Jirieal sehr sensibel, möglich wäre es. Eine Erleichterung, die ich schon lange nicht mehr fühlen durfte, erfasst mich.

Anna oder Jirieal ist bei mir. Es geht ihr gut, für sie ist es gefahr-los und nicht verwirrend.

Meine Lieben begleiten mich durch Raum und Zeit. Nur sind nicht alle in der Lage, sich zu erinnern. Damit kann ich leben.

Erneut ergreift Kyna das Wort, raubt mir mit ihren Ausführun-gen beinahe nochmals den Atem.

»Arathea, Anna oder auch Jirieal ist etwas ganz Besonderes, sie ist meine Urenkelin und sie kennt mich, besucht mich hier mit ihrer Seele. Nimm sie ernst.

Aber, und das ist wichtig Arathea, sie hat keine Angst vor mir, sie hat mich gern. Nimm ihr das im Leben als Kendra nicht weg, nenn uns niemals unsichtbare Freunde.

Lehre sie zu verstehen, lehre sie zu helfen, aber auch zu kämpfen. Lehre sie die Heilkünste und das Verstehen und vor allem«, Kyna sieht mich sehr eindrücklich an, »lehre sie, aus ganzem Herzen zu lieben.«

Mein Blick streift unwillkürlich meinen Mann, meine große Liebe Aric. Er lächelt und auch Kyna lächelt. Sie scheint meine Frage zu erahnen. Ein kleines Tränchen entrinnt ungewollt meinem Augenwinkel. Ich erschaudere bei dem Gedanken daran, ihn zu verlieren.

»Ja, auch Aric wirst du wiederfinden. Ganz bestimmt sogar, denn eure Liebe ist so rein, so stark, eure Seelen so aneinandergebunden, dass sie ohne einander nicht sein können. Ich weiß, ihr werdet euch finden oder bereits gefunden haben. Eure Seelen erkennen sich. Ich weiß es einfach.«

Ein Seufzen entkommt mir.

»Mein Mann in der gegenwärtigen Zeit heißt Anton, ist auch groß, hat einen kleinen Schmusebauch«, ich drehe mich zu Aric, streiche über seinen harten kampfgestählten Bauch, »und er hat eine Glatze.«

Ich kichere wie ein Kind, während meine Hand ganz allein den Weg zu seinen Zöpfen findet.

»Er ist immer für mich da, kümmert sich um die Kinder, hat uns, wie du, Aric, ein Haus gebaut. Sag mir, Aric, bist du das?«

Er runzelt die Stirn und antwortet ehrlich: »*Mo chridhe, tha mi gad ghràdh. Chan eil fhios agam. Tha mi a 'lorg dhut. Tha mi a 'gealltainn. Bu chòir dhut a bhith toilichte*

Mein Herz, ich liebe Dich. Ich weiß es nicht. Ich suche Dich, ich verspreche es. Ich werde alles daransetzen, dass du glücklich bist.«

So, wie er es sagt, gibt es keinen Zweifel mehr für mich, er wird mich finden, durch Raum und Zeit, wir werden zusammen sein.

Wieder fühle ich Wärme und eine derartige Ruhe in mir, die nicht mit Worten zu beschreiben ist. Noch nie fühlte ich mich so angekommen, so geerdet, zu Hause. Meine Seele kommt zur Ruhe. Ich liebe diesen riesigen Mann einfach in all seinen Facetten.

Noch lange unterhalten wir uns mit Kyna, kuscheln uns am Feuer zusammen, essen Pflaumenmusfladen und genießen die Nacht, die mittlerweile hereingebrochen ist. Ich fühle mich sicher und geborgen, warm und zu Hause. Kyna und Aric scheint es genauso zu gehen.

»Eine Frage habe ich aber noch, Kyna«, sage ich, kurz bevor wir einschlafen. »Woher wusstest du, dass wir heute kommen?« Sie sieht mich lächelnd an und ihre Zahnlosigkeit gibt ihr direkt etwas Spitzbübisches.

»Ich wusste es nicht, aber die Zeit ist reif, das habe ich gespürt. Ich wusste, du würdest mich rechtzeitig finden, würdest fragen, wissen wollen, was es zu wissen gibt. Ich habe es gespürt, Arathea.

Ich liebe dich bereits mein Leben lang, so lange wie ich weiß, dass ich eine Enkelin habe. Nun sagst du mir sogar, dass ich einen Enkelsohn habe. Ich bin unglaublich glücklich, mein Lebenskreis schließt sich. Ich bin glücklich, Arathea. Seelen, die lieben, sehen sich wieder. Glaub daran, dann wird alles gut.

Lerne in deinem Leben hier und in deinem Leben als Kendra heilen, versuche Mittel und Wege zu finden, dein Wissen in beiden Welten anzuwenden. Dann wirst du, wie ich, am Ende glücklich sein. Mehr braucht es nicht. Ich liebe dich, Kind.

Nun sollten wir aber schnell schlafen, morgen ist ein neuer Tag für euch, der euch jede Menge Aufgaben abverlangen wird, und ihr müsst eure Kräfte sammeln. Dort sind zum Frühstück noch Fladen, die kann man erwärmen. Ich liebe euch beide, Ronan und Arathea, und auch dich Aric liebe ich von Herzen. Vergesst das niemals.«

Wärme durchströmt uns und bevor ich über ihre Worte näher nachdenken kann, schläft sie in meinen Armen und ich in Arics Armen, der an der Höhlenwand lehnt, ein. Ein erholsamer, warmer, ruhiger Schlaf für uns alle.

DAS ERWACHEN

Das Rauschen des Meeres weckt mich auf, ich liege immer noch in Arics Armen. Doch Kyna ist weg, das Feuer erloschen. Ich drehe mich zu ihm um, er schlägt seine blauen Augen ebenfalls auf, und sieht mich voller Liebe an.

»Sie ist weg, oder? Ich werde sie in diesem Leben nicht wiedersehen.«

Tränen schießen mir in die Augen. Kyna hat ihren letzten Abend in diesem Leben uns gewidmet, mir ihre Liebe gezeigt, mich spüren lassen, willkommen und vollkommen zu sein, genauso, wie ich bin. Ich bin richtig. Das warme Gefühl in meinem Inneren flammt auf. Ich bin richtig, ein Gedanke, der so wunderschön ist, dass man es kaum zu beschreiben vermag.

Die Worte Kynas hallen in mir nach. Der Lebenskreis hat sich geschlossen.

Sie wusste, dass es ihr letzter Abend war, wollte alles klären, was es zu klären gab. Sie wies uns sogar noch darauf hin, dass sie für ein gutes Frühstück gesorgt hatte. Meine Großmutter. Sie kennenzulernen, war mehr, als ich jemals zu hoffen wagte. Ein wundervoller Mensch, und ich weiß in diesem Augenblick, ich werde sie wiedersehen, werde sie erkennen, wenn es so weit ist.

Sie wird es mich wissen lassen. Eine riesengroße Dankbarkeit erfasst mich, als ich aufstehe, das Feuer erneut anfache, Tee koche und die Fladen erwärme, die sie uns gestern noch gebacken hat. Auch finde ich noch drei große Tontöpfe Pflaumenmus. Diese werden wir mitnehmen, als Erinnerung an meine Großmutter.

Warm, richtig, zu Hause!

Wir stapfen durch den Steindurchgang, durchqueren das Wasser am Fuße der Höhle und erreichen die Küste. In unseren Bündeln haben wir das Pflaumenmus. Wir gehen Richtung Dorf zurück, werden einige Zeit unterwegs sein. Die Reise hierher dauerte länger als gedacht. Wir folgen der Bergkette am Strand entlang Richtung Sonnenaufgang. Ein Summen erfasst mich, ein Rauschen und ich sehe Arics blaue Augen verschwimmen.

Ich muss ihn verlassen, kehre zurück zu Anton – in meine Zeit.

Tief luftholend, saß Kendra auf der Bettkante und zitterte. »Wie geht es dir? Ich mache mir große Sorgen, lass mich Fieber messen, es war sehr hoch, als vorhin der Doktor hier war. Bitte, lass es mich messen«, flüsterte Anton ihr leise zu.

Kendra tat ihm dem Gefallen, lehnte sich zurück und hielt das Thermometer unter der Achsel fest. Ihr war gar nicht mehr so krank zumute. Vielleicht ein bisschen schwach, aber derart elend wie noch ein paar Stunden zuvor fühlte sie sich keinesfalls mehr. Verwunderlich!

Das Fiebermessgerät zeigte nunmehr etwas über achtunddreißig Grad an. Gott sei Dank, man sah Anton die Erleichterung an.

»Kendra, sprich mit mir, was war mit dir? Was ist geschehen? Du hast geweint und gelacht, hast gemurmelt und von Kyna gesprochen. Ich habe einiges notiert und aufgenommen, kann mir aber immer noch keinen genaueren Reim darauf machen. Bitte, berichte mir. Vorher zeig ich dir aber was«, sagte Anton sehr geheimnisvoll.

Er drehte sich zur Seite und griff das Buch des Doktors. Er zeigte Kendra im Buch die Seite mit ihrem Namen. Kendra begann zu lesen. Ihre Augen weiteten sich immer mehr, bis ihrer Brust ein anfangs heiseres, dann immer lauteres, befreiendes Lachen entkam. Ja befreiend, denn sie wusste endlich genau, was los war.

ORDNUNG
UND ENDLICH EIN PLAN

E ndlich waren alle verwobenen Stränge in ihrem Kopf klar geordnet, ihre Aufgabe klar ersichtlich. Heilen, helfen, lieben. Offensichtlich auch notieren. Fein säuberlich hatte sie die alten Rezepte ordentlich für die Nachwelt aufgehoben. Schaden konnte das keinesfalls.

Anton beobachtete jede Reaktion mit Argusaugen, verstand nicht, wurde unruhig. Kendra nahm ihn erstmals in einer solchen Situation in den Arm, gab ihm Halt und Kraft.

Seine blauen Augen beobachtend, die sie so endlos liebevoll ansahen, mit so viel Vertrauen und Verständnis, nahm sie seine Hände in ihre und begann zu berichten, was in dieser Höhle, in ihrem früheren Leben geschehen war und ihr zur allumfassenden Klarheit verholfen hatte.

Beide redeten lange und intensiv, sahen sich immer wieder in die Augen, ab und zu küssten sie sich liebevoll und erkannten, dass es so, wie es war, absolut richtig war. In Gedanken blitzte kurz die Erkenntnis auf.

»Es war richtig.«

Nachdem sich so viele Dinge falsch angefühlt hatten, war es in der heutigen Zeit, in ihrer Realität, endlich richtig.

Sie liebte ihren Anton von Herzen und Aric war eben in diesem anderen Leben ihr Mann, damit musste sie sich abfinden. Anton war hier bei ihr, nicht Aric, und das war der korrekte Lauf der Zeit.

Beide schliefen schließlich Arm in Arm in den frühen Morgenstunden ein, nicht, bevor sie sich ihre Liebe bekundet und beschlossen hatten, die Herren Doktoren, und zwar alle drei, in einer Sitzung aufzuklären.

Warum entschlossen sie sich für alle drei?

Kendra erhoffte sich nach Antons Erzählungen mehr Kräuterwissen von dem Allgemeinmediziner. Vielleicht könnte sie davon profitieren, wenn bestimmte Krankheiten sie in der Vergangenheit überfordern sollten. Sie hatte sich geschworen, wenn sie es verhindern könnte, würde niemand mehr sinnlos sterben. Wenn sie der Nachwelt verhelfen könnte »Kräuterhexenwissen«, denn so nannte sie es, zu bewahren, könnte sie wieder beruhigt schlafen. Sie würde helfen und heilen, soweit es in ihrer Macht stünde.

Sie grinste und flüsterte. »Das ist schon ein Ding, wenn ich bestimmte Krankheiten in der Vergangenheit heilen können soll. Das war nicht nur das Paradoxon der Zeit, sondern auch der deutschen Sprache.«

DIE HERREN DOKTOREN
UND DAS TREFFEN

Kendra nahm den Telefonhörer in die Hand und bat Paul um einen kurzfristigen Termin mit Steffen Waller und ihm in seiner Praxis, mit der Prämisse, sich mindestens drei Stunden Zeit zu nehmen, um alle Aspekte nachzuvollziehen. Sie wollte in Ruhe mit den Männern reden.

Wie sie es gerne ausdrückte, »juckten ihre Haarwurzeln«, was gewöhnlich hieß, dass etwas nicht nach Plan verlaufen würde. Dieses Gefühl war dieses Mal so stark, dass sie sich nicht dagegen wehren konnte. Sie hoffte, dass keiner böse oder pikiert wäre, weil sie des Rätsels Lösung nun allein und ohne Hilfe der Herren Psychiater gefunden hatte.

Man besprach, sich in drei Tagen zu treffen, der vierzehnte Dezember.

Eine winzige Unruhe und eben das besagte Haarwurzelkribbeln bezog sie auf die nahende Wintersonnenwende *Dubluachair* genannt. An diesem Tag suchten sie immer die schlimmsten Träume, Erinnerungen und Visionen heim, wie würde es in diesem Jahr werden?

Sie wusste, was geschehen würde und auch nicht mehr zu ändern war, weil es schon vor über siebenhundertfünfundsiebzig Jahren geschehen war. Die Spielchen mit Zeit und Raum waren ihr immer noch nicht klar und sie bezweifelte, viel tun zu können.

Sie wollte lediglich vorher so viel wie möglich von Doktor Wiedmann zur Behandlung von Wunden, Stichverletzungen, Axthieben lernen. Sie wusste, es gab damals keine Wundschnellverbände und Mull oder Ähnliches. Es gab keine Betäubung, nichts, was ihr nach ihrem Wissen helfen könnte.

Jedes Jahr am einundzwanzigsten Dezember begannen die Träume mit dem Fürchterlichsten, mit dem Tod Arics. Würde es wieder so sein? Wenn sie Aric nicht retten konnte, dann wenigstens andere Menschen ihres Dorfes. Ob das die Aufgabe war, die Kyna meinte, andere Menschen zu retten?

Die Woche nach Nikolaus verging wie im Flug und der Tag des gemeinsamen Treffens stand vor der Tür. Kaum hatte Kendra die Schwelle zur Praxis übertreten, kribbelte es unter ihrer Kopfhaut, als würden tausende von Ameisen auf ihrem Kopf einen Tango tanzen.

Sie griff sich an den kurzen Schopf und kratzte mit verzweifeltem Gesichtsausdruck.

»Geht es dir wieder schlechter?«, fragte Anton und Doktor Wiedmann zog besorgt seine Augenbrauen zusammen.

»Keine Angst, das hat nichts mit der Infektion zu tun – auch wenn eine Drahtbürste gerade ein Segen wäre«, scherzte Kendra und schrubbte hingebungsvoll ihren Hinterkopf.

Anton atmete erleichtert auf, Doktor Wiedmann beließ es derweil bei einem skeptischen Blick.

»Guten Tag«, begrüßte sie Doktor Waller, während er die Tür öffnete.

»Ich bin ehrlich gespannt, was es für neue Erkenntnisse gibt«, gestand er, während er mit einem freundlichen Winken des Armes die Gäste hereinbat.

Anton ging leicht schleppend voran, dann folgte Kendra fast hüpfend durch die Tür.

Unruhe! Irgendwas lag hier in der Luft. Ein Flirren, ein Surren.

Doktor Wiedmann bildete das Schlusslicht, skeptisch, ungläubig, mit aufgesetztem Pokerface, die Brauen leicht zusammengezogen schlurfte er in die Praxis. Er wollte der Sache mit den Träumen und dem Fieber nun endgültig auf den Grund gehen.

Ein leises Geräusch, ein verzweifelt gezischtes »Oh mein Gott ...«, dann ohrenbetäubende Stille.

Kendra kratzte sich grade wieder hinterm Ohr und zuckte aufgrund der unerwarteten Worte zusammen. Sie drehte sich verwundert zum Hausarzt um, von dem dieser verwirrte Laut wohl gekommen war.

Doktor Wiedmann riss die Augen kugelrund auf, wurde blass und begann zu zittern. Er sackte im Bruchteil einer Sekunde auf die Knie. Sein Blick schien ins Leere zu gehen. Ein hohes, schmerzvolles Fiepen, wie das eines gepeinigten Wolfes, verließ seine Kehle. Er hob langsam die Hand und zeigte bebend auf Paul.

»Ronan«, stammelte er leise.

Die ihm sonst immer eigene kühle Aura gepaart mit unglaublicher Selbstbeherrschung war fort.

Paul schien ebenfalls wie in einer anderen Welt. Er sackte kurz nach ihm nach unten und starrte in seine Augen. Röte begann den Hals hinaufzuziehen. Er schnaufte, nahm die Brille ab und kniff sich zweifelnd in die Nasenwurzel. Gänsehaut kroch den Nacken hinauf. Seine Haare stellten sich wie elektrisch geladen auf.

»Char!«

Nur ein Name, leise, zart, wie Blätter im Frühlingswind und doch war alles gesagt.

Fassungslosigkeit spiegelte sich in den Augen der beiden Männer. Beide starrten sich an, die Brauen zusammengezogen. Hängende Schultern, wie kraftlos, zeugten von der Überraschung des Moments.

Der gesamte Raum war zu einer Oase der Nähe geworden – tiefe, warme, schier unendliche Liebe erfüllte diesen Ort.

Langsam, zögernd und unsicher rutschte Doktor Matthias Wiedmann, leicht den Kopf schüttelnd und mit Unglauben in den Augen näher auf Paul zu, die Hand ausgestreckt. Paul, auf Augenhöhe mit Matthias, verstand das Zeichen, ergriff dessen Hand und beide bewegten die Lippen synchron, ohne ein Wort zu sagen.

Dann ein Hauchen, kaum verständlich: »Mein.«

Ein Zögern, ein abschätzender Blick, ein erkennendes Aufflackern, tiefes Blau trifft warmes Braun. Ein fast unsichtbares Nicken. Sanft, fast zauberfeengleich legten sich die Lippen Pauls auf die von Matthias. Ein Kuss, so voll Gefühl und Sehnsucht, als gelte es, Jahrhunderte voller Schmerz wettzumachen. Zwei Seelen im Einklang, vereint über Raum und Zeit.

Brust nah an Brust, Bauch nah an Bauch, sich an den Händen haltend, saßen sich nun beide auf Knien auf dem Boden ganz nah gegenüber und ließen sich nicht aus den Augen.

Das Kribbeln auf Kendras Kopf wurde von einer angenehmen Kühle abgelöst, wie ein langersehnter Regenschauer an einem zu heißen Sommertag. Ihr Herz schlug gleichmäßig, tiefe Zufriedenheit beruhigte ihren Puls.

Sie hatte eine Aufgabe erfüllt.

»Eine Aufgabe?«, murmelte sie leise zu sich selbst und richtete ihren Blick wieder auf die beiden Männer, die noch immer in ihrer ganz eigenen Realität zu sein schienen.

Kendra hatte nicht gewusst, dass sie diesen Auftrag zu erfüllen hatte – nein, aus tiefster Seele hatte erfüllen wollen! Aber Kyna hatte ja so etwas angedeutet. Ihre Seele würde ihr immer ihre Aufgaben zeigen.

Der große Krieger hatte seinen Bogenmeister wiedergefunden.

Ein Lächeln stahl sich auf ihre Lippen, als sie bestimmt nickte.

Sie blickte sich im Raum um.

Doktor Wallers Mimik zeigte Unverständnis, er runzelte die Stirn, schüttelte immer wieder den Kopf.

Anton kratzte sich die Stirn, was ihm ein verzweifeltes Aussehen verlieh. Er krempelte die Hemdsärmel hoch, eine Schweißperle rann über seine Stirn hinab. Steffen Waller öffnete laut schnaufend den Hemdkragen und legte die Krawatte ab.

»So eine verdammte Hitze hier«, murmelte er dabei.

Kendra fühle eine leichte angenehme Wärme, eine innere Ruhe, ihr Atem ging sanft. Sie lächelte.

Paul fasste sich als Erster, kehrte wieder in diese Welt zurück. Er sah auf und blickte Kendra liebevoll aus goldgesprenkelten Augen an.

»Danke, Arathea, danke«, wisperte er gleich darauf unendlich sanft.

Tränen tropften auf die ineinander verschlungenen Hände beider Männer.

»Danke, dass du mir meinen Char wiedergebracht hast. Tod, Wiedergeburt, Zeit – das waren nur Worte für mich, bis ich dich traf. Ewige Seele – unklar, bis ich dich verstand. Liebe durch alle Zeit, ein nicht gewagter Traum, doch er ist hier – sieh doch, seine Hand.«

Er beugte sich hinüber, küsste seinen Char noch einmal scheu und sanft. Die braunen Augen mit den goldenen Sprenkeln begannen zu strahlen, wie ein Bernstein am Strand von Nairn.

Zusammen, was zusammengehört! Liebe kennt weder Geschlecht, noch Zeit, noch Raum.

Liebe war, Liebe ist, Liebe wird immer sein.

Warm durchzogen Kynas Worte Kendras Gedanken: »Zwei Seelen, die zueinander gehören, wie die weißen Flügel eines Engels, werden sich finden. Sie werden ihren Weg immer gemeinsam gehen. Liebende Seelen erkennen sich, egal in welcher äußeren Gestalt.«

Ein Gespräch heute? Sinnlos, nichts und niemand hatte Bedeutung. Kendra lächelte und zog den verstörten, verständnislos dreinblickenden Anton vor die Tür. Dieser schüttelte nur den Kopf und murmelte: »Gràdh.«

Kendra hob skeptisch eine Augenbraue, kniff dann die Augen prüfend zusammen, ließ das Wort jedoch unkommentiert.

WINTERSONNENWENDE
– DUBLUACHAIR

Mit den Gedanken an diese besondere Nacht des Jahres stellten sich alle Härchen auf Kendras Armen auf. Ein Schaudern überlief sie. Kälte erfasste sie, brachte sie zum Zittern.

»Tod!«

Ein Wispern im Kopf.

»Tod, Kampf, Krieg, Leid!«

Sie würde Aric sterben sehen, würde ihn nicht retten können. Seit der letzten Sommersonnenwende waren die Träume schlimmer geworden, blutiger, realistischer, und vor allem häufiger. Sie wusste, dass sie heilen und helfen konnte. Doch hier schien sie nichts ausrichten zu können. Immer wieder zogen Kynas Worte durch ihre Sinne. Was geschehen war, war vor vielen Jahrhunderten passiert.

Der schmerzende, würgende Knoten in ihrem Bauch wollte sich nicht lösen, im Gegenteil, er wurde größer und fester.

Die Wintersonnenwende war ein hoher Feiertag im Schottland des dreizehnten Jahrhunderts. Das wusste Kendra, viele Stunden zwischen staubigen Büchern zeichneten ein genaues Bild. Wie ein rotes, blinkendes Licht durchzog es ihre Gedanken. Am einundzwanzigsten Dezember war die Nacht am längsten, der Tag mit seinem Licht am kürzesten. Kendras Herz zog sich zusammen.

»Es wird ewig Nacht sein in mir, wenn er stirbt«, wisperte sie.

Traditionsgemäß loderte ein großes Feuer. Viele kleinere Feuer wurden am Strand entzündet, es wurde tagelang vorher gebacken, gebraten und Irn-Bru, die leckere Kräuterlimonade, gebraut. Kendra wusste um die Symbolik. Unruhe, Übelkeit und nackte Angst zogen eisig wie ein Nordpolarwind über ihre Seele. Siebenhundertfünfundsiebzig Jahre im Zeitenlauf und noch immer unendliches Leid. Die Saiten in ihr klangen im immer selben Requiem, im Trauerlied um ihre Liebe.

Sie würde nach Nairn zurückkehren, heute Nacht. Dessen war sie sich mehr als sicher. Wie es geschah, sie zuckte mit den Schultern, schüttelte leicht den Kopf, alles lag im Nebel. Sie wusste, was geschehen würde, was geschehen war, wusste um ihren Verlust, ihre Trauer um Aric.

Vielleicht würde sie einmal Glück haben, nur vom Fest träumen, von den Trommeln, von den vielen Wintersonnenwendfeiern, an denen sie einfach nur glücklich war und am Ende des Abends in Arics warmer Umarmung einschlief. Das war ihr sehnlicher Wunsch und doch – so gnädig war das Schicksal nicht. Ein letztes Mal in seinen Armen, ein Wunsch, das Herz wurde so schwer.

Goldbrauner Whiskey rann sanft durch ihre Kehle, kein Brennen oder Husten. Die Schotten hatten über die Jahrhunderte definitiv dazugelernt. Sie legte ihre Arme um Antons Brust, zupfte kurz an seinen Haaren, kuschelte sich an und schloss die Augen. Ein wundervolles Gefühl. Heimat. Er wusste um den Zustand ihrer Seele.

Nach der Sache mit Paul und Matthias oder besser Ronan und Char hatte er so viele Fragen. Warum hatte Kendra nicht früher geredet? Es schnürte ihm die Kehle zu, unfähig nachzubohren. Sie erklärte ihm mit abwesendem Blick den warmen Sommerhauch, der die wunderbar gelben Highlands streifte und lachte herrlich wild gestikulierend, während sie berichtete, wie Ronan einen Hasen gefangen hatte und Char sich weigerte, ihn zu töten, und tagelang lieber nur Brot und Suppe aß.

Erklärte mit den Händen und Füßen Form, Ausmaß und Einrichtung ihrer Hütte hinter den Dünen. Sie bat leise murmelnd um Verständnis, flüsterte ihre Angst, für verrückt gehalten zu werden in den Raum, ihren Vorsatz, ihre Familie zu schützen, berichtete über die Worte Kynas über ihre Jüngste, Anna. Sie schwebte nicht in Gefahr. Entweder waren die Träume irgendwann vorbei oder sie würde lernen, die Gaben zu nutzen, die ihr geschenkt wurden.

Sein Herz raste in stampfendem Stakkato, der Klang eines angekündigten Kampfes, er glaubte ihr jedes Wort. So viel Fantasie hatte keiner, er sah es in ihren Augen.

Er würde sie beschützen. Worte stanzten sich in sein Herz. »Tha mi a 'sabaid«, wisperte er leise zu sich, »ich werde kämpfen. Tha i na m'anam – Sie ist mein!«

Er bestätigte seine Gedanken mit einem festen Kopfnicken und zog Kendra besitzergreifend näher zu sich.

Seine Lippen hauchten Worte, fremd und doch so vertraut für Kendra. Worte, deren Fremdartigkeit er nicht zu bemerken schien. Sie legten sich jedoch wie eine warme Decke um Kendras Seele.

»Tha mi còmhla ribh. Mo Chridhe, ich bin bei dir. Tha e sgiobalta, Schatz, er ist schlau!«.

Beide fielen mit dem Höhersteigen des Mondes in einen leichten Schlummer, der ruhig und friedlich war. Gegen Mitternacht, zwischenzeitlich waren beide ins Bett gewechselt, begann Kendra, sich unruhig hin und her zu wälzen. Anton wurde wach und sofort war ihm klar, Kendras Seele war zurückgekehrt nach Schottland. Unsicher, ob er sie wecken sollte, ihr möglicherweise eine Menge Leid ersparen konnte, beobachtete er seine Frau ganz genau. Die zuckenden Lider, die verkrampften Hände, noch gab es keine Tränen. So ließ er sie schlafen, seine Finger lagen jedoch unruhig an Zettelblock und Diktiergerät.

Er spürte die Angst eiskalt nach seinem Herzen greifen.

Kendra ließ ein kleines Schmatzen hören, lächelte kurz, seufzte auf.

Etwas von Schaf am Spieß, gebratenem Ochsen, leckeren Wurzeln, das gab es dort am Feuer, von Tanz und einem Kuss mit Aric war ihre Rede.

Anton konnte sich genau vorstellen, wie es dort war. Hinter seiner Stirn entstanden Bilder von einem langen Sandstrand mit

Feuern, der Duft von gebratenem Fleisch durchzog das Schlaf-zimmer. »Gott, was ist das?«, keuchte er auf.

So schnell, wie der Duft gekommen war, war er auch wieder verschwunden.

Ein leichter Stich im Herzen, war das eine Erinnerung oder ein Wunsch? Wollte er mit seiner Frau dort sein? Er schüttelte rasch seinen Kopf – nein, er war nicht ängstlich. »Ich bin ein Krieger, ich werde sie beschützen.«

Huch, wo kam dieser Gedanke her? Er kratzte sich über dem Ohr. Das Gefühl von langem dichtem Haar strich an seinen Fingern vorbei.

»Echt jetzt – wie geht das denn?«, stutzte er.

Er fühlte, dass er gern bei ihr wäre, wo auch immer ihre Seele gerade war. Behutsam, wie die Berührung eines Schmetterlings, wanderten seine Gedanken. Mist, ihn verfolgte eine Gestalt, die vor siebenhundertfünfundsiebzig Jahren gestorben war.

Wie der Blitz kam ihm ein Gedanke: *Hoffentlich kann ihn Kendra retten!*

Welch Unsinn. Und doch, er wollte seine Frau wieder glück-lich, selbst wenn es dazu Arics Überleben brauchte, es war egal. Er wollte wieder mit ihr tanzen, ihre Augen leuchten sehen.

Eine leichte Brise weht über die Küste Nairns in Richtung Inland, Kälte überzieht das Land und eine feine, ganz sanfte Schneedecke lässt die Wälder wie überzuckert aussehen. Boten brachten schon vor Tagen die Kunde, dass viel Schnee in den Highlands um Ab-erlour und Dufftown gefallen war. Ein untrügliches Zeichen, dass der Winter hart werden würde. Ich sehe mich um, zu Hause, bin zu Hause an der Küste Schottlands, wieder Arathea, nicht mehr Kendra.

Die Hände fahren unwillkürlich über mein Haar, kurze rote Stoppeln, langes weiches Blondhaar? Puh! Sie sind lang, sehr lang.

Wärme flutet mein Herz. Schnell binde ich meine Haare nach hinten, flechte geübt meinen Zopf, der bis zur Taille geht, und stecke ihn dann zu einer Schnecke am Hinterkopf zusammen. Ich ziehe den Überwurf fester um meine Schultern. »Verdammte Kälte«, murmle ich in meinen Kragen. Mein Atem kommt in kleinen Wölkchen, die schneller als die meiner Mitmenschen um mich herum aufsteigen. Mittwinter, Frost, Wind und ein bohrendes, nagendes Gefühl in meinem Inneren. Ein kaltes Grausen ergreift mich, während ich mich umsehe.

Überall an der Küste sind bei Einbruch der Dunkelheit kleinere und größere Feuer entzündet worden. Genau, wie ich das erwartet hatte. Die Jugendlichen des Dorfes hatten sicher schon tagelang Holz aufstapeln müssen. Mein Blick wandert Richtung Inland, auch hier sprühen Funken, flackernde Lichtscheine diverser brennender Holzhaufen, andere Siedlungen weiter hinter den Dünen.

Ein Rumoren erklingt laut aus meinen Eingeweiden, alle Härchen auf den Armen stellen sich auf.

So viele Menschen und der Tod liegt deutlich wahrnehmbar in der Luft.

Sicher hatte ich tagelang versucht, Aric diese Feier auszureden, hatte ganz bestimmt versucht, zu erklären, warum ich Angst hatte und mich das Gefühl einer allumfassenden Gefahr nicht losließ. Aber Frauen hatten nicht viel zu sagen. Ich habe Glück mit meinem Mann, Aric erkennt mich voll an, akzeptiert meine Gabe bedingungslos und hört auf mich. Zumindest manchmal.

»Dieser sture Bock«, durchfährt mich ein Grummeln. Er lächelt jetzt, hat mich anscheinend gehört. Mein Gesicht nimmt die Farbe reifer Walderdbeeren an. Er grinst unverschämt, seine Augen spiegeln aber eher Belustigung und Verständnis.

»Es ist Schicksal, Arathea. Du, sowohl als Druidin, als auch als Weib, kannst nichts ändern, nur helfen und heilen, wenn es so weit ist. Tu, was du am besten kannst. Hilf, heile.«

Wir wissen nicht, ob es diese Wintersonnenwendfeier ist oder eine der nächsten.

Ich möchte mich nicht immer fürchten. Blaue Sterne blitzen mich an. Seine Augen lösen immer noch die gleichen warmen Wellen in meinem Inneren aus, wie in dem Sommer unserer ersten Begegnung. Ich war erst fünfzehn Sommer alt, Aric zählte siebzehn Sommer. Leise spricht er aus, was er denkt.

»Ich möchte das Leben genießen, solange es währt, es ließe sich sowieso nichts ändern.«

Sein Unterton versucht, mich einzulullen, will mir die Sorge nehmen.

»Trink, tanze, iss, es ist noch lange, bis zur nächsten Feier, der Sommersonnenwende«, murmelt er mir grinsend und zischend ins Ohr und küsst es dann sacht.

»Der verdammte ...«, durchzuckt es mich, er weiß ganz genau, dass ich das nicht leiden kann.

Stunden vergehen. Kälte greift immer mehr nach mir, zieht an meiner Haut und lässt mein Herz frieren. Das Haupthaar krabbelt wieder. Ich kratze. Seit Tagen schon. Erst schrubbte ich den Kopf mehrfach mit Seife, dann vermutete ich gar diese kleinen Schädlinge auf meinem Kopf, die tanzten. Dieses unerträgliche, nervöse Krabbeln – Andeutung großer Veränderungen, Probleme oder gar Katastrophen. Ganz kurz denke ich schmunzelnd an den »Lausekopf«, als sich Char und Ronan wieder in die Arme schließen konnten. Der Gedanke, dass dieses erst eine Woche, sieben Tage her ist, wirkt wie eine Eisdusche – siebenhundertfünfundsiebzig Sommer und doch war es erst sieben Tage her, ein Lächeln entgleitet mir. Unglaublich! Das Switchen zwischen den Zeiten wird mich irgendwann zerstören.

Aric kommt näher zu mir, schnappt mich und zieht mich an seine breite Brust, streichelt mir über das Haar und fegt wortlos die Scherben zusammen, die ich überall zu hinterlassen scheine. Gerade fiel wieder ein Tontopf scheppernd zu Boden. Aric schüttelt den Kopf, murmelt etwas, das wie »vielleicht sollte ich doch aufpassen, wenn sie so verstört ist« klingt, und zieht fröstelnd sein Plaid über den Schultern und dem Lederwams zusammen.

Leise, mit den Händen immer wieder über meine kleinen Dolche fahrend, die ich im Rocksaum versteckt halte, ziehen die Worte »helfen und heilen«, durch meinen Kopf. Ich soll das Schicksal nicht ändern, soll nicht eingreifen und doch haben wir dort in der Höhle mit Kyna Arics Tod besprochen.

Was war das? Ich will meine Liebe vor dem Tod retten? Händeringend stehe ich da, finde keine Antworten. Das Paradoxon der Zeit, schwere Wörter für ein absolutes Kuddelmuddel. Antworten suchen, eine neue Verpflichtung, die sich in meinen Kopf bohrt und die Haut unter meinen langen Haaren jucken lässt.

Wärme und Liebe durchfluten mich kurzzeitig wie ein warmer Schluck Tee, Ronan überlebt und lebt dann mit Char in den Bergen. Das habe ich schon erlebt. Sie haben sich wiedergefunden in der neuen Zeit, ihre Seelen erkannten einander.

Ich blicke auf. Die Atemwölkchen scheinen fast in meinem Mund zu gefrieren. Wind heult um die Feuer, lässt Funken stieben. Bin ich das? Gefühle beeinflussen meine Umwelt. Eine Erinnerung an glückliche Tage durchzieht mich. Liebe erzeugt Wärme, Wut erzeugt Hitze, Trauer erzeugt, genau wie Angst, eine große Kälte im Herzen. Eine leichte Außenwirkung ist mir bekannt. Ich kann Emotionen, meine Emotionen, für andere greifbar machen, sie fühlen meine Wärme oder Kälte. Aber in diesem Umfang? Ein Keuchen entfährt mir.

Zur muss zur Wärme des Feuers, ich muss die Gefühle verdrängen, muss sie für mich behalten, muss sie einschließen in meinem Herzen. Wärme, ich brauche Wärme! Aus dem Augenwinkel erkenne ich Wachen rund um das Dorf. Wenigstens darauf haben sie gehört.

Die Menschen des Dorfes weichen mir immer öfter aus, meiden mich. Die Visionen scheinen schlimmer geworden zu sein. Hinter vorgehaltener Hand fällt das Wort »Hexe«. Das trifft mich mehr, als ich vermutet hätte. Eine Träne schleicht sich aus dem Augenwinkel. Nein, ich werde nicht in Tränen ausbrechen, werde nicht kampflos aufgeben.

Die Menschen sind einfältig in dieser Zeit.

Seufzend nehme ich einen Becher heißen Met und fluche leise, da das Gefäß mir aus den klammen Fingern gerutscht ist. Musik dringt zu mir, die Menschen tanzen, lachen, trinken, singen und feiern. Ich tänzele von einem Bein auf das andere, die Kälte drückt mich fast nieder. Aric nimmt mich in den Arm, versucht, mich zu beruhigen.

Ein tief empfundenes Seufzen entkommt mir. Seine blauen Augen leuchten im Schein des Feuers, blicken mich liebevoll an. Die hellen Haare glänzen. »So wundervoll geflochten«, murmele ich und streiche ihm über die Zöpfe, die sich rechts und links am Kopf entlang schlängeln. Am Oberkopf liegt ein weiterer kunstvoll geflochtener Zopf, in den er ein schwarzes Lederband eingebunden hat. Jedes Haar streiche ich nach hinten, sehe ihn mir noch mal ganz genau an. Jede Lachfalte, jedes Grübchen, jedes Barthärchen alles präge ich mir ein. Er ist so wunderschön und noch so jung, erst achtundvierzig Sommer. So lebendig, kraftvoll, so gesund und munter. Genauso sollte es bleiben, genau so und nicht …

Ein Keuchen, meine Augen spiegeln meine Angst wider. Aric blickt mich an, zieht mich in eine warme Umarmung. Hoffentlich ist es nicht die Letzte.

Kurz blitzt eine Erinnerung an eine Trance in mir auf, ich habe gesehen, wie es werden wird, er in meinen Armen, mit einem Speer in der Brust, mit toten Augen. Bei dem Gedanken an diese Erinnerung entringt sich mir ein tiefes Schluchzen und ich ziehe ihn näher an mich, küsse ihn, als gäbe es kein Morgen.

Ich weiß, es wird kein Morgen geben, nicht für ihn, nicht für viele Männer und Frauen um mich herum. Ich weiß, Ronan wird schwer verletzt mit Char in die Berge fliehen, Ragnar wird Eilieth zu Grabe tragen müssen, genau wie ich meinen über alles geliebten Mann. Wissen sickert in meine Seele, wie Sand durch die Sanduhr. Das Leben verrinnt mit jeder Sekunde.

Langsam frage ich nicht mehr nach Sinn und Unsinn, ich bin diese Gedanken so leid, so lange schon überlege ich, was ich tun, was ich sagen, was ich ändern kann. So lange schon! Es liegt nicht in meiner Macht.

Ich liege in Arics Armen, das ist, was zählt. Hier und jetzt. Ein Zittern durchläuft mich. Ich atme seinen Duft. Wir beobachten den flackernden Schein, träumen vor uns hin. Unsere Kinder tanzen um das Feuer, haben bunte Tücher in den Händen. Sie sind erwachsen geworden, zumindest meine beiden großen Mädchen. Es ist viel Zeit vergangen. Sie wissen genau, was ich befürchte, und sind darauf trainiert, sofort zur Schutzhütte zu fliehen, wenn etwas geschieht. Zu oft waren die Angriffe der Nordmänner in den letzten Monden. Zu häufig!

Noch während ich den Gedanken vor mich hin denke, durchbricht ein angstvoller, kreischender, hoher Schrei die Nacht. Wie oft musste ich diesen schon hören.

Meine Nackenhaare stellen sich auf. Immer mehr Schreie folgen, die Dorfbewohner beginnen, wild durcheinander zu rufen. Aric springt auf.

Nun ist sie also vorbei, meine Schonfrist, ein Angriff steht unmittelbar bevor, ich weiß es, spüre es in jeder Faser meines Herzens. Ich blinzle noch einmal, sehe Aric sein Plaid abwerfen, nach seinem Schwert, seiner Lanze greifen, die am Rande des Festplatzes gelagert waren. Nun, so ein wenig schien er doch auf mich gehört zu haben. Zumindest die Waffen sind hier.

Funktionieren, ist mein Gedanke, ich muss trotz allem funktionieren. Ich scheuche die aufgeregten Kinder in die Dünen Richtung Schutzhütten, rufe nach meinen Töchtern, die sofort folgen, und wir rennen, wie schon unzählige Male vorher, in den Wald. Hier kann ich helfen, heilen, trösten. Kämpfen soll ich nicht. Mir bleibt keine Wahl.

Hinter uns, am Horizont, sind drei Langschiffe der Nordmänner zu sehen, die kleineren Beiboote sind schon am Strand angekommen, die ersten Klingen treffen aufeinander.

Kampfgeräusche! Der Klang, wenn zwei Schwerter sich begegnen. Wie oft habe ich das schon gehört, wie oft träume ich von diesem furchtbaren Geräusch. Das Ächzen der Männer, wenn sie schwere Schläge gegen die Feinde ausführen, das Surren der Bögen der Schützen. All das nehme ich im Laufen wahr.

Ich höre die Ketten der Morgensterne rasseln und wie sie auf Menschen treffen. Sehe im Schein des Feuers Männer Keulen mit Stacheln schwingen, sehe Äxte fliegen. Höre Schmerzensschreie, höre Treffer!

Immer weiter treibe ich die Kinder voran, wir müssen in die Schutzhütten, müssen fliehen. Die Nordmänner wollen uns Frauen, wollen die Druidin des Dorfes, wollen Macht und Einfluss. Dieses müssen wir verhindern. Ich muss hier weg, so schnell es geht!

Wir erreichen die Schutzhütten, die Kinder sind in Sicherheit. Ich überlege, wie es weitergehen soll, bin den Tränen nah. Zittere.

Da tritt Caileigh an mich heran. Meine älteste Tochter zählt über fünfundzwanzig Sommer, ihr Mann kämpft ebenfalls dort unten am Strand. Sie nimmt mich in den Arm, weint leise vor sich hin. Noirin kommt hinzu, auch sie zählt mittlerweile zweiundzwanzig Sommer und schlingt den Arm um mich herum.

Leise murmle ich, dass ich nicht weiß, ob ihre Männer überleben werden, nicht sagen kann, wie dieser Krieg ausgehen wird, ob unser Dorf diesen Schlag überleben wird. Ja, ich weiß von einigen Überlebenden, aber es ist gerade alles zu viel, zu unwirklich, zu schrecklich, als dass ich mich an mehr erinnern möchte. Ich weiß nicht, ob meine Schwiegersöhne überleben, hoffe jedoch, dass die fehlende Erinnerung an ihren Tod ein gutes Omen ist.

Die wenigen Kampfgeräusche, die hier noch ankommen, werden leiser und weniger, der Feuerschein in Richtung Küste wird größer. Also haben die Nordmänner angefangen zu brandschatzen, haben die Hütten angezündet. All das beobachte ich in diesem Moment.

In mir keimt ein Entschluss von solch einer Stärke und Vehemenz auf, dass ich unwillkürlich auf die Knie sinke, aufstöhne und tief durchatmen muss. Als würde mich meine Seele anbrüllen. *Tu was, schreit es in mir, tu endlich was.*

Ich darf helfen und ich darf heilen, muss den Schmerz nicht kampflos ertragen. Davon wurde damals in der Höhle niemals gesprochen. Ich darf kämpfen. Meine Kinder sind groß genug, zwei haben einen Partner gefunden, werden hoffentlich nicht allein sein.

Schnell stehe ich auf, streiche mir das Kleid glatt und trete zurück in die Hütte, sehe meine älteste Tochter an. Sie scheint ohne ein Wort zu verstehen, streicht mir über die Wange und nickt.

Die Zweite, Noirin – auch ihr muss ich nichts erklären – nimmt mich noch einmal ganz fest in die Arme und murmelt, dass sie mich versteht, ich solle nach Vater sehen, solle für sie alle mitkämpfen und sie würde ihre kleine Schwester niemals im Stich lassen, würde für sie sorgen. Jirieal zählt erst fünfzehn Sommer, braucht noch die Liebe einer Schwester und einer Mutter.

Ich allerdings gehe davon aus, heil aus diesem Kampf zurückzukehren. Meine Flashbacks berichten nicht von meinem Tod, diesen habe ich nie gesehen. Schnell ziehe ich mich um, tausche das Kleid gegen einen kurzen Kilt, einen Waffengürtel und einen Überzieher aus dem gleichen Tartan wie der Kilt für den Oberkörper. Darüber schwinge ich einen Brustharnisch, den ich aus Leder in mehreren Schichten selbst gefertigt habe, er ist sehr hart, mit Baumharz zwischen den Lederschichten gehärtet und an meinen Brustkorb angepasst. Er wird mich zumindest vor Messerstichen schützen können.

Den Harnisch habe ich in vielen Stunden Handarbeit hergestellt und immer wieder auf seine Undurchdringlichkeit von Messerstichen und Speerspitzen sowie Pfeilen der Bogenschützen hin getestet, verstärkt und bearbeitet. Immer eine Schicht Leder, eine Schicht Baumharz, dann aushärten lassen. Aric durfte ich davon nichts sagen, nur helfen und heilen. Das Gesetz der Druiden besagt eindeutig, niemals offensichtlich verändern oder eingreifen mit den besonderen Kräften, nur helfen und heilen.

Solch Brustharnische würden so viele Männer retten. Warum nur habe ich Aric nicht dazu gezwungen? Oh, ich habe es versucht, habe sogar den Harnisch immer wieder auf dem Tisch liegen lassen, damit er sehen konnte, was ich mache. Aber dieser Sturkopf hat das Ding immer wieder weggeräumt und den Kopf geschüttelt.

»Nur helfen, Arathea«, hat er lediglich gemurmelt. Meist verließ er dann die Hütte und ich blieb mit dieser Angst im Herzen zurück.

Das alles spielt nun keine Rolle mehr, es ist Schall und Rauch der Vergangenheit, es ist zu spät.

Ich habe keine Zeit mehr zum Nachdenken.

Ich nehme mein Bündel mit Kräutern, das ich in der Nähe des Strandes ablegen werde, nehme mein Schwert, mit dem ich früher so oft mit meinem Vater trainiert habe, und stopfe mir noch schnell zwei Messer, die ich sonst zum Kräuterschneiden und Rindeschälen nutze, in die umgeschnallten Kilttaschen. Sicher ist sicher!

Ich laufe los, verlasse den Wald, höre die Kampfschreie, höre die Geräusche, das Bersten von Knochen, das Knistern von Feuer, rieche das Blut und verbranntes Fleisch. Kurz muss ich würgen. Der Geruch von Tod und Leid greift um sich, lässt mich straucheln. Ich kann hier nicht bleiben, laufe weiter, würge, laufe weiter.

»Heilen, helfen, heilen, helfen, Weidenrinde, Schmerzen.«

Die Gedanken überschlagen sich beim Rennen, nur noch einzelne Wörter denke ich, murmel vor mich hin.

»Heilen, helfen – ich muss helfen!«

Ich erreiche den Kampfplatz, bin außer Atmen und doch in Höchstform. Es geht um das Leben meiner Liebsten.

Ein schreckliches Bild. Ich sehe viele Männer am Boden. Einige bewegen sich noch, andere liegen in ihrem Blut dort. Das eigentliche Kampfgeschehen hat sich etwa dreihundert Schritte weiter den Strand entlang verlagert.

Mann gegen Mann, Schwert gegen Schwert. Axt gegen Axt. Ich gehe durch die Reihen der Opfer, sehe in ihre Gesichter, höre ihr Wimmern.

Kurz atme ich auf, bisher nur Nordmänner, keine bekannten Gesichter. Sollten wir vielleicht…?

Den Gedanken noch nicht fertig gedacht, da sehe ich, wie ein Nordmann über jemandem steht, sein Schwert mit beiden Händen hebt und zustechen will.

Ich weiß nicht, wer da unten liegt, aber die innere Erkenntnis, wenn oben ein Nordmann steht, muss unten einer der unsrigen liegen, überfährt mich jäh. Ich renne, hebe gleichzeitig mein Schwert und ramme es dem Feind mit ungeahnter Kraft von hinten zwischen die Rippen. Er bricht augenblicklich zusammen, röchelt und bleibt still auf dem Mann unter ihm liegen. Ich greife mein Schwert, schiebe den toten Körper zur Seite, alles an mir zittert. Ich musste noch niemals töten.

Jetzt habe ich aber keine Zeit, das zu durchdenken, ich muss unseren Mann dort hervorholen. Noch im Rollen des Körpers erkenne ich, wer da vor mir liegt, sich die Seite hält, schwer atmend, »Danke Arathea« flüstert. Es ist Char. Oh mein Gott, er lebt. Schnell nehme ich ein Plaid eines toten Nordmannes, lege es unter seinen Kopf und sehr kurz über seine Verletzungen.

Ein tiefer Schwerthieb in der linken Körperseite, ein Stich in der rechten oberen Schulter und einige leichtere Hiebwunden an den Beinen. Auch kleinere Löcher, die zeigen, dass ein Morgenstern ihn getroffen hat. Ich bitte ihn, die Füße zu bewegen. Als das klappt, greife ich kurz in mein kleines Beutelchen am Gürtel, das ich immer bei mir trage und gebe Char ein ordentliches Stück Silberweidenrinde zwischen die Zähne.

»Char, ich decke dich jetzt zu, du schaffst es, bleib liegen, rühr dich nicht, stell dich tot, ich komme wieder, werde dir helfen, du bist nicht lebensgefährlich, aber schwer verletzt. Bitte höre auf mich.«

»Hilf Ronan bitte, finde ihn, finde Aric, hilf ihnen, ich werde hier warten. Arathea, hilf ihnen, mir dir rechnen sie nicht.«

Er schließt die Augen, sein Kopf sinkt zur Seite. Ich befühle kurz seinen Puls, eine gnädige Ohnmacht hat ihn erfasst. Ich bedecke seinen Körper zum Schutz vor der Kälte und halb sein Gesicht, um die Atemwölkchen, die ihn verraten könnten, zu minimieren. Er wird es schaffen. Dank meiner Visionen bin ich mir da ganz sicher. Ich lasse ihn hier.

Schnell, aber leise laufe ich weiter am Strand entlang, immer im Schutze der Dünenschatten. Ich steuere genau auf das Kampfgeschehen zu, erkenne Ragnars riesige Gestalt, wie er über dem Kopf, laut und wütend brüllend, das Zweihandschwert schwingt. Er ist also unverletzt. Im Augenwinkel sehe ich, wie er mit dem Schwert geradewegs den Kopf des Nordmannes spaltet. Dieser bricht augenblicklich zusammen.

Plötzlich erkenne ich einen Nordmann auf mich zu rennen und mit dem Schwert ausholen. Noch ehe er jedoch zuschlagen kann, hebe ich mein Schwert hoch in seine Richtung und er läuft direkt in die Klinge hinein. Ein kräftiges Knacken lässt mich erkennen, dass seine Rippen durchstoßen sind und Lunge oder Herz getroffen wurden. Er gurgelt kurz und bricht zusammen. Tot. Erhaben ziehe ich das Schwert wieder aus der Brust, schiebe es zurück in den Gürtel und laufe weiter.

Eine Wut durchströmt mich, eine Wut, wie ich sie noch niemals fühlen konnte. Diese Männer wagen es, meine Familie anzugreifen, meinetwegen, der Frauen wegen. Meine Wut nimmt eine solche immense Hitze ein, dass unsere Männer kurz den Blick in meine Richtung drehen. Ich schüttle kurz den Kopf. Sie sollen nicht zu erkennen geben, dass sie mich erkannt haben, ich eine Frau bin.

Die gleißende Wut treibt mich voran und ich höre mich selbst, als ich einen für mich völlig irritierenden Kampfschrei ausstoße. Sie wollen mich, sie kriegen mich. Sie wollen eine kleine Druidin mit ein paar Kräuterkenntnissen, einem hübschen Kleidchen und langen, feinen, gepflegten Haaren, die brav und folgsam ist.

Ohhh nein, Männer des Nordens. Ihr bekommt, womit ihr niemals rechnet, eine große, starke, selbstbewusste Kriegerin mit Kraft, Kampfgeist, Wissen und vor allem mit tödlichen Waffen sowie einer wütenden Glut im Bauch. Nun, wenn sie damit umgehen können?

Ein bösartiges Kichern entwischt mir, ich werde kämpfen bis aufs Blut. Ich werde nicht zögern. Zwei habe ich bereits getötet. Ich werde weitere töten. Meine Familie, ich muss meine Familie schützen, das ist alles, was ich denken kann.

Vor meinen Augen glüht der Strand rot, so groß und unbändig

ist meine Wut. Wir klären das hier, jetzt an diesem Strand, heute! Ich habe es satt zu leiden.

Ein weiteres leicht hysterisches Glucksen entfleucht mir. Ich habe nichts, aber auch gar nichts zu verlieren. Aric stirbt sowieso. Das habe ich gesehen.

Die Kinder sind versorgt. Sie legen sich mit der Falschen an. Ein böser Fehler!

Meter um Meter kämpfe ich weiter. Die Nordmänner sind massive, grobschlächtige, schwer bewaffnete Männer mit langen Zotteln und grauen, kalten Augen.

Sie rechnen nicht mit einem Kelten von hinten, sehen nur das Kampffeld vor sich und so komme ich schneller vorwärts, als ich gedacht habe. Stück für Stück schleiche ich von den Dünen her näher an die Nordmannen heran, wieder einer der unsrigen am Boden, wieder erhebe ich mein Schwert, treffe tödlich. Das Schwert erneut aus der Brust ziehend und wieder in den Gürtel schiebend, laufe ich weiter. Als ein Krieger sich umdreht, mich aus grauen Augen ansieht und zu einem Schwerthieb ansetzt, höre ich ein Surren und rolle mich instinktiv auf die Seite. Ein Pfeil eines unserer Bogenschützen zischt an mir vorbei und trifft einen erstaunt dreinblickenden Feind mitten ins Herz.

Ein bisschen erschreckt mich mein gleichzeitiger Gedanke. *Pech gehabt, nicht mit mir.* I

Immerhin verlor er sein Leben, war ein Mensch, wie wir alle. Nun, meinen Respekt hat er in dem Moment verloren, als er meine Familie angriff.

Ich nicke kurz dankend in die Richtung, in der ich den Bogenschützen vermute und laufe weiter. Ich sehe Rogan und Sven, sehe selbst Aaryn, nunmehr ein stattlicher Krieger, und beobachte auch Ronan, der mit einer Kraft das Schwert schwingt, dass es nur so summt. Die Nordmänner gehen reihenweise zu Boden. Leider sind es verdammt viele.

Ich gehe weiter am Dünenschatten entlang, beobachte und sehe, wer von hinten oder von mehreren Männern des Nordens angegriffen wird und stehe ihnen bei. Mittlerweile habe ich mir eine Axt zu Eigen gemacht, habe das Schwert und sogar ein zweites an meinem Waffengürtel.

Weiter beobachte ich, wie einer der großen Nordmänner von hinten auf Ronan zuläuft und brüllend das Schwert schwingt. Ronan dreht sich um und pariert den Schlag des Schwertes mit seinem eigenen. Dabei brüllt er immer und immer wieder mit tiefer, schon heiserer Stimme: »Das ist für Char, du Bastard, ich habe ihn geliebt!«

Er weiß nicht, dass Char lebt. Ich eile auf ihn zu und sehe, dass er nun auch von der anderen Seite attackiert wird. Ein Schwert trifft seine Schulter, zieht eine blutige Wunde darüber. Ronan keucht auf. Schon bin ich bei ihm. Noch während ich renne, nehme ich einen weiteren Nordmann wahr, der ausholt und die Axt in Ronans Brust schlagen will. Ich renne auf ihn zu, rutsche seitlich weg und noch während ich falle und gleichzeitig rutsche, merke ich, dass es genau richtig war. Ich strecke im Rutschen über den Strand meine Beine und noch ehe der Nordmann sich versieht, liegt er ebenfalls auf der Seite und seine Axt ragt aus seinem Hals. Er ist genau hineingefallen, als ich ihm die Beine weggetreten habe. Ronan schaut mich mit großen braunen Augen an. Die Goldsprenkel flackern verdächtig, ein feuchtes Schimmern ist zu erkennen. Ich springe auf die Füße, eile herüber, zerre Weidenrinde aus dem Beutelchen, gebe es ihm.

»Geh hinter die Dünen Ronan, Char ist verletzt, aber er lebt und wird es schaffen. Du musst auch leben.«

Ächzend erhebt er sich, steht auf wackligen Füßen.

Ein erneuter Angriff von hinten, ein Schwerthieb trifft genau in seine, schon einmal verletzte linke Körperseite. Fassungslosigkeit!

Das glaube ich jetzt nicht. Ronan bricht erneut zusammen, der Nordmann lacht bestialisch. Ich erhebe mich langsam. Mein Hass muss in meinen Augen stehen, denn die Iriden des Nordmannes verdunkeln sich auf unheilvolle Weise. Das Lachen bleibt ihm im Halse stecken, während ich in rasender Geschwindigkeit die Axt aus dem Hals des grade getöteten, neben mir liegenden Mannes zerre und in einem Atemzug ausbole und die Waffe kraftvoll schwinge. Ich treffe. Er geht in die Knie, greift sich an den Hals und gibt ein gurgelndes Geräusch von sich. Ich höre mich, wie neben mir stehend, brüllen.

»Er ist mein Bruder, du Arschloch, hau ab nach Walhalla!« Ein Flackern in seinen Augen, ein Grunzen und Gurgeln und er bricht tot zusammen.

Ich drehe mich um, sehe nach Ronan, der auf der Seite liegt und viel Blut verliert. Schnell reiße ich ein Stück eines Plaids, das ich nebenbei liegen sehe, ab, rolle es auf und lege Ronan einen Druckverband an. Das muss halten, mehr kann ich in diesem Moment nicht für ihn tun. Ich helfe ihm auf und gemeinsam wanken wir hinter die Dünen, wo ich ihn windgeschützt ablege. Er wird es schaffen, die Visionen waren eindeutig. Genau das flüstere ich ihm zu, auch, dass er mit Char glücklich werden wird, beide noch lange leben werden. Ich verlasse ihn und laufe zurück an den Strand.

Oberhalb der Düne suchen meine Augen den Strand ab. Ein Gemetzel. Erneut packt mich die Wut, die gleißende Hitze. Irgendwo da unten sind mein Mann und meine Schwiegersöhne. Ich muss helfen. Ein klarer eindeutiger Gedanke. Helfen. Nicht mehr. Nur helfen.

Ich stürme los, ein Gefühl lenkt mich nach rechts. Dort kämpfen Sven und Aaryn Seite an Seite. Vater und Sohn. Ich weiß nicht, was mit ihnen geschehen wird, sie scheinen bisher die Nordmänner im Griff zu haben. Ich laufe vorbei, lasse sie ihren Kampf ausfechten. Laufe weiter, sehe nun noch mal Ragnar, der sich weiter am Strand entlang gekämpft hat und sehe meine beiden Schwiegersöhne einträchtig neben einander kämpfen.

Bei Tisch können sie nicht eine Minute, ohne zu streiten. Hier im Kampf stehen sie sich bei. Das bedeutet mir viel, sehr viel, sie werden gemeinsam meine Töchter beschützen, wenn es nötig ist.

Conchobhar, der Mann meiner ältesten Tochter, kämpft verbissen mit dem Zweihandschwert und verteilt mächtige Hiebe. Er ist größer als Aric, über zwei Meter, hat rotes, langes Haar, das an beiden Kopfseiten wegrasiert und in der Mitte zu einem Zopf nach hinten geflochten ist, blassblaue Augen und ein breites Kreuz. Ein gestochenes Muster ziert seinen Rücken. Sein Vater, den ich aus Kindertagen kenne, war irischer Abstammung. Immer an seiner Seite ist sein Hund, eine riesige, zottelige Rasse, dem Wolf sehr ähnlich. Seine Schnauze blutverschmiert, verbeißt er sich gerade im Bein eines Nordmannes, während Conchi, wie er liebevoll von meiner Tochter genannt wird, sein Schwert in den Bauchraum des Kerls schlägt, den Feind zu Boden schickt. Ein leises Schmunzeln kann ich nicht verbergen, auch nicht in dieser Situation, denn Conchobhar bedeutet: Der, der die großen Hunde liebt. Sehr passend, wie ich finde.

Zu seiner Rechten beobachte ich Yorick. Er gehört zu Noirin, ist schlanker und einiges kleiner als Conchi, vielleicht ein Meter fünfundachtzig, allerdings nicht weniger gefährlich. Er ist wendig und schnell, hat braunes, langes Haar, das er offen trägt und ganz dunkelbraune Augen. In seiner Ahnenreihe muss ein Südländer sein. Noch während ich das denke, höre ich Conchi brüllen.

Ein Nordmann hat sich von hinten angeschlichen und versucht Yorick zu töten. Ich schnelle aus dem Dünenschatten hervor und noch ehe der Nordmann überhaupt die Waffe erheben kann, bin ich da und töte den Nordmann auf der Stelle.

»Nicht meine Jungs, du Bastard«, brülle ich meinen Gedanken heraus, wo auch immer dieser gerade herkam.

Conchis Augen sehen auf, erkennen mich und sein Mund öffnet sich vor Staunen. Gerade bevor er was sagen kann, sehe ich einen Feind auf ihn zu rennen und warne ihn mit einem lauten Schrei. Blitzschnell dreht er sich um und aus der Bewegung heraus schlägt er mit beiden Händen am Langschwert zu, ich sehe noch den Kopf des Nordmannes rollen.

Fast zeitgleich drehe ich meinen Kopf, weil mein Abendessen unbedingt den Weg ins Freie sucht. Ich übergebe mich geräuschvoll, die Nerven völlig überspannt. Tod und Verderben überall, aber meine Jungs leben.

Yorick fragt mich, ob es geht. Ich nicke bestätigend.

»Keine Zeit zu versagen«, flüstere ich ihm entgegen, atme tief durch, rapple mich auf und renne weiter den Strand entlang. Geschrei, knackende Knochen, Schilde prallen aufeinander, Langäxte krachen auf Brustbeine oder Schilde, furchtbare Geräusche voll Tod und Verderben. Blutgeruch, so durchdringend, dass man es fast schmecken kann. Ekelhaft.

Ich muss weiter, spüre den nassen, eiskalten Sand unter den Ledersohlen nicht mehr, funktioniere einfach. Ich muss helfen, muss weiter. Meine Jungs werden es schaffen, ich sage jedem schnell noch einmal, dass ich sie liebe und sie bitte auf ihre Frauen, meine Familie achtgeben sollen, wenn ich es nicht schaffe. Sie versprechen es.

Schon laufe ich weiter den Strand entlang, sehe Mann gegen Mann, Schild gegen Schild. Sehe wehende Plaids.

Einen kurzen Moment wundere ich mich in nur einer hintersten Ecke meines Hirns, dass jeder Krieger hier auf dem Schlachtfeld, jeder unserer Krieger, nicht wie üblich alle Oberteile abgelegt hat, um beweglich zu sein, und wie immer mit freiem Oberkörper kämpft, sondern jeder trägt eine Art Pullover in den Tartanfarben unseres Clans und darüber, wie auch ich, eine Art Brustpanzer.

Auch meine Jungs und selbst Ronan trägt so eines. Es schützt nicht allumfassend, wenn das Schwert seitlich kommt, aber zumindest lindert es die Wucht eines Schwerthiebs.

Verwunderlich, ist mein kurzer Gedanke.

Warum? Woher? Ich darf nicht verändern, darf nur heilen und helfen. Ich habe das nicht preisgegeben, nur für mich eines angefertigt.

Jetzt ist nicht die richtige Zeit für diese Gedanken, ich laufe weiter, funktioniere.

Weitere Übelkeit steigt in mir auf, ich spüre pure Galle in meinen Mund schießen, schaffe es im letzten Moment noch, mich vorn über zu beugen.

Meine Haare sind furchtbar zerzaust, überall klebt Blut und Galle auf mir. Aber aufgeben, sich setzen oder hinter die Dünen flüchten? Niemals. Meine Familie wird angegriffen. Nur eine Mutter oder ein Vater wird jemals nachvollziehen können, welche Wut aufbrandet, wenn das eigene Fleisch und Blut und die Liebe des Lebens angegriffen werden.

Im Kopf weiß ich durchaus, es ist alles bereits gelaufen, ich befinde mich vor über siebenhundertfünfundsiebzig Jahren, mein Hirn weiß das, mein Herz weiß das, aber meine Seele sieht rot, verweilt hier, will helfen und ich werde kämpfen, werde alles tun, was in meiner Macht steht, auch wenn ich Aric nicht retten kann. Das wird mir zunehmend bewusst. Und dennoch werde ich weiterkämpfen. Für meine Familie!

Mann gegen Mann klingen die Schwerter und ich sehe kurz nach meiner Bewaffnung. Ich habe ein Langschwert, eine Langaxt und drei Messer im Gürtel, das muss reichen. Ein Schwert habe ich verloren an der Seite von Conchi und Yorick.

Von einer inneren Hitze aus Wut getrieben, renne ich den Strand entlang genau auf Aric zu. Er kämpft gegen zwei Hünen, zwei riesige, blonde, zottelige, schmutzige, stinkende Nordmänner. Ich mag gar nicht daran denken, dass sie meinen Aric in die Knie zwingen können.

Noch während ich laufe, greife ich die Langaxt und schwinge sie einem Nordmann, der nicht mit mir aus Richtung der Dünen gerechnet hat, genau in die Kniekehle des linken Beins. Er schreit auf, knickt ein, dreht sich zu mir und holt mit dem Zweihandschwert aus.

Tja Junge, denke ich noch bei mir, du bist zu langsam. Ducken und erneut ausholen ist eine fließende, gleichförmige Bewegung.

Kurz bin ich dankbar, dass mein Vater zwischen Sohn und Tochter keinen Unterschied gemacht hat. Im Erlernen der Kampftechniken waren wir ihm stets gleich. Was habe ich die Kämpferei mit Holzschwertern gehasst, was haben mich die Übungskämpfe mit meinem Bruder Ronan genervt. Aber in diesem Moment bin ich so unendlich dankbar, dass ich es gelernt habe, zu kämpfen, mich zu verteidigen und meine Familie zu schützen. Kein Erbarmen, wenn es um meine Familie geht, keine Gnade.

Die Axt trifft unter lautem Knacken auf Knochen. Ich weiß nicht, wo ich ihn getroffen habe, aber ich habe getroffen, er sackt zusammen.

»Ein Weib, verdammt, das ist ein Weib«, höre ich ihn noch gurgeln, bevor er seinen letzten Atem aushaucht.

Tja, Junge, mit diesem Wissen wirst du sterben. Die brodelnde Wut, dass er meinen Mann angriff, lässt mich nicht lange zögern, ein letzter Hieb mit der Axt gibt mir die Sicherheit, dass es tatsächlich vorbei ist.

Töten war nie eine Option, ich verabscheue es zutiefst, dennoch – ich habe keine Wahl – es ist meine Familie. Es gibt kein Leben für mich ohne meine Familie, somit verteidige ich hier mein eigenes Leben.

Erneut sehe ich zu Aric, beide, der Nordmann und auch mein Mann kämpfen weiterhin erbittert. Lautes Gebrüll dringt an mein Ohr. Warum trägt Aric einen Pullover, einen Brustpanzer wie ich? Verwunderung.

Geschrei, Aric deutet hinter mich. Ein weiterer Nordmann rennt auf mich zu. Ich drehe mich um, die blutige Axt in beiden Händen und bevor ich reagieren kann, erreicht er mich und … bricht röchelnd zusammen.

WAS? Ich schaue mich um, sehe an den Dünen jemanden winken, kann nicht erkennen wen, aber es handelt sich dabei um einen unserer Männer. Er hält siegessicher den Langbogen über den Kopf. Ich sehe hinunter auf den Nordmann. Ein Pfeil traf ihn durch den Hals, er brach sofort zusammen, das Gesicht grauenvoll verzogen, das blanke Entsetzen in den Augen, die jetzt ins Leere starren.

Aric, was ist mit Aric?

Ich kämpfe mich wieder auf die Füße, nachdem mir kurz die Beine nachgaben und ich auf die Knie sackte. Ich laufe weiter, sehe ihn immer noch mit dem Hünen fechten, und entdecke plötzlich einen weiteren Nordmann, der von hinten mit einem Speer in der Hand auf ihn zu rennt.

Mir bleibt fast das Herz stehen, unfähig mich zu bewegen, stehe ich einfach da. Diese Situation habe ich so oft im Traum erleben müssen und nun ist es so weit, Aric wird sterben. Ich weiß es, kann es nicht verhindern, habe keine Chance, zu ihm zu gelangen. Er ist zu weit entfernt, mehr als fünfzig Schritte, der Nordmann ist schneller als ich. Ich höre mich schreien – Verzweiflung, Hass, Wut, Trauer, all das kreischt in diesem Moment aus mir heraus. Gleißende Hitze um mich herum, ich scheine förmlich zu brennen. Arics Blick geht in meine Richtung, wird ungläubig, fast schon entsetzt. Er dreht sich um und …

Ich sacke auf die Knie, weine, schreie, will nicht sehen, was ich schon so oft mit anschauen musste, spüre ein unbändiges Glühen in mir, um mich herum keimt die Wut auf. Nackter Zorn und Hass überfluten mich, wie noch nie in meinem Leben. Ich bekomme keine Luft, bin unfähig, zu atmen, bitte, bitte lasst mich doch aufwachen, wie oft muss ich Arics Tod noch durchleben, in dem Wissen, nichts aber auch gar nichts tun zu können?

Das Herz in meiner Brust scheint einer vertrockneten Kartoffel gleich nur noch sporadisch zu schlagen. Die Liebe meines Lebens ist tot, ich habe es gesehen, so oft. Der Speer in seiner Brust, die Augen leer, verdreht und ohne Seele. Seine blutigen Haare kleben ihm am Oberkörper, die Zöpfe gelöst, überall Wunden am zerschundenen Körper.

Ich knie im nassen Sand, den Kopf auf der Brust, in ergebener Haltung. Muss ich leben, wenn er tot ist? Erbarmt sich ein Nordmann? Darf ich Aric in die Unendlichkeit folgen? Ich will kein Leben ohne ihn, weiß, wie es ausgehen wird. Ich will Ragnar nicht ehelichen, will nicht den Rest meines Lebens unter der Erinnerung leiden und ständig dem nachtrauern, was ich hatte.

Mein Herzschlag beruhigt sich langsam, ich ergebe mich meinem Schicksal, sehe nicht auf, bin bereit zu gehen. Sterben tut nicht weh, leben ohne Aric aber bedeutet unerträgliche Schmerzen in meiner Seele, darauf konnte ich mich einstellen, aber bin ich auch dazu bereit?

Nur helfen, nicht verändern – so ein Quatsch schießt mir in den Sinn.

Ich habe Kinder gerettet, die hätten sterben sollen, habe Menschen geheilt, die hätten gehen sollen. Damit habe ich verändert, geheilt. Warum nicht bei meinem Aric? Er wollte nicht hören, wollte nicht, dass ich helfe, hatte Angst vor dem Schicksal, welches sich ergeben könnte, wenn ich eingreife.

So ein Unsinn, ich habe eingegriffen – verdammt – hier gab es kein Antibiotikum, Aaryn hätte bei seiner Geburt sterben sollen, zusammen mit Kensi. Ich habe beide gerettet, habe eingegriffen. Ich habe das Schicksal verändert, habe es ständig beeinflusst.

Warum hat Aric es nicht hören wollen, nicht zugelassen?

Ein unendlich leidvoller Schrei entringt sich meiner Brust, bitte lasst mich doch aufwachen. Ich weiß, Anton wird mich auffangen.

Wintersonnenwende! Angst, Leid, Tod! Wie oft denn noch? Den Blick zum Himmel gerichtet, brülle ich in die fast schon gespenstische Stille.

»Wie oft denn noch, wie oft muss ich ihn noch sterben sehen? Verdammt, was habe ich getan, um das zu verdienen, gefangen in der Unendlichkeit des Kreislaufs meiner Seele zu sein?« Ich kann das nicht mehr. Vorbei. Stille. Nach Hause.

Ein Keuchen entringt sich meiner Brust, niedergedrückt von unendlichem Leid. Nach Hause! Meine Seele will heim, wo auch immer das sein mag. Genug. Ich habe keine Kraft mehr. Es wird mir alles zu viel.

Ich spüre kalten nassen Sand unter mir, befinde mich am Strand von Nairn, völlig blutverschmiert.

Ich sacke nach vorn, bleibe liegen, schließe die Augen, in der Hoffnung, es geht vorbei, wie schon bei etlichen anderen Visionen.

Diese aber ist so anders, viel realer, klarer, nicht so nebulös und umso vieles kälter, emotionaler.

Dennoch ist es vorbei. Aric ist tot!

Eine große, warme Hand auf meiner Schulter ist das nächste, dass ich wahrnehme. Ein Flüstern. Ich bin verwirrt. In mir nur

Leere und Kälte, Trauer. Unter mir kalter, nasser Sand, der mir zu verstehen gibt, ich bin immer noch in diesem furchtbaren Flashback gefangen. Es scheint diesmal kein Entrinnen zu geben.

Eine dunkle Stimme flüstert sanft, warm, liebevoll.

»Arathea steh auf, wir müssen hier weg, sie sind besiegt, aber vielleicht kommen mehr Nordmänner. Arathea komm, mo chridhe, wir müssen hier weg. Tha mi gad ghràdh. Bhuannaich sinn. Arathea, mo chridhe, Faigh suas, tha mi a 'fuireach – Steh auf mein Herz, ich lebe.«

Eine große warme Hand rüttelt jetzt kräftig an mir, ich will die Augen nicht aufmachen und Ragnar sehen, oder wer auch immer da hinter mir steht, will einfach gehen, nicht mehr hier sein. Leid, unendliches Leid erfüllt mich, Kälte.

Wieder rüttelt er an mir, ich spüre, wie ich aufgehoben werde, als wäre ich ein Kleinkind. Ich spüre Wärme, eine breite Brust. Ich werde die Augen nicht öffnen, will einfach nicht, dass es irgendwie weitergeht.

Eine große Hand streicht mir die sandigen, blutigen Haare beiseite.

»Arathea, mo chridhe, Faigh suas, tha mi a 'fuireach. Steh auf, ich lebe«, flüstert die Stimme unentwegt.

Wieder ein Streicheln. Erneut die Worte, die sich fast wie ein sich ständig drehendes Uhrwerk in meine Hörmuschel legen.

»Arathea, mo chridhe, Faigh suas, tha mi a 'fuireach.«

Mein Kopf versucht, aus dem Leid aufzutauchen, versucht zu hören und zu verstehen, was diese Stimme, die so warm klingt, mir zu sagen versucht. Ich spüre ein wahnsinniges Zittern, hole Atem.

Wie furchtbar grausam das Leben sein kann, denn er riecht verschwitzt, nach Blut und nach – ein Schluchzer entringt sich meiner Brust – er riecht nach Aric. Nicht nach Ragnar. Nach Aric. Warum quält das Schicksal mich so, ich rieche Aric noch im Tode, warum nur kann das Leben nicht einmal gnädig mit mir sein?

»Arathea, mo chridhe, Faigh suas, tha mi a 'fuireach. Bruach suas. Wach auf Liebes, ich lebe noch. Mein Herz, wach auf.«

Ich schüttle verneinend den Kopf, flüstere ein »ich mag nicht mehr leiden, Aric ist tot« in die frostige Luft, die Augen nach wie vor fest geschlossen.

Da werde ich unmittelbar fest gedrückt, dann geschüttelt und Arics Stimme erhebt sich, wird lauter.

»Ich lebe mo chridhe, sieh mich an. Bitte mach die Augen auf, ich lebe. Du hast uns gerettet.«

Ungläubig, angstvoll, verstört, kalt, so unendlich kalt – Schließlich traue ich mich, öffne meine Lider und sehe in blaue Augen. Es sind Arics Augen, die mich voller Liebe anblicken. Sie sind voller Vertrauen, Dankbarkeit und vor allem voller Seele. Meine schottischen Sterne.

Ich verstehe nicht, kann nicht wegsehen. Blaue Augen, genau wie in meinen Flashbacks, über mir. Aber anders als in den Visionen sind sie voller Leben, voller Seele, voller Liebe. Diese blauen Augen durchdringen mich, erzeugen Wärme in meinem Herzen.

Aric, mein Aric, er lebt.

Aus seiner Brust ragt ein abgebrochenes Stück vom Speer, aber kein Blut.

Was ist geschehen? Dieser Blick – genau dieser Blick erschien mir immer wieder in meinen Träumen. Wollte meine Seele mir immer mitteilen, dass alles anders ist? Richtig so? Wollte sie mir mitteilen, dass es meine Aufgabe war, meinen Mann, den Krieger meiner Seele zu retten?

Verwirrt, so unendlich verwirrt.

Da beginnt Aric zu reden.

»Arathea, mo chridhe, ich lebe, dank dir. Du hast mir durch deine grenzenlose Angst um mich gezeigt, wie ernst die Lage ist, mein Tod nicht nur mich zerstören würde, sondern auch deine Seele über viele Leben leiden lässt. Das konnte ich nicht zulassen.

Niemals würde ich dich so leiden lassen. Ich liebe dich, mein Herz. Ich habe beobachtet, wie du handelst, wie oft du Dinge nutzt, die es hier eigentlich nicht gibt und Medizin braust, die heilt, aber keiner weiß, wieso.

Da wusste ich, du weißt mehr, kannst mehr, als wir hier alle miteinander erfassen konnten. Du bist gesegnet, unsere Druidin, unsere weise Frau, die Liebe meiner Seele, meine unglaubliche Kriegerin, meine Geliebte und Ehefrau, Mutter meiner Kinder. Du bist mein Herz. Dann der Besuch bei Kyna, dort hast du über meinen Tod berichtet und ich habe gespürt, wie sehr es dich mitnimmt.

Das konnte ich doch nicht zulassen. Durch deine Unruhe in den letzten Tagen wusste ich, dass die Zeit kommt. Ich warnte die Männer, wir waren vorbereitet. Niemand sollte sterben, so hoffte ich zumindest.«

Er kratzt sich verlegen am Kopf und sieht mich mit großen Augen an.

»Haben es Ronan und Char geschafft?«

Ich schaffe nicht zu reden, lediglich ein Kopfnicken meinerseits zeigt ihm, dass die Männer unserer Familie voraussichtlich alle überlebt haben.

»Mein Herz, ich habe gerade Ragnar gesehen, Eilieth lebt ebenfalls, ist in Sicherheit mit den Kindern, kämpft nicht hier am Strand, sie lebt, ist nicht gestorben, wie du es gesehen hast. Sie wird bei Ragnar bleiben, sie werden glücklich sein. Arathea, ich habe gesehen und viele Tage beobachtet, wie du den Brustpanzer gemacht hast, den du trägst.«

Er klopft einmal hart an den Panzer aus Leder und Harz.

»Die Idee schien mir richtig und ich besprach mit den Kriegern im Rat am großen Lagerfeuer, ebensolche Brustharnische herzustellen. So einfach und so effektiv ist es, ein weiteres Schild genau auf der Brust zu tragen und so dem Feind weniger Angriffsfläche zu bieten. Char sprach mit dem Schmied ab, dass das Metall der Speerspitzen, das Leder durchdringen würde und man vielleicht eine dünne geschmiedete Schicht Metall einkleben sollte. Der Schmied stellte dünne Platten her aus dem Metall für Speerspitzen und Schilde. Dieses tragen wir, in das Leder gearbeitet, vor Brust und Rücken.«

Er klopft sich nochmals gegen die Brust, es vibriert und klingt hohl.

»Ist dir nicht aufgefallen, dass Metall aus dem Haus verschwunden ist?«

Er sieht mich lächelnd an, ich kann es noch nicht glauben, muss ihn immer wieder berühren, an den Haaren zupfen, die dreckig und voller Blut an ihm herabhängen. Ich streiche ihm immer wieder über das Gesicht, berühre seine Augen und seinen Hals. Er ist so warm, so lebendig. Er lebt!

Sanft und ungläubig fahren meine Finger über den abgebrochenen Speer in seiner Brust, nur ein kleines Reststück. Er lächelt.

»Der Speer ist steckengeblieben, die Spitze ging ein wenig durch und kratzt ordentlich auf meiner Haut, aber ich ziehe den Panzer erst aus, wenn wir hier weg sind. Arathea, bitte steh auf. Ich bin unverletzt!«

Ganz sacht zieht er mich auf die Beine, drückt mich an sein Herz, an den Panzer, flüstert, wie sehr er mich liebt und immer durch alle Zeiten mein sein wird.

Die Welt beginnt sich zu drehen, es vibriert, ich höre ein sanftes Murmeln, ein Schniefen, eine sanfte Stimme, die nicht Arics ist.

Oh Gott, mir ist schlecht, nicht jetzt, ich muss doch wissen, wie … ich will nicht, aber ich kann es nicht verhindern, dass ich die Augen öffne.

»Kendra wach auf, du bist in Sicherheit, schau, du sitzt in deinem Bett, es ist warm und sauber, kein Sand, kein Strand, kein Blut, niemand verletzt, keiner greift an, Kendra wach auf.«

Die so sanfte, tiefe und liebevolle Stimme Antons drang an ihr Ohr. Kendra öffnete verwirrt die Augen, konnte in diesem

Moment ein Schluchzen nicht unterdrücken, frierend, weinend und zitternd sah sie ihren Mann Anton mit großen traurigen Augen an. Ein Flüstern, nur ein zartes Flüstern erfüllte die Luft.

»Aric lebt, Anton, Aric lebt!«

Tränen schossen aus Kendras Augen. Die Gegenwart schien sich mit der Vergangenheit in genau diesem Moment zu verknüpfen, Fäden sponnen sich durch die Zeit und durch die Leben. Vergessen waren siebenhundertfünfundsiebzig Jahre im Zeitenlauf, unwichtig für die liebenden Seelen. Knoten lösten sich, Wissen durchströmte Kendra und Anton, die Luft schien sanft zu schimmern, ein leichter Zauber, verbunden mit dem Duft nach Meer, lag in der Luft.

»Aric lebt.«

Immer wieder flüsterte Kendra diese Worte, die seelische Erschöpfung brach sich Bahn. Sie sah in Antons Augen.

Antons Augen, ein tiefempfundenes Seufzen entrang sich ihr. Antons Augen! Sie waren blau!

Sterne! – Rionnag! Stern!

Schottische Sterne, so blau und klar, wie der Himmel über Nairn, wie hatte sie das jemals übersehen können? Den Kopf immer wieder schüttelnd, vor sich hinmurmelnd, durchströmte Kendra eine tiefe Liebe, die gleiche Liebe wie zu Aric und damit die größte Erkenntnis – ihre Seele hatte ihn gefunden.

Kynas Stimme wisperte sanft in ihrem Kopf: »Die, die wir lieben, werden immer bei uns sein.« Mo Rionnag! Mein Stern!

Unmöglich, oder doch? War das Schicksal nun, wie es sein sollte? Sie durfte nicht helfen, aber andere unwissentlich beeinflussen? Alles war so verworren und doch beinhaltete es so unendlich viel Glück.

Warm und voller Hoffnung flüsterte sie Anton zu: »Dieselben blauen, schottischen Augensterne wie damals in Nairn.«

Ein Flüstern von Anton.

»MO CHRIDHE – THA MI GAD GHRÀDH! Ich liebe dich mein Herz, immer.

Bha mi a 'coimhead ort – Ich habe Dich gesucht.

Bu chòir dhut a bhith toilichte – Du sollst glücklich sein.

Ich habe es dir in Kynas Höhle versprochen, ich werde immer bei dir sein«

ENDE – DEIREADH

GLOSSAR

mo chridhe, gràdh, ionnsaigh, dachaigh, fuar, sùilean gorma, cogadh, fala, ghaisgeach	Mein Herz, Liebe, Angriff, nach Hause, kalt, blaue Augen, Krieg, Blut, Krieger
ghaisgeach mo chridhe, Gràdh mo bheatha, Gràdh mo bheatha, Ghaisgeach m'anam	Krieger meines Herzens, Liebe meines Lebens, Liebe meines Lebens, Krieger meiner Seele
Herr Alaxandair mac Uilliam (* 24. August 1198; † 8. Juli 1249)	Alexander der II.
Wohlverleih	ist Arnika
Quendel	ist Thymian
Beißwurz	ist Meerettich
Sheallaidhean	Visionen
Sealgair	Jäger
mo bhrathair	Mein Bruder
Aaislingean	Träume?
mo chridhe	mein Herz

mo ghaisgeach, an duine agam, mo bheatha	Mein Krieger, mein Mann, mein Leben
Ulaidh	Schatz
uisge beatha	Keltischer Whisky, eine Art klarer Kräuterbrand
Caileigh	gesprochen Kelly
Noirin	gesprochen Norin
Jirieal	gesprochen Jeiri eil
Tha mi gad ghràdh	Ich liebe Dich
tha mi gad ionndrainn	Ich vermisse Dich
daoine gaolach	Liebende Männer
lucha beag	Winzige Maus
Draoid Kyna	Druidin Kyna – Weisheit
Tha mi a 'toirt gràdh dhut cuideachd	Ich liebe Dich auch
Slànaighear	Heilkundige
Sheanmhair	Großmutter, Oma
Mo chridhe Tha mi gad aithneachadh	Mein Herz – Ich erkenne Dich.
Tha mi a 'lorg dhut	Ich finde Dich.
Mo Rionnag!	Mein Stern!

Bhuannaich sinn	Wir haben gewonnen
Faigh suas, tha mi a 'fuireach	Steh auf, ich lebe
Bha mi a 'coimhead ort	Ich habe Dich gesucht.
Bu chòir dhut a bhith toilichte	Du sollst glücklich sein

WHO IS WHO
– WER IST WER?

IM HIER UND JETZT

Kendra	Frau von Anton, Mutter und Lehrerin
Anton	Mann von Kendra, Vater und Ingenieur
Julia, Sarah, Anna	Kinder von Kendra und Anton
Dr. Paul Maynardt	Psychiater und Kendras Therapeut
Dr. Steffen Waller	Psychiater und Kendras 2. Therapeut
Dr. Matthias Wiedmann	Kendras Hausarzt

Arathea	weise Frau und Weib von Aric
Aric	hoher Keltenkrieger und Mann von Arathea
Caileigh, Noirin, Jirieal	Töchter von Aric und Arathea
Ronan	Bruder von Arathea und Stammesjäger
Char	Mann von Ronan und Bogenmeister
Ragnar und Eilieth	Freunde
Rogan und Radha	Freunde
Sven und Kensi mit Sohn Aaryn	Freunde
Gael, Alasdair	Dorfkinder
Kyna	Weise Frau, Druidin
Conchobhar	Schwiegersohn von Aric und Arathea, Mann von Caileigh
Yorick	Schwiegersohn von Aric und Arathea, Mann von Noirin

DANKSAGUNG

Nun ist es an der Zeit, meinen tief empfundenen Dank auszusprechen.

Viele Menschen haben mich bei der Arbeit zu diesem Buch unterstützt, mir Fragen beantwortet, mein Genörgel ertragen, mir den Kopf gewaschen. Zu allererst danke ich meinem ganz persönlichen Anton, der Jörg heißt und seit mehr als 19 Jahren mein Ehemann ist. Ebenso danke ich meinen Töchtern für ihren Support Julia, Sarah und Anna. Ich liebe Euch von Herzen.

Mein Dad hat sich unglaublich mit meinem Satzbau und den vielen kleinen Kommata rumgeärgert und Fragen gestellt, die mir geholfen haben, wenn eine Stelle mal hing. Danke Papa.

Danke auch Dir Mutti, denn Du hast ihn wie immer gut bekocht und unterstützt.

Unbedingt erwähnen möchte ich hier zwei gute Seelen, die mir unendlich geholfen haben und mich aufgefangen haben, als mein Finger schon über der Löschtaste schwebte. Danke Val und Frank. Ohne Euch … na ihr wisst schon.

Ich schicke Euch eine ganz feste Umarmung.

Ein dickes Dankeschön auch an Steffen Zöhl, für Deine Unterstützung zu Fragen der Trance.

Ein großes Dankeschön geht an Ingrid Kunantz für den wunderbaren Buchsatz und an Marta Jakubowska für das geniale neue Cover.

Ein großes Dankeschön an den Tapir und den Panther.

Ich danke allen von ganzem Herzen.

LEGIONARION

Ann B. Widow
**Einzige Chance:
Überleben**

ISBN: 978-3-96937-004-9

Plötzlich und ohne Vorwarnung hat sich die Welt in ein Schlacht-
feld verwandelt.
Mittendrin vier Freunde auf der Flucht. So hatten sie sich ihren
Urlaub nicht vorgestellt.
Niemand weiß, was die Menschen verrückt macht und sie zu
Monstern mutieren lässt. Doch sind in einer Welt ohne Gesell-
schaft und Regeln für die kleine Gruppe Überlebender wirklich
die Monster die größte Gefahr?